当代外国语言文学学术文库

世界文学经典重构

——王维诗歌在英语世界的译介研究

The Reconstruction of World Literature Classics: A Study on the English Translations of Wang Wei's Poetry

曹培会 著

对外经济贸易大学出版社
中国·北京

图书在版编目（CIP）数据

世界文学经典重构：王维诗歌在英语世界的译介研究 / 曹培会著. —北京：对外经济贸易大学出版社，2022.7

（当代外国语言文学学术文库）

ISBN 978-7-5663-2401-6

Ⅰ. ①世… Ⅱ. ①曹… Ⅲ. ①王维（699-759）–唐诗–英语–翻译–研究 Ⅳ. ①I207.22

中国版本图书馆 CIP 数据核字（2022）第 119923 号

世界文学经典重构

——王维诗歌在英语世界的译介研究

The Reconstruction of World Literature Classics:
A Study on the English Translations of Wang Wei's Poetry

曹培会 著

责任编辑： 谭利彬

助理编辑： 杨娇娇

出版发行：对外经济贸易大学出版社	邮政编码：100029
社　　址：北京市朝阳区惠新东街 10 号	邮购电话：010－64492338
网　　址：www.uibep.com	发行部电话：010－64492342
资源网址：www.uibepresources.com	E-mail：uibep@126.com

成品尺寸：170mm×240mm	印　　刷：北京九州迅驰传媒文化有限公司
印　　张：11.5	版　　次：2022 年 7 月北京第 1 版
字　　数：213 千字	印　　次：2022 年 7 月第 1 次印刷
ISBN 978-7-5663-2401-6	定　　价：56.00 元

本书系对外经济贸易大学中央高校基本
科研业务费专项资金资助项目“王维诗歌与
美国诗歌的跨文化互文”（18QD17）的成果。

当代外国语言文学学术文库

专家编委会

总　　序

对外经济贸易大学出版社最新推出了大型外语学术专著系列——《当代外国语言文学学术文库》，请我为文库写序。借此机会，谈谈我个人对外国语言文学研究的一些认识和感受。

综观21世纪的外国语言文学，就其语言学研究而言，形式语言学理论和功能语言学理论继续对抗和对话，认知语言学理论和社会文化理论发展迅速，各种语言学的理论思潮试图从不同的角度解释语言事实；在应用方面，语言学更加广泛地与多学科交叉，运用和借鉴包括数理逻辑、计算机科学、心理学、神经科学、认知科学、生态科学、经济学等各学科在内的研究成果和方法，不断凸显语言学作为人文科学和自然科学交叉学科的地位。就其文学研究而言，文学和语言学研究的相互影响和交融日益明显，文学研究越来越多地引入语言学研究的方法，如话语分析等，反之亦然。随着全球化的发展，我国的外国语言文学研究与国际学术界的交流更加密切，发展更加迅速。

同时，我们仍清楚地看到，国内的外国语言文学研究依然存在"三张皮"现象：第一张皮是"汉语与外语"研究的合作与交流不够；第二张皮是"语言与文学"研究的沟通与对话不够；第三张皮是"英语与其他外语"研究的来往和交叉不够。这"三张皮"极大地阻碍着外国语言文学学科的发展。

这套文库的设计体现了兼收并蓄、博采众长、学科融通的思想，是一个开放和创新的学术平台，是各种研究的阵地和各方学者的家园，而进入文库的研究成果都经过精心挑选，出自学有专长的博士和学者。我衷心地祝愿这朵"原创的小花"在繁花似锦的学术花园里开得绚丽多姿，并愿有更多的学者去关心和呵护它。

王立非

内容简介

王维是中国古典诗歌的集大成者之一，其诗歌刻画了山水田园之生态，同时也蕴涵了丰富而又深刻的道、禅等古代朴素哲学思想，是传承中国传统文化的当代价值的经典文学作品。王维诗歌英译滥觞于 1898 年英国汉学家翟理斯（Herbert Giles）翻译的《古今诗选》（*Chinese Poetry in English Verse*）中收录的 4 首诗歌，即《竹里馆》《送别 • 山中相送罢》《杂诗 • 君自故乡来》和《送别 • 下马饮君酒》。自此，王维诗歌在英语世界频繁被译介，成为被译介频率最高的中国诗人之一。一百多年间，除了零散性译诗之外，王维单行本译诗集已出版 15 部。2020 年，王维诗歌全译本《王维诗文》（*The Poetry and Prose of Wang Wei*）由美国汉学家保罗 • 鲁泽（Paul Rouzer）翻译出版，意味着王维诗歌英译历史的集大成。不仅如此，王维译诗不仅频频被诺顿、朗文、贝德福德等各大世界文学选集收录，成为了世界文学经典作品；还走进了英语本土文学传统，启发了英语诗人的创作，或被模仿，或被点化进英语诗歌，彰显了世界文学的跨文化影响力。

本书在此背景下，一方面对王维诗歌的英译历史做历时、全面的梳理和考察；一方面横向结合英美文化思潮、诗学变革等历史语境，分析译诗的翻译动机、生成机制和文本特征，并通过比读译诗与英美本土诗歌，考察二者之间在主题、结构和内容上的互文现象，探析王维诗歌在英语世界中的翻译、阅读和传播。

本书认为，王维诗歌在英语世界的世界文学进程经历了从“中学西用”的诗学征用期、“译禅译道”的形象建构期、“研译并举”的汉学阐释期到“生态大同”的文化认同期，再到首个全译本出现的全面译介期，其发展经历了发轫、发展、高潮、进阶和成熟五个时期。这五个时期在时间上不断递进，在逻辑上也是一个逐步发展和不可分割的整体。王维诗歌英译体现了不同文学、文化间交流的一般规律，也体现了中国文学、文化走向世界过程中西方世界的态度从对“异域”的猎奇心态到“东西共情”的同理心态再到“和而不同”的求异心态的转变。

目 录

第 1 章

概　论

王维（701—761）[①]，祖籍山西祁州，字摩诘，是盛唐著名诗人之一。身处我国诗歌发展巅峰的盛唐，王维在世期间，已声名煊赫，同时代诗人杜甫称其“最传秀句寰区满”，唐代宗也赋其名曰“天下文宗”。王维现存诗歌有 400 余首，涵盖了楚辞、乐府诗、律诗和绝句等多种诗歌体裁，包括精致华美的宫廷唱和诗、磅礴苍凉的边塞诗和清新幽美的山水田园诗等多种题材。清代文人王士祯将王维列为“唐音正宗”（张进、侯雅文、董就雄，2014），确立了王维作为中国诗歌的诗学典范。“王维替中国诗定下了地道的中国诗的传统，后代中国人对诗的观念大半以此为标准”（闻一多，2012）。

不仅如此，从 19 世纪末至今，通过翻译，王维诗歌跨越了时空和语言的藩篱，被译成各种文字，在异域他乡绽放了属于中国古典诗歌的艺术美，成为世界文学的一部分。截至 2020 年，在可追溯的一百多年王维诗歌英译史上，国内外出版的王维诗歌英译诗集达 15 部，是被译介频次最多的中国诗人之一。翻译是文本跨越了民族文学的异域旅行，是文学文本成为世界文学的第一步。王维诗歌的频繁被译介，一方面是王维诗歌本身所具有的文学性和文学价值使然，另一方面也是东道文化和源文化两种文化文学系统之间交流碰撞所产生的文学结果。这种文学结果就是世界文学的表现。但是，民族文学系统间的互动是一种复杂和流动的文学演进，因而，世界文学不是一蹴而就的，而是一个不断发展的动态过程。在中国文学和英美文学两种文化的交互影响下，翻译将王维诗歌一次次置于不同的阐释语境中，并受到多种不同因素的折射，形成了具有阶段性时代特征的译诗。这些译诗共同构成了王维诗歌英译历史的轨迹，也描绘了王维诗歌进阶成为世界文学的进程图景。

---

① 对王维的生卒年，学界说法不一。曾有多名学者对此进行考证，详见陈铁民（2006）、刘孔伏和潘良炽（2011）等。

对王维诗歌世界文学进程的研究是对中国文学走出去已上升为国家发展战略的一个回应。自新中国成立以来，中国成立了外文局和中央编译局等官方机构，旨在将中国的优秀文化与文学作品介绍给世界。同时，也启动了一系列大型翻译项目，如“熊猫丛书”“大中华文库”等。随着译介的深入开展，人们认识到，对外翻译的结果很大程度上取决于有效的译介策略和方法。因此，中国文学对外译介策略研究成了当下翻译研究的一个时代性重要课题。同时，随着全球化进程的推进，各民族之间交流需求增加，尤其是文化、文学层面的交流更是成了提升一个国家自身软实力的必经之路。此外，文化文学互通交流也是“一带一路”国家发展战略的一个重要组成部分。在国家政策的大力扶持下，中国文学获得了前所未有的“走出去”契机。让中国文学成为具有国家影响力的世界文学成了学界热议的话题。

一方面，中国文学在世界文学版图中已占据一席之地，“走出去”工程初见成效。尤其近些年来，中国作家频频在国际舞台上发声，2012 年，莫言获得文学界殿堂级奖项“诺贝尔文学奖”；2013 年，王安忆获得法兰西文学艺术骑士勋章；2014 年，阎连科获得“卡夫卡文学奖”；2016 年，曹文轩获得“国际安徒生奖”。中国文学作品也先后入选世界级奖项，如科幻小说《三体》（刘慈欣著）和《北京折叠》（郝景芳著）分别于 2015 年和 2016 年获“雨果奖”。不仅如此，各大世界文学选集收录中国作品的比例也在逐步增加。比如，《诺顿世界文学选集》（第 3 版）（*The Norton Anthology of World Literature, Third Edition*）（2012 年）较 2003 年第 2 版新增加了韩非子、刘义庆、阮籍、曹丕、陆机、王羲之、韩愈、柳宗元等人的古代典籍和诗词，以及陈独秀、老舍、莫言和朱天心（中国台湾）等现当代作家的文学作品选段①。但是，另一方面，就文学影响和文化交流层面上来讲，中国文学作为一个整体还不能说已成为具有国际影响力的民族文学。

据统计，联合国教育、科学及文化组织代表作品集之中国系列（UNESCO Collection of Representative Works: Chinese Series）共收录英译中国文学作品 30 部，在各语种英译作品数量中排名第二位，其后依次是波斯语、梵语、韩语。

---

① 《诺顿世界文学选集》（第 3 版）（2012 年）收录了《诗经》《论语》《道德经》《楚辞》《庄子》、司马迁的《史记》和《报仁安书》、韩非子的《说难》、刘义庆的《世说新语》等典籍，以及阮籍、寒山、曹丕、陆机、王羲之、陶渊明、王维、李白、杜甫、白居易、韩愈、柳宗元、元稹、李清照等文人的诗词和文论，以及《西游记》《警世通言》《红楼梦》《老残游记》等近代文学作品和陈独秀、鲁迅、老舍、张爱玲、莫言和朱天心（中国台湾）等现当代作家作品。《诺顿世界文学选集》（第 2 版）（2003 年）收录了《诗经》，孔子、庄子、司马迁、陶渊明、王维、寒山、李白、杜甫、李贺、白居易、元稹、李清照、吴承恩、孔尚任、曹雪芹等文人的古代典籍、诗词和小说戏曲选段，而入选的现当代作家只有鲁迅和张爱玲。

不过，与英译作品数量排名第一的日语（共计 92 部）相比较，差距稍大（见图 1.1）。①

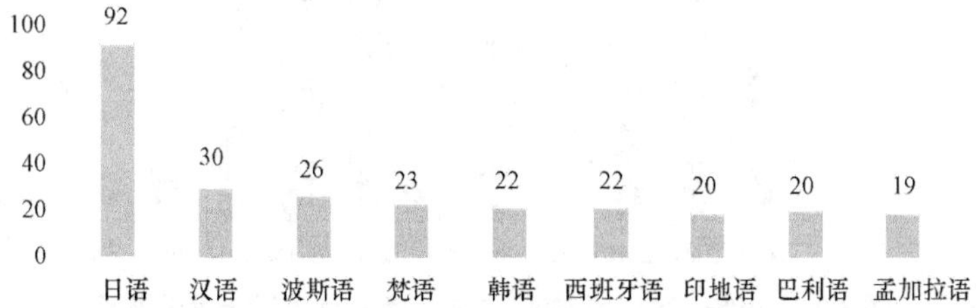

图 1.1 联合国教科文组织代表作品集主要语种译入英语的作品数量分布图

国际著名出版社企鹅出版社自 1946 年开始出版“企鹅经典系列丛书”，截至 2000 年，共出版世界各地经典文学作品 1 292 部，其中中国文学作品 20 部，仅占约 1%的份额，②包括：《楚辞》《论语》《孙子兵法》《庄子》《孟子》《大学》《道德经》《墨子》《中庸》《李白诗集》《王维诗集》《元曲》《浮生六记》《红楼梦》（5 部）《聊斋志异》《围城》。

据罗切斯特大学“百分之三”网站不完全统计③：自 2008 年 1 月 1 日至 2017 年 2 月 11 日，在美国出版的非英语文学书目（仅包括小说和诗歌两种体裁）共 4 493 部，其中译自中国的书目仅 162 部（其中包括台湾文学 7 部，香港文学 2 部），约占翻译书目总量的 0.036%（见图 1.2）。按年度翻译数量统计，虽然中国文学英译书目数量整体呈上升趋势，但增长速度相对缓慢，且有数度回落现象（见图 1.3）。

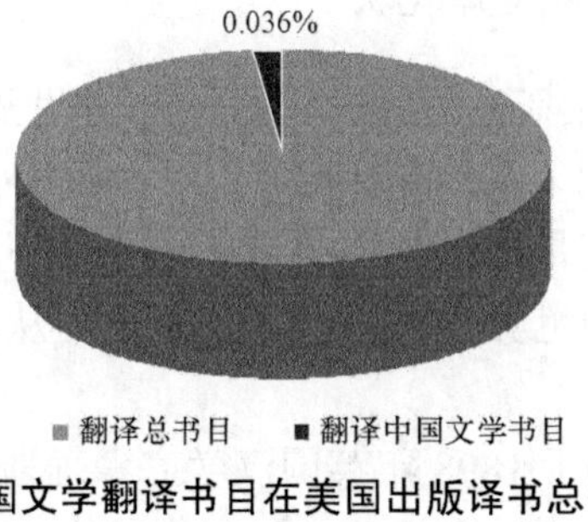

图 1.2 中国文学翻译书目在美国出版译书总书目的比例

① http://www.unesco.org/culture/lit/rep/index.php？（数据统计来源于教科文组织官方网站）.

② https://de.zxc.wiki/wiki/Liste_von_Penguin_Classics?msclkid=627d6b53af0b11ecad89eca0ea72a850.

③ “百分之三（Three Percent）”是由美国罗切斯特大学于 2007 年成立的一个网络组织。其名得于 Bowker 公司统计得出的结论：在美国，译书仅占图书出版总量的 3%，因而，该网站命名为“百分之三”，以引起人们对非英语文学的翻译现状的重视。该网站旨在帮助非英语文学在英语世界的翻译和传播。网站地址：http://www.rochester.edu/college/translation/threepercent/index.php？s=database。

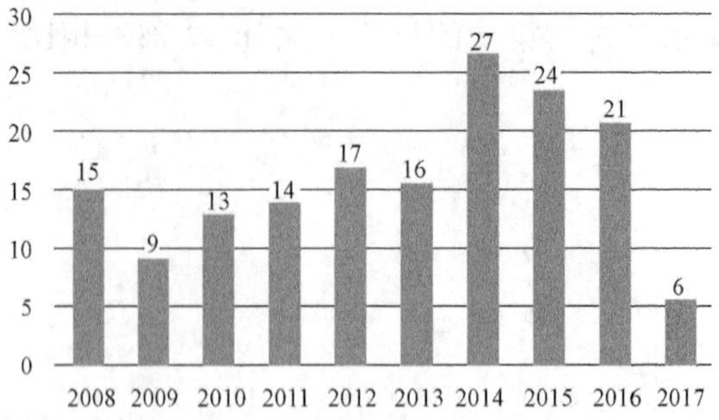

图 1.3 2008—2017 年中国文学英译书目数量年度分布图

而据另一网络民间翻译组织“Paper Republic（纸托邦）”①统计，2012—2016 年中国文学（包括虚构和非虚构文学作品、诗歌、儿童文学等体裁）英译情况如下：2012 年翻译出版 26 部中国文学；2013 年翻译出版 20 部；2014 年翻译出版 28 部；2015 年翻译出版 44 部；2016 年翻译出版 40 部。以上数据表明，中国文学“走出去”的道路仍然任重道远。“走出去”的迫切心理与现实之间的困境都促使学界思考这样的问题：如何使中国文学不仅仅是“走出去”，而且被有效接受，参与到世界文学建构之中？如何看待翻译在中国文学迈向世界文学过程中的地位和角色？

1.1 王维诗歌翻译概述

1.1.1 国内外王维诗歌英译现状

翻译家温伯格和诗人帕斯曾说：“伟大的诗歌，其生命力在于不断地被改编和翻译：当一首诗歌无处可去时，这首诗也就死了。”（Weinberger and Octavia，2016：3）一千多年前的王维诗歌正是通过翻译突破了“言语不通，嗜欲不同”等文化因素的桎梏，在更为广阔的世界文学领域获得重生，从而从民族文学进阶成为世界文学。

王维诗歌英译最早见于 1898 年英国汉学家翟理斯（Herbert Giles）翻译的《古今诗选》（*Chinese Poetry in English Verse*）中收录的 4 首王维诗歌，即《竹里馆》《送别・山中相送罢》《杂诗・君自故乡来》和《送别・下马饮君酒》。之后，以意象派为代表的英美现代主义诗歌运动引领了一场中国古典诗歌英译热潮，包

① Paper Republic（纸托邦）是一个民间自发组织的，将中国优秀文学译介给英语读者的翻译网站，旨在促进中国文学与世界文学的交流。网站地址：https://paper-republic.org。自 2012 年起，“纸托邦”每年对当年翻译出版的中国文学作品进行统计汇总。

括埃兹拉·庞德(Ezra Pound)、艾米·洛威尔(Amy Lowell)、威特·宾纳(Witter Bynner)等在内的诗人纷纷翻译出版译诗集，其中王维诗歌均入选在列。庞德的《神州集》(*Cathay*，1915)中翻译了1首:《送元二使安西》。克莱默·宾(L. A. Cranmer-Byng)在《灯宴》(*A Feast of Lanterns*，1916)中收录1首《送花词》[①]。弗莱彻(W. J. B. Fletcher)在其《英译唐诗选》(*Gems of Chinese Verse*，1919)翻译了13首，分别是:《班婕妤》《留别王维》[②]《孟城坳》《鸟鸣涧》《鹿柴》《竹里馆》《观猎》《过香积寺》《终南山》《终南别业》《送别·下马饮君酒》《山居秋暝》《答张五弟諲》。之后弗莱彻出版的《汉诗精华续编》(*More Gems of Chinese Poetry*，1925)中翻译了《晓行巴峡》《送秘书晁监还日本国》《辋川闲居赠裴秀才迪》《酬张少府》《相思》《送别·山中相送罢》《杂诗·君自故乡来》共7首诗歌。洛威尔的《松花笺:中国诗》(*Fir-Flower Tablets: Poems from the Chinese*，1921)中翻译了《和贾舍人早朝大明宫之作》《青溪》和《渭川田家》3首诗歌。宾纳与江亢虎合作翻译的《群山玉头:唐诗三百首》(*The Jade Mountains:A Chinese Anthology, Being Three Hundred Poems of the Tang Dynasty, 618–906*，1929)中收录了29首诗歌，分别是《送别·下马饮君酒》《送綦毋潜落第还乡》《青溪》《渭川田家》《西施咏》《洛阳女儿行》《老将行》《桃源行》《辋川闲居赠裴秀才迪》《山居秋暝》《归嵩山作》《终南山》《酬张少府》《过香积寺》《送梓州李使君》《汉江临泛》《终南别业》《和贾舍人早朝大明宫之作》《奉和圣制从蓬莱向兴庆阁道中留春雨中春望之作应制》《积雨辋川庄作》《酬郭给事》《鹿柴》《竹里馆》《送别·山中相送罢》《相思》《杂诗·君自故乡来》《九月九日忆山东兄弟》《送元二使安西》和《秋夜曲》。但这只是对王维个别诗歌的翻译，并不构成对其诗歌的系统化译介。

直至1958年，时任加拿大多伦多大学东亚研究室主任的教育学家、艺术家黄思礼(Lewis C. Walmsley)同张音南(Chang Yin-nan)合译的《王维诗歌》(*Poems by Wang Wei*)，是国外第一本英译王维诗歌单行本译诗集，由此开启了王维诗歌的系统化英译时代。虽然英语世界对王维诗歌的系统化译介起步稍晚[③]，但是其重译速度却是最快的。"王维是被翻译和出版得最多的中国诗人"(朱

① 《送花词》作者为王涯(764—835)，此处是克莱默·宾的误判。

② 《留别王维》作者为唐代诗人崔兴宗(生卒年不详)，弗莱彻将其归于王维，实为张冠李戴。

③ 与王维齐名的李白和杜甫英语世界中被翻译和介绍的时间较王维稍早。在1950年，阿瑟·韦利(Arthur Waley)就翻译出版了《李白诗歌与生平》(*The Poetry and Career of Li Po*)，对李白及其诗歌进行了较系统的译介。而英语世界中最早对杜甫生命历程和诗歌进行系统译介的是艾思柯(Florence Ayscough)于1929年和1934年分别出版了《杜甫:一个中国诗人的自传》(*Tu Fu: The Autobiography of A Chinese Poet*)和《一个中国诗人之旅:杜甫，江湖客》(*Travels of A Chinese Poet: Tu Fu, Guest of Rivers and Lakes, A.D. 712–770*)。

徽，2004：85）。汉学家余宝琳（Pauline Yu）也曾表示："他（指王维）被译介的频次比任何一位中国诗人都要多。"（Yu，1979：279）"王维是为数不多的享有世界声誉的中国诗人……也是被译介频率最高的中国诗人之一"（Rouzer，2020：xvii）。截至 2020 年，国外已出版 12 本英译王维诗歌单行本译诗集[①]（见表 1.1）。

表 1.1　　国外出版的单行本王维诗歌译诗集目录

序号	译诗集	译者	出版时间	出版单位
1	*Poems by Wang Wei* 《王维诗歌》	Lewis C. Walmsley （黄思礼） Chang Yin-nan （张音南）	1958	Rutland & Tokyo: Charles E. Tuttle Company
2	*Hiding the Universe: Poems by Wang Wei* 《藏天下：王维诗歌》	Wai-lim Yip （叶维廉）	1972	New York: Grossman Publishers Inc.
3	*Wang Wei: Poems* 《王维：诗歌》	G. W. Robinson （罗宾逊）	1973	London & New York: Penguin Random House
4	*An Album of Wang Wei* 《王维诗画意》	H.W. Wells（威尔士） Ch'eng Hsi（程曦）	1974	Hong Kong: Ling-ch'ao-hsüan
5	*The Poetry of Wang Wei: New Translation and Commentary* 《王维诗歌：新译及评论》	Pauline Yu （余宝琳）	1980	Bloomington: Indiana University Press
6	*Walking to Where the River Ends* 《行至水穷处》	Wang Fangyu （王方宇） Suzanne Graham Storer（苏珊娜·葛瑞汉·斯托勒） Mary de G. White（玛丽·德·G. 怀特）	1980	Hamden: The Shoe String Press, Inc.
7	*Wang Wei* 《王维》	Marsha L. Wagner （玛莎·瓦格纳）	1981	Boston: Twayne Publishers
8	*The Brushwood Gate: Poems of Wang Wei* 《王维柴扉》	Joseph Lisowski （约瑟夫·利索夫斯基）	1984	Arlington: Black Buzzard Press

① 其中王方宇（Wang Fangyu）、苏珊娜·葛瑞汉·斯托勒（Suzanne Graham Storer）和玛丽·德·G. 怀特（Mary de G. White）翻译的《行至水穷处》（*Walking to Where the River Ends*，1980），约瑟夫·利索夫斯基（Joseph Lisowski）翻译的《王维柴扉》（*The Brushwood Gate: Poems of Wang Wei*，1984）和网络出版译诗集《王维诗歌》（*Wang Wei-Poems –*，2004）三本译诗集，其发行量不多，流传度不广，本书将不予作为重点研究对象。

续表

序号	译诗集	译者	出版时间	出版单位
9	*Laughing Lost in the Mountains: Selected Poems of Wang Wei* 《笑遗山间：王维诗选》	Tony Barnstone （托尼·巴恩斯通） Willis Barnstone （威利斯·巴恩斯通） Xu Haixin（徐海新）	1989	Beijing: Chinese Literature Press
10	*Wang Wei-Poems* 《王维诗歌》	不详	2004	（网络出版） PoemHunter.com The World's Poetry Archive
11	*The Selected Poems of Wang Wei* 《王维诗选》	David Hinton （大卫·欣顿）	2006	New York: New Directions Publishing Corp.
12	*The Poetry and Prose of Wang Wei* 《王维诗文》	Paul Rouzer （保罗·鲁泽）	2020	Waltet de Gruyter Inc.

相较于国外，国内对王维诗歌的英译则起步较晚。国内第一本王维译诗集是在 20 世纪 90 年代兴起的王维研究高潮中诞生的①。1999 年，由著名翻译家杨宪益、戴乃迭夫妇翻译，中国文学出版社出版的《王维诗选》（*Selected Poems by Wang Wei*）是国内第一本英译王维诗歌单行本。该译诗集共收录王维诗歌 30 首，版面装帧小巧玲珑，是面向儿童阅读的口袋书籍。每首诗歌都配以插图、原作、译诗和注释四部分。

2005 年，诗歌翻译研究专家王宝童翻译出版了《王维诗百首》（*100 Wang Wei's Poems in English Verse*），选录王维诗歌共 100 首。该诗集分为带汉语拼音标注的源诗、对源诗进行解读和注释的“译人语”、译诗和注释四部分。此外，该译诗集的一大特色是其采用了比较文学的方法，将王维诗歌放置在中英诗歌对比的语境下比照阅读。如将《春中田园作》与英国诗人罗伯特·布朗宁（Robert Browning）的《比芭之歌》（*Pippa's Song*）比读；将《栾家濑》与美国女诗人艾米莉·狄金森（Emily Dickinson）的《这是鸟儿们回来的日子》（*These Are the Days When Birds Come Back*）进行比读；将《送别·下马饮君酒》与英国诗人罗伯特·彭斯（Robert Burns）的《我心在高原》（*My Heart's in the Highlands*）进行比照阅读。在中英两种诗学系统映照下阅读和理解王维诗歌是译者为了民族文学对话

① 1991 年“王维研究会”的成立和“首届王维诗歌学术研讨会”的召开，标志着国内对王维及其诗歌的研究高潮的兴起。

世界文学所做的初步努力与尝试。

2014年，《许渊冲英译王维诗选》（*Selected Poems of Wang Wei*）共选译王维诗歌 204 首，是目前收录王维诗歌最多的译本，也是最新一版王维诗歌英译本诗集。许译王维诗集同样采取的是汉英双语对照模式，按照诗歌体裁分为“五言绝句”“五言律诗”“七言绝句”“七言律诗”和“其他”五部分。内容排版分为“原诗”“中文赏析”和“译诗”三部分。许渊冲遵循了“意美”“音美”和“形美”的三原则，译诗富有格律，韵脚工整，是许译的一大特色。

从诗歌被翻译的数量和出版的译诗集数量来看，王维是国内外译者的重点译介对象之一。翻译是王维诗歌走出民族文学系统的第一步，其翻译数量和频次之高为其成为世界文学奠定了最充实的译介基础。

1.1.2 王维诗歌翻译研究述评

王维诗歌在经典的世界文学空间已占据一席之地，其英译数量多，英译历史长，因此对王维诗歌英译的文本共时研究与世界文学发展轨迹的历时研究是王维诗歌翻译研究的两个必需的研究维度。但与国内外对王维诗歌翻译的频率和规模相比，对王维诗歌翻译的研究明显不足。截至 2020 年，仅张俊杰（2013）一本研究专著，但该专著的研究焦点并非是王维诗歌翻译研究，而是以王维诗歌的译文为例证，阐释其中庸翻译观的建构，对王维诗歌的翻译和传播着墨不多，因而不能算是严格意义上的王维诗歌翻译研究。

共时维度上对王维诗歌翻译的文本研究可分为两类。第一类为基于文本对比的翻译研究，通常以某一个理论或视角，选取一首或几首王维诗歌的若干个译文进行翻译批评。伍小君（2007）从译者主体性视角分析了《送元二使安西》的四个英译文，认为诗无达诂，译者的阅读和阐释即为翻译，因此在诗歌翻译中，我们应该以一种开放、宽容的态度看待不同的译本。杨柳和黄劲（2010）以《鹿柴》的四个英译文为例，从结构、格律、意境和主题层面探讨了历史视界对于翻译和阐释的影响。研究认为译者和作者之间的“视界融合”直接影响译文的形态，如果二者之间的视界融合发生偏差，则会导致译者对原文信息阐释不足，如果译者拒绝进入作者的历史视界，则会出现对原文阐释过度的现象。张俊杰（2013）建构了中庸诗歌翻译理论框架，并在此框架下对比分析了《渭川田家》《终南别业》《送元二使安西》三首诗歌的数十个英译本，认为诗歌翻译应以“中和美”为审美目标，以“至诚至善”为伦理依据，以“执中”为策略追求，从而获得和谐的翻译效果，最大限度地降低误译和漏译。王小妹（2013）从接受美学中文本空白的视角分析了许渊冲、宾纳等 6 位译者对《九月九日忆山东兄弟》的翻译，分析了译者经验和时代语境带给译文的多种可能性，论证了译文多样性的合理存在。刘华文（2014）从玄化、禅化和佛化三个翻译策略分析叶维廉、余宝琳和宇文所安对《终南别业》《鸟鸣涧》和《辛夷坞》的翻译，认为余宝琳对王维的禅趣诗进行了玄化，叶维廉进行了佛化，而宇文所安则对译诗进行了哲言化处理，但不管是哪种处理策略都应在诗化之间取得平衡，才能既增加诗歌之诗情诗质，又充满佛理禅趣。魏家海（2014）在“想”和“因”的中国传统诗学关照下，分析了宇文所安以画译诗、以禅译诗和以典译诗的翻译策略，认为宇文所安对王维诗歌的翻译体现了文化互文性和翻译中国文化的自觉性。李庆本（2015）在禅宗思想和身体美学的中西比较框架下分析了《山居秋暝》5 个英译本，认为翻译有助于跨文化交流，跨文化适应的复杂性、误读式改编和批判性诠释有助于作品的循环式传播，即世界文学的形成。这类研究成果结合文化、诗学等多种语境制约因素，对译者的翻译策略和王维诗歌的译文做了细致的文本分析。第二类是对王维译诗集的书评，如傅汉思（Hans H. Frankel，1960）和海陶玮（J.R.Hightower，1961）对黄思礼和张音南合译译本的批评；珍妮·拉森（Jeanne Larsen，1982）对余宝琳译本的批评，等等。这些书评多是基于源文与译文的对比对译文做价值评判式的翻译批评和误译勘正。

共时维度上对王维诗歌翻译的文本研究分析了语境、译者等文化和诗学因素在译本上的投射，并对译诗所呈现的世界文学形态做了个案分析，为本研究提供了一定的研究基础和视角。但是这类研究多为静态的文本分析视角，不能体现王维诗歌历时的经典化道路，且这类研究的研究对象集中于某几首诗歌，缺乏对王维诗歌英译的整体性观照。

历时维度上对王维诗歌翻译的研究主要有：余宝琳（1979）按照时间顺序详细考察了 1958—1979 年国外出版的 4 本王维译诗集及其译本特点，认为黄思礼与张音南（1958）译本诗句过长、个人主观阐释过多；叶维廉（1972）译本中的 52 首诗歌全部选取王维的自然诗，使其所呈现的王维形象片面化，并且叶维廉译诗通过避免在译诗中使用第一人称和动词来表现王维诗歌的客观呈现性，但其译诗并不是真正的英语诗歌；罗宾逊（1973）译本则更侧重王维诗歌的宗教思想，该译本总体来说优于前两个译本；而威尔士（1974）译本同样侧重王维的自然诗歌，但作者认为其采用韵体翻译的方法并不成功。周发祥和洪庭木（1984）的文章“王维研究在国外”是国内第一篇对国外王维诗歌翻译研究的综述。该篇文章梳理了 1984 年以前国外主要的王维诗歌译诗集及译本特征，认为各个译本虽有不同，但都以写景诗为主，王维诗歌在西方，尤其是英美，得到广泛流传其原因在于王维的写景诗反映了译入语文化对远离尘嚣、隐居静修生活的向往。王丽娜（1991）从主题思想、艺术技巧、新批评和生平考证等方面对海外王维诗歌研究进行了史料综述。这些研究成果为本研究提供了一定的史料基础，但是因其或年代较早，或截取某段历史时间对王维诗歌翻译做断代史研究，未能涵盖王维诗歌翻译的全貌。廖佳慧（Liao Chia-Hui，2011）结合译入语文化和历史因素分析了王维诗歌在英语世界的翻译及形象的变迁：20世纪初期，英语世界对王维的译介受到英美现代主义诗歌运动，尤其是意象主义运动的影响，格外注重并表现王维诗歌中的意象；20 世纪下半叶对王维的译介高潮则主要源于英美流行的禅宗热，因而这一时期王维的诗歌译介表现出对诗歌禅境和禅意的挖掘；而 21 世纪由于英美世界环境意识的觉醒，王维诗歌获得了新的阐释维度：精神生态。笔者分析认为，王维的诗歌透过翻译在不同时代获得了不同的当下性，译文的生成取决于译入语文化的时代期待以及历史、社会和文化因素。廖佳慧的研究以动态和发展的视角，结合译诗形成的历史背景回答了东道文化对译诗行为的影响，考察了王维诗歌通过翻译在英语世界的变化发展轨迹，为本研究提供了有益的世界文学启示。但限于篇幅，廖佳慧对东道文化影响下译文的文本表现特征着墨不多，缺乏文本支撑。

从前人研究中可以看出，王维诗歌在不同的历史时期受不同语境因素的影响表现为多样的译诗形态，为本研究初步分析译诗语境以及分阶段地考察王维诗歌的世界文学特征提供了一定的研究积累。王维诗歌英译历史不仅在时间上是一个连续的整体，而且在内在逻辑上也是一个不可割裂的文学发展和演进的有机过程。因而，一方面，我们要聚焦源文化和东道文化共同作用下的世界文学文本的分析，描述王维诗歌的世界文学特征；另一方面，我们要以发展的眼光考察王维诗歌的世界文学进程，描述其发展轨迹。大卫·达姆罗什（David Damrosch）的椭圆形折射理论“清晰描绘出中国古诗在世界文学空间中游历的路线，这为中美比较诗学研究、中国文学海外传播研究提供了新的思路，帮助我们重新认识中国古诗是如何被发现然后产生重大影响的”（吴永安、刘洪涛，2015）。故而，本研究在前人研究的基础上进一步发展，以世界文学视角统观王维诗歌英译历史，视其为一个有阶段性发展的整体，探索王维译诗在世界文学空间双文化椭圆折射机制下的文本特征，描述王维诗歌世界文学地位的动态生成。

笔者通过世界最大的联机书目数据库 Worldcat[①]查询并统计了国内外翻译出版的十一本[②]王维译诗集在世界各地图书馆的馆藏量（见图 1.4）[③]。其中，馆藏量位居前三的分别是：《王维》（瓦格纳译，1981），共有 631 家图书馆收藏；《王

① Worldcat 是世界范围图书馆和其他资料的联合编目库，同时也是世界最大的联机书目数据库。截至 2017 年，Worldcat 可以搜索 112 个国家的图书馆，包括近 9000 家图书馆的书目数据。

② 因保罗·鲁泽所译的 *The Poetry and Prose of Wang Wei*（《王维诗文》）为最新出版，图书馆收录数据不全，暂时未将其列入检索范围内。

③ https://www.worldcat.org.

维：诗歌》（罗宾逊译，1973）和《王维诗歌》（黄思礼与张音南合译，1958）并列第二，共有590家图书馆收藏。而馆藏量最少的三本译诗集分别为：《许渊冲英译王维诗选》（许渊冲译，2014），只有4家图书馆收藏；其次是1999年由杨宪益和戴乃迭夫妇合译的《王维诗选》，7家图书馆收藏；排名第三的是2005年王宝童翻译的《王维诗百首》，28家图书馆收藏。

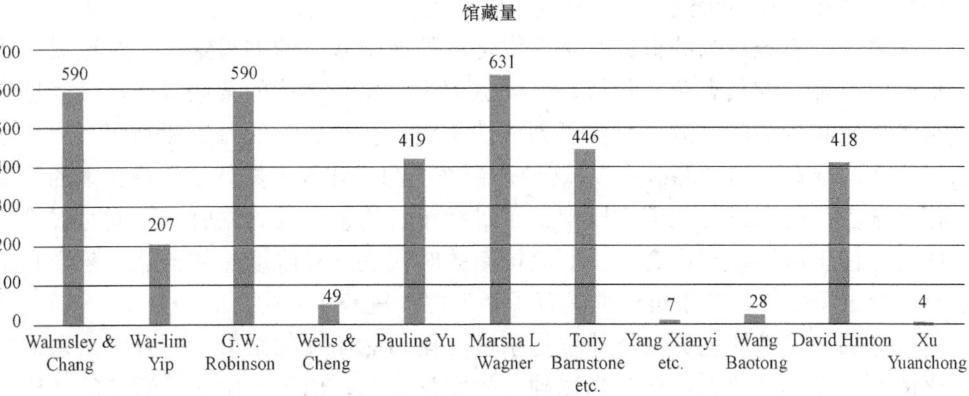

图 1.4 王维诗集英译本馆藏量

虽然 Worldcat 数据库并未涵盖世界上所有国家的图书馆，但其数据也基本反映了王维诗歌各个译诗集的影响力大小。中国文学走出去受制于社会文化语境多重因素影响，而译作质量则是决定一个文学作品是否能有效走出去的第一道关键门卡，因而“谁来译”这一译介主体问题是民族文学能否被东道文化读者接受，从而成为世界文学的决定因素之一。由于外国译者在语言和文化习惯等方面的天然优势，中国文学外译由东道文化译者翻译，或由外国译者主笔，辅以中国本土译者的合作翻译模式，译介效果更佳。“世界上绝大多数的国家和民族接受外来文学和文化主要都是通过本国和本民族翻译家的翻译来实现的，这是文学、文化跨语言、跨国界译介的一条基本规律”（谢天振，2014b：4）。“就文学作品而言，我建议优先选择外国人翻译的初稿”（鲍晓英，2013）。“合作翻译史提高翻译效果助推中国文学图书走向世界的合理选择。……中外合作翻译模式整合了双方的资源优势，有助于增强译者在目标话语体系中的兼容性”（史凯，吕竞男，2013）。王维诗歌各个英译本的馆藏量也在一定程度上回答了中国文学外译应该由谁来译这一关键问题。因此，本研究将主要以在国外出版的九本王维诗歌英译诗集为主要考察对象，以便更有效地分析王维诗歌英译文的世界文学形成轨迹。具体研究路线如下：

第一，综合东道文化语境因素和译本出版时间，将王维英译历史分为五个时期分别考察。在达姆罗什的椭圆形双重语境折射的机制下，还原译诗发生的历史现场，包括源文化文学语境和东道文学文化语境，提取翻译规范，分析王维译诗的具体折射形态。进而论证王维诗歌英译文是中国古典诗歌和英语当代诗歌、中国文化与英语文化会通的结果，即源诗与译诗文化所构成的椭圆形的“双焦点”折射的结果。这种双文化折射表现为翻译规范作用于王维诗歌，使其诗歌内容和形式不断更新为具有当下性的阐释和表现。

第二，王维诗歌的世界文学地位是从翻译中获益的书写结果。经过双文化折射的王维诗歌具有杂合化特征，既保留源文化和源诗的某些特征，又经过了东道文化和诗学的过滤而发生了创造性叛逆，获得了新的血液和基因，成了双文化共同孕育下的“混血儿”。这种杂合中的源文化因素成就了译诗文本的陌生化文学性，而东道文化因素则保证了目标读者的接受性。同时，不同时代不断的复译使王维诗歌在内容上不断获得新的时代性阐释维度，如自然、哲学和生态，使一千多年前的王维诗歌具有了当下性，重获了新生。

第三，王维的世界文学地位是东道文化超然阅读的结果。一方面，东道文化读者，尤其是诗人，将其当作独立的文学作品，而不是附属于源诗的译诗来读，欣然接受王维译诗是语境架构和译者个人经验下的产物；另一方面，既然世界文学是语境架构下的产物，那么不同时代的语境就会产生不同的阅读方式，因而世界文学不是固定的作品集，而是变化和流动的。因而也佐证了不同语境下复译的合理性和必要性。

第四，比较文学视域下的翻译研究不仅要聚焦译诗生成的历史现场，而且还要落脚于翻译所产生的文化关系，即翻译文学对东道文化产生了何种影响。本研究没有止步于对“译”的分析，而是进一步深入到英美诗人与王维诗歌英译文之间互文的文学关系，探讨王维诗歌英译的译介效果，以进一步证明王维诗歌英译文在世界文学范围内的文学影响力。

1.2 王维诗歌的世界文学地位

经过数代翻译人的辛勤笔耕，王维诗歌作为中国文学的优秀代表之一已经被多次译介到英语世界，并成功进入英语诗学，成为世界文学的一部分。世界文学地位主要体现在其文学影响力上，主要表现在“期刊转载、入选各类英美文学选集、专业评论和对本土诗人的影响”（王建开，2016）。首先，“文学经典化的标志包括进入权威性文学作品选集和工具书、进入大学课堂、成为经常被引用的经典篇章等”（朱徽，2007）。王维诗歌不仅多次入选《诺顿世界文学选集》（*The Norton Anthology of World Literature*）[①][②]、《贝德福德世界文学选集》（*The Bedford Anthology of World Literature*）[③]和《朗文世界文学作品选集》（*The Longman Anthology of World Literature*）[④]等权威世界文学选集。还被收录进英语专题诗集，如诺贝尔文学奖得主米沃什（Czeslaw Milosz）主编的《闪光事物之书：世界诗歌选集》（*A Book of Luminous Things: An International Anthology of Poetry*，1996）选录10首[⑤]；诗集《独处之思》（*Reflections on Solitude*，2000）收录1首[⑥]；加拿大诗人司各特（Peter Dale Scott）选编的《跨越边界：短诗选集》（*Crossing Borders: Selected Shorter Poems*，1994）选录2首王维诗歌[⑦]。这类世界文学选集既是文学类工具型参考书，同时也是大学课堂经典读本，王维诗歌的入选是其世界文学经典化的有力例证。

---

① 《诺顿世界文学选集》2003年第2版共收录宇文所安（Stephen Owen）所译王维诗歌9首，分别是：《终南别业》（*Villa on Chung-nan Mountain*）、《辋川闲居赠裴秀才迪》（*When Living Quietly at Wang-chu'an I Gave This to P'ei Ti*）、《酬张少府》（*Answering Magistrate Chang*）、《鸟鸣涧》（*The Torrent Where Bird Sang*）、《鸬鹚堰》（*Cormorant Dike*）、《鹿柴》（*Deer Fence*）、《竹里馆》（*Lodge in the Bamboo*）、《渡河到清河作》（*Written Crossing the Yellow River to Ch'ing-ho*）、《送别》（*Parting*）。

② 《诺顿世界文学选集》2012年第3版共收录余宝琳（Pauline Yu）所译王维诗歌9首，分别是：《终南别业》（*Zhongnan Retreat*）、《欹湖》（*Lake Yi*）、《酬张少府》（*In Response to Vice-Magistrate Zhang*）、《金屑泉》（*Gold Power Spring*）、《白石滩》（*White Rock Rapids*）、《鹿柴》（*Deer Enclosure*）、《菩提寺禁裴迪来相看说逆贼等凝碧池上作音乐供奉人等举声便一时泪下私成口号诵示裴迪》（*While I was Imprisoned in Puti Monastery*）、《渡河到清河作》（*Written on Crossing the Yellow River to Qinghe*）、《送别》（*Farewell*）。

③ 《贝德福德世界文学选集》（2003）共收录王维诗歌8首，分别是：《酬张少府》（*To Subprefact Chang*，Irving Y. Lo 译）、《华子冈》（*Huatzu Hill*，G. W. Robinson 译）、《鹿柴》（*Deer Park*，Sam Hamill 译）、《欹湖》（*At Lake Yi*，Sam Hamill 译）、《竹里馆》（*Bamboo Mile Lodge*，Burton Waston 译）、《终南别业》（*Hermitage at Chuang-nan Mountain*，Sam Hamill 译）、《渡河到清河作》（*Crossing the Yellow River*，Sam Hamill 译）、《送别》（*Seeing Someone Off*，Irving Y. Lo 译）。

④ 《朗文世界文学选集》（2007）共收录余宝琳（Pauline Yu）所译王维诗歌11首，分别是：《孟城坳》（*Meng Wall Cove*）、《鹿柴》（Deer Enclosure）、《宫槐陌》（*Sophora Path*）、《欹湖》（*Lake Yi*）、《竹里馆》（*Bamboo Lodge*）、《鸟鸣涧》（*Bird Call Valley*）、《送别》（*Farewell*）、《送元二使安西》（*Farewell to Yuan the Second on His Mission to Anxi*）、《过香积寺》（*Visiting the Temple of Gathered Fragrance*）、《终南别业》（*Zhongnan Retreat*）、《酬张少府》（*In Response to Vice-Magistrate Zhang*）。

⑤ 这10首诗歌译者均为托尼·巴恩斯通（Tony Barnstone），分别为：《从军行》（*Song of Marching with the Army*）、《观猎》（*Watching the Hunt*）、《早入荥阳界》*Morning, Sailing into Xingyang*《白鼋涡》（*A White Turtle under a Waterfall*）、《木兰柴》（*Magnolia Basin*）、《西施咏》（Song about Xi Shi）、《偶然作·赵女弹箜篌》（*Dacing Woman, Cockfighter Husband and the Impoverished Sage*）、《偶然作·老来懒赋诗》（*Lazy about Writing Poems*）、《送别》（*A Farewell*）、《泛前陂》（*Drifting on the Lake*）。

⑥ 该首诗歌为罗宾逊（G. W. Robinson）所译诗歌《竹里馆》（*Bamboo Grove House*）。

⑦ 两首诗歌为《渡河到清河作》（*Crossing the Yellow River*）和《鹿柴》（*Deer Park*）。

其次，王维诗歌英译文受到的出版赞助和所获奖项同样是其世界文学地位的又一例证。世界文学地位的获得一方面是文学作品本身的内在价值和文学性使然；另一方面，文学的生产和传播又与社会、经济等外在驱动因素密切相关。1973 年，英国译者罗宾逊由世界著名出版社企鹅出版社赞助，作为“经典系列丛书”之一翻译并出版了《王维：诗歌》；1981 年，美国学者瓦格纳翻译的《王维》译本由“特怀恩世界作家系列”赞助出版；1989 年，巴恩斯通父子与徐海新所译《笑遗山间：王维诗选》则由中国文学走出去项目“熊猫丛书”赞助出版。2007 年，美国翻译家欣顿更是以其译诗集《王维诗选》问鼎美国笔会诗歌翻译奖（*PEN Award for Poetry Translation*）。王维诗歌翻译所获的赞助和奖项为其增加了文学因素之外的经济资本和社会价值，这些非文学资本又反过来确保了其在异域文化时空文学地位的获得。

最后，一个作品获得世界文学地位，其最根本的一个表征是该作品被内化于东道文学文化的本土传统，并与之产生实质性的跨文化交流关系。通过翻译，英美诗人与王维产生了跨越千年时空的情感共鸣。庞德曾推崇王维是“中国诗歌的典范”（Pound，1979：27）；加拿大著名超现实主义诗人迈克尔·布洛克（Michael Bullock）也对王维情有独钟，称其为“最喜爱的诗人”（Bullock，2005）。不仅如此，王维诗歌英译文也深入到了英美诗歌传统，作为诗人们创作经验的一部分，被点化进诗歌创作中。“点化”是中国诗歌文论中的术语，指将前人诗句加以改造挪用在个人诗歌创作中，以表达新的意境和情思。南宋词人葛立方云：“诗家有换骨法，谓用古人意而点化之，使加工也。”（葛立方，1984）郭沫若在《雄鸡集·一唱雄鸡天下白》中也曾做过类似表述：“做旧诗词每每讲究字句要有来历，要从旧文献里脱胎换骨地点化出来。”（郭沫若，1959）现代派英美诗人（例如庞德、斯奈德、雷克斯罗斯等）在创作中有意将中国古典诗歌英译文的诗句挪用至其诗歌创作中，借以表达诗学主题的相似性。这一文学影响关系被章艳称为“语际点化”，即“诗人在来自另一文学系统的诗歌中找到了情感共鸣，产生了在自己的作品中借鉴模仿的愿望，从而起到延续其存在的效果”（章艳，2016）。钟玲曾分析了美国诗人译者肯尼斯·雷克斯罗斯（Kenneth Rexroth）在其创作的长诗《心苑，苑心》（*The Heart's Garden，The Garden's Heart*，1967）中对《鹿柴》的点化[①]。美国桂冠诗人查尔斯·赖特（Charles Wright）也多次在诗作中点化王维的诗句。如《读王维后，我外出赏满月》（*After Reading Wang Wei, I Go Outside to the Full Moon*，1991）中，赖特在诗中不仅与王维隔空对话，还将“Bright moon shining between pines”，即《山居秋暝》中的诗句“明月松间照”，融进诗

① 钟玲，2009. 中国禅与美国文学［M］. 北京：首都师范大学出版社.

中。再如，在其诗作《肉与灵Ⅱ》（*Body and Soul II*，2002）中，赖特用王维《偶然作》中的“老来懒赋诗”（Getting too old and lazy to write poems），表达了诗人愿追随王维，安居自然，享受遗世独居生活的愿景。

此外，王维诗歌还影响了基思·拉茨拉夫（Keith Ratzlaff）、伊莱恩·艾凯（Elaine Equi）、儒·博森（Roo Borson）、基姆·莫尔特曼（Kim Maltman）、安迪·巴顿（Andy Patton）等一批现当代诗人，他们在诗作中化用、引用王维诗句，或产生诗思共鸣，或借以表达对当下社会的思考。这种互文性的“语际点化”彰显了翻译文学与译入语创作文学之间的文学影响，使得两者相互照现、相互阐释、相互发明。经过语际点化的诗歌使得译诗的诗歌文学性和文化意蕴得到进一步辐射与传播，是跨文化对话意义再生产的结果。这种互文性进一步推动了译诗的接受性，促进了王维诗歌世界文学地位的形成。

因此，在中国文学走出去的文化战略背景下，王维及其诗歌作为成功走出去的民族文学的代表之一，本研究将对王维诗歌的英译及其传播做历时的梳理，在达姆罗什的世界文学定义框架下，结合译诗语境，考察翻译规范，并据此回答王维诗歌通过翻译如何被经典化而成为世界文学这一研究问题，具体从以下四个方面进行分析：（1）王维诗歌英译文的椭圆形折射中的影响因素有哪些？各因素之间是如何相互作用的，共同形成王维诗歌的世界文学特征是什么？（2）王维诗歌英译文的获益有哪些？这些获益如何助力其成为世界文学？（3）王维诗歌英译文的读者的超然阅读方式有何种体现？（4）王维诗歌的世界文学影响：成为世界文学的王维诗歌是如何与东道诗学形成跨文化、跨文学的“语际点化”的诗学关系的？

通过分析王维诗歌世界文学的动态生成过程，本书的研究意义有三层：首先，对王维诗歌英译史的系统性、历时性的梳理充实了目前王维诗歌翻译史的研究。经过文献搜集和梳理，笔者发现国内外对王维诗歌的翻译研究较少。国内对其诗歌的翻译研究多在某种理论框架下对个别王维诗歌的译本进行分析，并不构成对其诗歌翻译的系统性研究，缺乏对王维诗歌译介的历时性全面观照。国外对王维的研究多集中在对其禅宗思想、绘画及其诗歌研究，对其诗歌翻译的研究则寥寥无几，且多为评议性散论，不具学术性和全面性。翻译是民族文学成为世界文学过程中的关键一环，因而从王维诗歌英译史考察其世界文学进程具有一定的学理和实践价值。本研究对王维诗歌译介做全面、历时的梳理，不仅丰富了学界对王维诗歌的翻译研究，而且将王维诗歌的译介置于世界文学动态的流转空间进行分析，也为了解翻译如何助力民族诗歌成为世界文学遗产的一部分提供了个案支持。

其次，本研究从世界文学视角动态分析翻译史的发展，结合了两个学科、双重视角，具有跨学科的理论建构意义。本研究在达姆罗什的世界文学框架下，从椭圆形折射、翻译之得和阅读方式三个维度分析王维译诗的世界文学特征。但达姆罗什的世界文学框架对折射机制、世界文学在翻译中的所获具体指什么、阅读方式又指什么并没有做详细阐释。因此，本课题拟辅以安德鲁·切斯特曼（Andrew Chesterman）及吉迪恩·图里（Gideon Toury）的翻译规范理论对其进行补充，认为翻译是规范制约下的产物，源文化与东道文化之间的双充折射通过具体的翻译规范作用于翻译行为。民族文学通过翻译获得跨文化交际性，从而成为世界文学，切斯特曼的交际规范关注译者在翻译中寻求参与各方之间最优的跨文化交际性，具体策略有文学陌生化和语言、形式的当下化等，因此，交际规范可补充分析世界文学在翻译中的具体所获。切斯特曼的期待规范及关系规范关注的则是世界文学的阅读方式，即东道文化读者期待视野下的译文与原文之间的关系如何，阅读翻译的态度是怎样的。基于这两个理论之间的相互补充和阐发，本课题在世界文学框架下描述王维诗歌世界文学地位的动态生成，辅以翻译规范理论分析王维诗歌世界文学特征的具体文本表现。两种理论相互参照、补充，共同阐释和建构世界文学在翻译中获益和生成的模式，并为中国古典诗歌英译提供一个跨学科的翻译批评模式。

最后，本研究是中国文学走出去背景下的个案研究，对文学外译有现实的借鉴和参考意义。中国文学走出去归根结底是翻译的问题，但走出去却并不止于翻译工作的完成，中国文学走出去不能只关注语言层面的转换，而应被纳入译介学视角，“不仅要关注如何翻译的问题，还要关注译作的传播与接受等问题”（谢天振，2014b：3）。真正的走出去是被东道文化所接受，进入世界文学的流通范围。本书在达姆罗什的世界文学框架下分析王维诗歌进入英语诗学的轨迹，不仅关注文本细读中的翻译细节，而且以动态的流通视角考察王维诗歌与东道文化的互动，“译”和“介”相结合，可为当今的文学文化外译事业提供可资借鉴的推介模式，助力中国文学的世界文学化。

1.3 世界文学：翻译规范作用下的椭圆形双焦点折射

文学外译，作为向其他民族介绍和展示本民族思想和文化精粹的重要途径之一，是民族翻译史上浓墨重彩的一笔。虽然中国翻译史上曾先后出现了三次翻译高潮，即东汉至唐宋时期的佛典翻译、明末清初的科技翻译以及清末至五四运动时期的文学翻译。但是三次译潮均为“西学东渐”，“中学西传”则饱受冷落。中国文学外译历史源远流长，最早可追溯至约一千五百年前南北朝时期的佛经翻译[①]。自此，译界先辈们从未停止向世界传播中国文学文化之精神道义的努力，如近代陈季同、辜鸿铭等筚路蓝缕，为西方了解中国打开了一扇窗。新中国成立后，中国文学外译更是被提升到了国家战略层面，以翻译中国文学为核心主旨的外文局和中央编译局等国家出版机构先后得以组建。此外，《中国文学》《北京周报》等一系列出版物的发行，“熊猫丛书”“大中华文库”等大型翻译项目的启动，均是向世界传播中国文化，讲好中国故事的外译行为。当今，全球化给中国文学走出去带来了宝贵的契机，可以说，我们现在正身处中国翻译史上第四次翻译高潮，不同的是，这次译潮的重点是“中学西传”。然而，中国文学外译在面临生机勃勃的春天的同时，也正经历着巨大的挑战。由于中西文化交流史存在的“时间差”和“语言差”的问题，西方世界主动要求了解中国文学的内在需求和愿望不是那么强烈，中国文学走出去缺乏一个相对成熟的接受语境和读者群体。“简单地用建立在‘译入’翻译实践基础上的翻译理论（更遑论经验）来指导当今的中国文学、文化‘走出去’的‘译出’翻译实践，那就不可能取得预期的成功”（谢天振，2014a）。中国文学走出去的问题不能简单归结为翻译的问题，而应该是“翻译+传播”的译介问题，因而，我们需要跳出以忠实为本位的民族文学视角，将中国文学放置在世界文学的多元体系中考察，研究世界文学视域下翻译文学的生成、文本表现及其与东道文学文化之间的跨语际互动。

基于此，笔者将首先梳理世界文学这一概念的缘起和发展，分析世界文学、比较文学和翻译三者之间的联系，而后引入达姆罗什的世界文学定义，并结合翻译学科中的规范理论，试图建立一个“翻译+传播”的译介批评模式。以便后续章节探讨王维诗歌的世界文学生成，并将王维诗歌英译史这一翻译事件纳入民族间文学互动关系进程中，在世界文学整体观中考察其作为个体翻译文学在异域的形成、表现和流传。

1.3.1 世界文学的发展：从想象乌托邦到文学现实

“世界文学”这一概念由来已久。早在 1827 年，德国文豪约翰·沃尔夫冈·冯·歌德（Johann Wolfgang von Goethe）阅读了中国小说《风月好逑传》之后，有感于不同民族文学在思想、行为和情感上的共情。在与青年学者约翰·彼得·爱克曼（Johann Peter Eckermann）的谈话中首次谈到“世界文学

① “汉籍之翻译外传，究竟起于何时？答案是，根据文献记载，可以大致定为公元 508 年与 534 年之间，那时正是中国南北朝的北魏时期。在这期间，北天竺僧人菩提流支（北魏永平初年来华）曾将中国僧人昙无最的《大乘章义》译成梵文，传之西域”（马祖毅，1997）。

(Weltliteratur)”，并称“我愈来愈深信，诗是人类的共同财产。……民族文学在现代算不了很大的一回事，世界文学的时代已快来临了。现在每个人都应该出力促使他早日来临”（爱克曼，1982)。歌德论述了这部中国小说与自己的作品《赫尔曼与窦绿台》以及英国作家塞谬·理查生（Samuel Richardson）的作品在诗学题材和描写上的共通性。因而，歌德的世界文学观与生俱来就具有比较文学色彩，是其构想出来的文学大同的乌托邦。1848 年，同为德国人的马克思、恩格斯在其著作《共产党宣言》中再次对“世界文学”进行阐释，不同的是，马克思、恩格斯的切入点是资产阶级在全球的扩张所带来的物质和精神层面的世界性：“资产阶级，由于开拓了世界市场，使一切国家的生产和消费都成为世界性的了。……物质的生产是如此，精神的生产也是如此。各民族的精神产品成了公共的财产。民族的片面性和局限性日益成为不可能，于是由许多种民族的和地方的文学形成了一种世界的文学”（马克思，恩格斯，1997)。

有“东学西渐第一人”之称的陈季同（1851—1907）是中国早期具有世界文学视角的学者。他长期居住法国，对中国文学在法国文学体系中受到的误读和其所占据的边缘地位深有感触，因而不仅力主开眼看世界，还积极倡导中国文学突破固步自封，加入世界文学中去，“我们现在要勉力的，第一不要局限于一国的文学，嚣然自足，该推广而参加世界的文学”（曾朴，1998)。因而，陈季同提倡大规模的翻译，不仅要将西方名典译入中国，更重要的是把中国的重要作品全部译出去，以去隔膜，破除西方世界对中国文学的成见。郑振铎（1898—1958）从人的本能的同一观出发，认为文学不应该有语言和地域之分，而应该是以整体视之的文学统一观，即“综合一切人间的文学，以文学为主观点，而为统一的研究”（郑振铎，1998)。实现统一的世界文学需要突破文字的壁垒，而翻译是最直接也最有效的方法。郑氏坚持文学可译的观点，认为“文学书如果译得好时，可以与原书有同样的价值；原书的兴趣，也不会走失”（郑振铎，1998)。因而，世界文学的统一研究便可借由译本来实现。

以上中西学者对“世界文学”所做的朴素的、开拓性的阐发，是世界文学的早期雏形，它们基于对各民族文学之间互相连通、互相影响的关系之上，是对建造一个普世的、乌托邦式的世界文学整体的想象。马克思、恩格斯一百多年前就指出了世界走向融合的发展走向。一百多年后的今天，全球化的发展已成为公认的事实，不仅科技大大缩短了国与国之前的物理空间距离，经济走向一体化，文化和文学层面上的交流也是空前的频繁密切，世界文学已成为一个文学事实。

尤其是随着比较文学的学科发展，世界文学进入了学者视野，得到了系统化的发展和阐释。20 世纪 70 年代，世界各国之间联系日益密切，全球化发展势头强劲。西方兴起了“世界体系理论（World System Theory）”，代表学者有伊曼纽尔·沃勒斯坦（Immanuel Wallerstein）、特伦斯·霍普金斯（Terence K. Hopkins）等。世界体系理论认为世界作为一个整体复合系统，由经济、政治和文化三个维度构成，一体化和不平等性是这个体系的两个基本特征。一方面，由于经济一体化和国家政治身份塑造的要求，世界文化体也体现出追求一统模式的趋向；另一方面，由于经济分配和政治力量不均衡，世界文化体也出现了中心—半边缘—边缘的层级结构，西方文化凌驾于多元的弱小文化之上，处于世界文化体的中心。世界体系理论视现代世界为不平等的多元共生系统，其发展是相互借鉴并相互融合的动态发展过程。世界文学学者帕斯卡尔·卡萨诺瓦（Pascale Casanova）、弗兰克·莫莱蒂（Franco Moretti）等在吸收了世界体系理论基础上，发展了世界文学，为世界文学注入了新的视角和理论内涵，掀起了一场重构世界文学史的热潮。

1999 年，卡萨诺瓦发表《文学世界共和国》（*La republique mondiale des lettres*）[①]，开启了对世界文学的新一轮讨论热潮。卡萨诺瓦提出存在一个“世界文学空间（World Literary Space）”（Casanova，2004：3）。该空间不是抽象的理论建构，而是一个虽然看不见但是却真实存在的世界。它既是一个历史空间，也是一个地理空间，由书写并体现文学史的作家构成。世界文学空间独立于政治上的界限划分，有其自身的边界和资本，语言成了权力工具，处于该共和国的成员都努力让自己被认可为作家。世界文学空间不完全脱离于政治和经济，但是也有其独立于民族和民族主义而建构自身的独立性，外界因素只能通过文学手段和文学术语的折射、改造和重新阐释出现在文学文本中，“自治性是世界文学空间的基本特征”（Casanova，2004：86）。文学自治性即文学资本，其自治性越高，资本越厚重，其影响力也更为广泛。卡萨诺瓦借鉴法国社会学家皮埃尔·布迪厄（Pierre Bourdieu）提出的“资本”概念，认为“语言是文学资本的主要构成”（Casanova，2004：17）。正如当下英语作为世界通用语，英语文学所拥有的文学资本就较之边缘语言文化更多。因而，一个作家想要获得世界认可，就需要将自己的作品译进英语世界，以获取足够的文学资本和影响力。

世界文学空间的自治性及资本的分配不均导致世界文学空间的“不平等性”，因而民族文学有强势和弱势、核心和边缘之分。核心文学占据主要的文学资本，影响力大，而相应的，处于边缘地位的民族文学占据少量的文学资本，

① 该书原著为法语书写，英语译作 *The Republic World of Letters*，于 2004 年出版，译者为 M. B. DeBevoise。2015 年，该著作被译成中文出版，译者为罗国祥、陈新丽和赵妮。本书中所引所依据版本为 2004 年英语译本。

接受来自核心文学的影响。边缘文学竭力累积资本，以期有朝一日进入核心文学的位置。总之，世界文学空间充满了竞争和斗争，是民族文学互相影响、互相连通而形成的一张动态的结构网。民族文学之间的联结则形成了一个花瓣形状，边缘文学通过多语种人才和译者与中心文学相连接。因而翻译是民族文学之间的联结，是世界文学空间得以形成的重要一环。通过翻译，民族文学之间的文学资本得以互通和流动，“翻译，同批评一样，是一个确立价值的过程。……是文学资本斗争工具”（Casanova，2004：23）。

卡萨诺瓦“文学世界共和国”的提法是为了阐释世界文学空间的起源和结构。不仅为真实的文学史打下基础，也为阐释文学文本提供新的方法。他希望其理论可以帮助边缘文学的作家们做其批评的武器，以证明文学有超出中心文学的普世性存在，虽然在历史中以不同的形式出现，但是产生的效果却是一样的。卡萨诺瓦基于现代社会政治和经济背景，阐释世界文学，其视角是历史的，也是联系的，为世界文学的发展开启了新的方向。

莫莱蒂于 2000 年在《新左派评论》（*New Left Review*）上发表《世界文学之猜想》（*Conjectures on World Literature*），并于 2003 年再次在该杂志上发表《世界文学之再猜想》（*More Conjectures on World Literature*），这两篇文章构成了莫莱蒂对世界文学的核心阐释。莫莱蒂认为，世界文学的应有之义已经超出了歌德时代的世界文学，即作为各民族（优秀）文学作品总和的实体对象的内涵，“世界文学不是一个对象，而是一个问题”（Moretti，2000：55）。世界文学研究不是尽可能全面而大量地阅读各民族文学作品（实际上，没有人可以阅读世界上各民族的所有文学作品），而是一种批评方法和研究范式。借鉴世界体系理论中资本主义经济的层级结构，莫莱蒂认为世界文学是一个相互联系、动态变化、统一但不平衡的体系。所谓世界文学体系的不平等性指的是“一种文化（通常为边缘文化）与另一种文化（通常为核心文化）相遇，并被后者改变”（Moretti，2000：56）。这种有强弱之分的等级特性是歌德和马克思等人想象的世界文学所没有的。莫莱蒂以现代小说的兴起为例，说明边缘文学（如中国、印度）受到核心文学（英国、法国等西方国家）的影响，其文学通常会产生结构上的妥协，妥协的形式表现在“外来形式和本土材料的结合”（Moretti，2000：58）。而由于接受语境的不同，其妥协形式也是多种多样的。既然世界文学是一个问题，那么如何研究这个问题，对此莫莱蒂提供了两种途径。一为“远距离阅读（Distant Reading）”。“距离”实则为一种知识条件，它可以让你关注文本之下的单位，如文学手法、主题、修辞等，也可以是文本之上的单位，如体裁和系统。而世界文学作为一个文学体系则是一种超然阅读。二为“树”和“浪”的结合。莫莱蒂以“树”来比喻从一到多、开枝散叶的文化发展规律，即民族文学的演进和影响历程，这通常是民族文学研究者的关注点；与之相反，“浪”则是从多到一、融合吸收的文化运动规律，指各民族文学之间的互动和对话，这通常是世界文学研究者的切入点。然而，“文化史是由‘树’和‘浪’共同构成的，因而其产物也必然是二者合成的”（Moretti，2000：68）。

已经成为文学现实的“世界文学”经过卡萨诺瓦等人的理论化阐释，不再指称各民族文学总和的实体，“而更注重全球化语境下世界文学的整体性、动态性、变化性、非均衡性、不平等性和多元性”（查明建，2013）。世界文学不再只是一个观念，而是一个自足的关系系统。

1.3.2 世界文学的重新定义：椭圆空间内的跨文化旅行

基于这些学者对世界文学本体论的考察基础上，2003 年美国比较文学学者达姆罗什发表著作《什么是世界文学？》（*What Is World Literature？*）。达姆罗什从世界文学的生产、翻译和流通三个维度，在历史语境中考察世界文学的跨文化折射和变异，及其世界文学的动态生成，为世界文学史研究搭起了一个理论框架。达姆罗什首先否认了世界文学是一个民族经典作品的总和的观念，认为“世界文学是一种流通和阅读模式”（Damrosch，2003a：5）。首先，世界文学是民族文学的一场跨界旅行。民族文学走向更广阔的世界文学空间需要克服语言和文化等异质性，走进异域文学空间。其次，世界文学是翻译的产物。“我们所处的是一个翻译的时代，也是一个重译的时代”（Damrosch，2003a：187）。翻译为异质文化和文学之间的互通提供了可能性，没有翻译，民族文学只能是处于停滞和死亡状态的过去文本，而经过翻译的文学作品则进入了世界文学的流转空间，并在与东道文化的互动中获得新生。最后，世界文学是有距离和差异的阅读。世界文学空间是不同民族文学的交集所在。因而，民族文学浸淫式的阅读方式已经不适用了，跳出民族文学，以沟通和对话的眼光阅读世界文学才是应有之义。基于此，达姆罗什文化以语境架构、翻译和阅读方式等三个方面重新定义了世界文学。他认为，“世界文学是民族文学间的椭圆形折射；是从翻译中获益的书写结果；是对遥远的时空世界进行超然解读的阅读方式，而不是一套经典文本”（Damrosch，2003a：283）。

达姆罗什借用几何中的椭圆形概念及其几何特征来表达世界文学的生成机制。莫莱蒂用“树”来比喻民族文学研究者的关注焦点，即民族文学的线性发展，其立足点是自身民族文化和文学的根基。而民族文学一旦经翻译进入世界文学空间，其必然涉及两种不同的文化系统，即源文化（Source Culture）和东道文化（Host Culture）。因而，“我们更加需要一种由双焦点形成的椭圆形的方法。我们在阅读时从未失去了自己，我们现时所关注的问题与阅读的模式总是会为我们的理解提供一个焦点，而其他时代的文学也会为我们提供另外一个焦点，我们的阅读就是在这两个焦点所产生的张力场中进行的”（Damrosch，2003a：133）。源文化和东道文化两个焦点所构成的空间就是世界文学空间（见图 1.5）。因而，世界文学有以下几点特征：

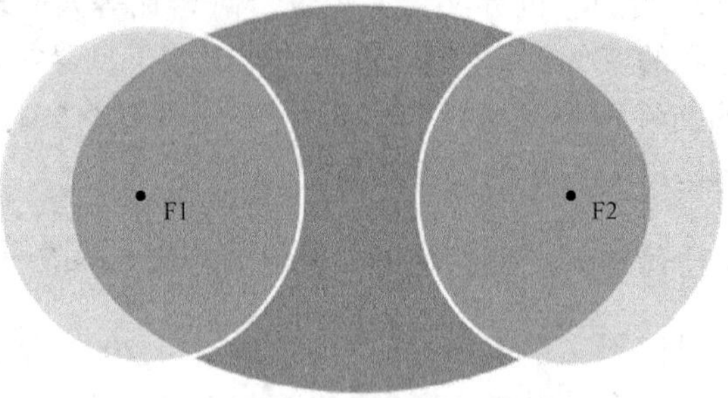

图 1.5 世界文学椭圆形空间构成图

注：F1 为源文化焦点；F2 为东道文化焦点；
圆形为民族文学空间；椭圆形为世界文学空间。

第一，杂合的世界文学。世界文学天然地涉及两种语言符号和文化体系，文学作品经过源文化和东道文化的双重语境过滤，其产物必然是杂合的。一部文学作品产生于特定的民族文化背景和根源，因而它必然带有源文化的基因和烙印。但是，当一个作品一经翻译，它便不再是源文化的独特产物，而变成了仅仅是始自母语的作品。因而也就有了第二个焦点的产生，即东道文化。“世界文学总是既与东道文化的价值取向和需求相关，又与作品的源文化密切相关。……任何一部作为世界文学而存在的文学作品，都与两种不同的文化紧密联系，而不是由任何一方单独决定的”（Damrosch，2003a：283）。该椭圆形空间既包括源文化因素 A 和东道文化因素 B，也包括因素 A 和因素 B 重新结合而形成的新的杂合因素 C，而因素 C 则是最终形成世界文学文本形态的决定性因素。

第二，折射的世界文学。世界文学的杂合性也决定了世界文学与民族文学不同，民族文学是由一个焦点组成的完美的圆形空间，而世界文学是有离心率的椭圆形空间，因而折射性是世界文学的本质属性。早在 20 世纪 80 年代，安德烈·勒弗菲尔（André Lefevere）就曾将民族文学在翻译中受东道文化影响而发生变形这一现象隐喻为折射，即“依据不同读者对象对文学作品进行改编，以达到影响其阅读作品之方法的目的”（Lefevere，1982）。译介学也认为，翻译中存在“创造性叛逆”，即“在翻译过程中，译者为了达到某一主观愿望而造成了一种译作对原作的客观背离”（谢天振，2013：106）。不管是勒弗菲尔的折射，还是谢天振的“创造性叛逆”都说明折射和变形是翻译，也是文学传播与接受的一个基本规律。达姆罗什在肯定这一规律以及世界文学杂合性本质的基础上进一步提出，世界文学是双重折射的文学。世界文学的折射介质有两个：一个是源文化介质，另一个是东道文化介质，因而世界文学是双重文学系统架构和折射下的杂合文学实体。

第三，动态的世界文学。达姆罗什的椭圆形世界文学观的另一个创新点还体现在其视角是动态的。世界文学空间不是一个一成不变的空间，而是在时间和空间的维度上受源文化焦点、东道文化焦点和焦距等因素的变化而变化的。源文化是世界文学的本源，虽然民族文学作为一部已成为事实的文本，本身不会改变，但是随着时间的移动，自然世界文学所呈现出来的形态也不同。东道文化作为世界文学杂合文化中的其中一种发挥作用的文化，其焦点的改变，如诗学价值和需求的变化，也必然使世界文学的样态发生本质的改变。比如，源文化焦点同样是中国古典诗歌，美国诗学系统为东道文化焦点，但是随着东道诗学的需求和价值观的变化，20 世纪 20 年代“英美现代主义诗歌运动”折射下的中国古典诗歌形态与五六十年代垮掉派风向折射下的中国古典诗歌形态就是两种不同形式的世界文学。此外，焦距（即源文化和东道文化之间的距离）不同，所形成的世界文学形状也不尽相同。谢天振在论述中国文学走出去中存在的问题时曾使用“时间差”（谢天振，2014b：8）这一概念来说明两种文化之间的会通程度与熟悉程度的不同如何影响民族文学在异域文学体系中的传播和接受。当源文化和东道文化存在文化相似性，或者源文化和东道文化之间的互动交流历史越长，文化熟悉度越高时，则两文化焦点之间的距离越近，东道文学对源文学的诗学特征接受度越高，世界文学空间也就越接近圆形。反之，当源文化和东道文化差异较大，或者源文化和东道文化处于交流的初始阶段，双方文化彼此陌生，则两文化焦点之间的距离越远，东道文学对源文学的诗学特征接受度越低，世界文学空间也就越趋向扁圆形。“文学作品即使进入了世界文学的传播中，它们身上依然承载着源语民族的标志，而这些痕迹将会越来越扩散，作品的传播离发源地越远，它所发生的折射也就变得越尖锐”（Damrosch，2003a：283）。因而，从两种文化交流史的历时角度看，两种文化折射下的世界文学椭圆空间应该是一个逐渐趋向于圆形的动态发展过程。

世界文学的动态性还表现为世界文学不是一个固定的文学范围，而是一个流动的概念。“世界文学必须在多重意义上予以理解。……世界文学存在于多维空间中，它与以下四个参照系相关：全球的、区域的、民族的、个人的，而且这些参照系会随着时间而不停地变迁”（达姆罗什，2012）。因而，根据评判标准不同，世界文学既可以是全球意义上的各国文学总和，也可以是某一个国家的世界文学，如美国世界文学、英国世界文学等。而且即使是某一个国家在时间维度中，其世界文学的版图也在不断变化和更新。因而，“我们应该有两种形式的世界文学：作为总体的世界文学（World Literature）和具体的各国世界文学（World Literatures）。前者指评价文学所具有的世界性意义的最高水平的普遍准则，后者则指各国世界文学的不同表现和再现形式，包括翻译和接受的形式”（王宁，2010）。以美国《诺顿世界文学选集》（*The Norton Anthology of World Literature*）[①]的版本沿革为例，从名不副实的以西方为中心的“世界文学”到纳入非西方作家和作品的真正意义上的世界文学，再到当代作家的入选，无不体现了美国这一区域世界文学的变迁。达姆罗什认为世界文学是由“‘超经典’‘反经典’和‘影子经典’构成的三层结构系统”[②]（Damrosch，2006），即世界文学是这三者力量相互角逐，强者入，弱者出的动态结构。

首先，翻译不是百分之百完美复制，两种文化和诗学的碰撞必然会发生折射和变形。因而，法语中有“美人不忠（Les belles infidèles）”的感叹，也有诗人罗伯特·弗罗斯特（Robert Frost）“诗即译之所失”的遗憾。与这种持不可译论的消极态度相对应的，勒弗菲尔的“改写（Rewriting）”（Lefevere，2010）、莫莱蒂的“妥协（Compromise）”（Moretti，2000：58）和“创造性叛逆”（谢天振，2013：106）等概念的提出则体现了对翻译中的折射更加客观、更加包容的认识。达姆罗什也肯定了翻译中的必然之失，认为“文学语言在翻译中既会获得又会失去，而非文学语言通常既不会获得也不会失去……当范围扩大后，其风格上的损失会被深度上的扩张所抵消。……世界文学的研究应当比现在更为积极地去包容翻译”（Damrosch，2003a：289）。并且，在此基础上，进一步提出世界文学定义的第二维度，即世界文学是从翻译中获益的书写结果。“以封闭隔绝的民族为界线进行文学研究，其重点在于民族文化的根源，因而翻译在这种语境下必然表现为减损。但是，在世界文学语境下，翻译则表现为获益。因为文本通过翻译超越了它们的文化源头，进入新的语境，获得新的意义和阐释。因此，翻译对于世界文学的传播意义重大”（Nelson et al，2013）。

翻译获益观不是达姆罗什首创，巴斯内特曾在论述诗歌翻译中的种子移植（Transplanting the Seed）时提出：“诗，不是翻译之所失，而是译者和翻译之得。”（Bassnett，2001b）达姆罗什的翻译获益观进一步将其用来阐释世界文学，肯定

① 前身为1956年出版的《诺顿世界名著选》（*The Norton Anthology of World Masterpieces*），1999出版第7版，并于2002年更名为《诺顿世界文学选集》（*The Norton Anthology of World Literature*）。最新版本为2012年出版的第3版。

② 超经典（Hypercannon）指长盛不衰的经典老牌作家。反经典（Countercannon）指强势语言中的弱势文学作家。影子经典（Shadowcannon）指已经逐渐失去地位的老牌非主流文学作家。

了翻译在世界文学研究视野中的重要性。“一个作品进入世界文学，通过两重步骤：首先，被当作‘文学’来阅读；其次，从原有的语言和文化流通进入到更宽广的世界之中”（Damrosch，2003a：6）。翻译的介入，使优秀的民族文学走出本民族读者或专业人士的欣赏范围之外，获得世界读者的关注和阅读。通过域外读者新的阐释和解读，民族文学在世界文学空间延续诗学生命，获得“来生（After-Life）”。因而，世界文学是跨文化、跨语际流通的翻译产物。“翻译文本构成了世界文学”（Venuti，2013：191）。

世界文学的翻译之得是通过折射实现的，具有多重维度性。既然翻译有变形和折射，那么翻译总会有所失，但同时也会在其他方面进行补偿，这些补偿形式多样，使民族文学具有了世界文学性质的翻译之得。翻译之得可以是风格之得。如英国作家乔纳森·斯威夫特（Jonathan Swift）创作的政治讽喻小说《格列佛游记》（*Gulliver's Travels*），在被译入中国后，书中讽刺意味全无，成了一本家喻户晓、经久不衰的冒险儿童文学。翻译之得也可以是地位之得，在本民族内名不见经传的作品有可能通过翻译进入世界文学的名单。如我国唐代诗人寒山子及其寒山诗在美国20世纪五六十年代逆文化运动中所受到的追捧，成了中国文学译介史上“墙里不香墙外香”的经典案例。即使是在本民族获得经典地位的文学作品也会被东道文化过滤，发生变形，从而获得新的维度。如庞德对中国古典诗歌的经典重构之作《神州集》，中国古典诗歌在庞德的诗学追求及其所处的“现代主义诗歌运动”的价值折射下获得了全新的诗歌形式。正如达姆罗什所说：“优秀的翻译，不是不可调和的源视野的丧失，而是增强了读者与译本之间自然和谐、创造性的交流。一首诗歌或一部小说正是通过与读者个人经验的相适应，获得历久弥新的文学效果。”（Damrosch，2003a：292）

但是，世界文学是两种文化和文学力量相互妥协的产物，因而民族文学在世界文学空间内的折射是失还是得，还需要我们回归翻译的语境和历史现场，具体分析东道文化价值观和诗学规范。与东道文化价值规范相左的折射不易融入东道文学系统，民族文学也就因此止于“译”，并没有进入“介”的流通。反之，契合东道文化价值规范的折射则更容易为东道诗学发展提供有益的借鉴，或产生诗学上的共鸣，而被东道文化接受成为世界文学。因而，经过折射而获益的民族文学在东道文化语境中与东道文化和诗学发生结构性妥协，得到了新的诗学形式、或新的阐释维度，从而不断注入新的活力，并超越自身的民族和时空局限性，成为东道文化中具有当下性的世界文学。

其次，达姆罗什认为世界文学是在阅读中的动态流通概念，因而其世界文学定义的第三个维度是“阅读”：世界文学是对遥远的时空世界进行超然解读的阅读方式，而不是一套经典文本（Damrosch，2003a：283）。由于世界文学的双焦点杂合性及翻译中折射的必然存在，使得我们居于任何一个焦点中来阅读和研究世界文学都会“一叶障目”。我们既需要参照源文化，以获取对文本有效、正确的理解；又需要在新的东道文化语境下考察文本的“新生”。如果民族文学是一棵树，那么世界文学的研究就要退居到由民族之树构成的森林之外，即超然于民族文学视角之外的阅读方式。“当我们以一种既投入又超然的态度去阅读了解，但是又不局限于一部作品在它原本时空里可能的意义（在我们使其适合当下的语境和目的的时候），一部世界文学的作品就会表现出它最完整的生命和最强大的力量”（Damrosch，2003a：283）。有别于对民族文学浸淫式的阅读方式，世界文学读者站在源文化这片森林之外，以远眺的超然姿态阅读文本，正视和接受译者在世界文学语境架构下对原文本的阐释，这就是达姆罗什“世界文学”定义中的超然的世界文学阅读方式。“世界文学的阅读和对它的研究是固有的‘超然解读’，其作品展开一种不同的对话。这种对话不是去识别或驾驭文本，而是有距离和差异的对话；我们与文本的相遇不是发生在源文化中心，而是相遇在充满了由来自不同文化、不同时代的作品形成的张力场域中”（Damrosch，2003a：300）。因此，世界文学的超然阅读方式是走出民族文学焦点，将世界文学文本看成是一个源文化和东道文化相互结合而产生的独立文本，并以互动、联系和对话的眼光阅读，“既需要关注特定的语言和文本，同时也需要系统研究视角的介入：既见树木，又见森林”（Damrosch，2003b）。一方面要分析源文化和东道文化相互作用并体现出来的文本表现，另一方面还要考察文本表现之后的作用机制，即语境架构。更重要的是，世界文学的超然阅读广角还有助于我们以超然的姿态审视民族文化之间的文学间性。

译者是世界文学的第一读者。深谙源文化和东道文化的译者要竭力避免陷入任何一种民族文学的狭隘立场，既不能完全沉浸于文本的原始语境，又不能使文本完全屈从东道文化的需求。译者需要在正确把握语境因素的基础上，在充分性和接受性之间寻求平衡。世界文学空间充满了遥远时空以外的源文化与东道文化的种种文化介质，前者的过去性、异域性与后者的当下性、本土性相遇，导致了源文本的变形、增删、甚至再创造。译者为了有效实现翻译文本在世界文学空间内的有效流通和接受，从而基于一定的诗学目的对文本做出创作性重写和创意性重构。“从世界文学的角度看，可以说世界文学中的所有经典都离不开翻译、离不开翻译中的创造性叛逆”（谢天振，2013：133）。因而，世界文学的超然阅读首先体现在译者对文本所做的一系列创译策略之中。

当翻译完成，翻译文本开始作为世界文学在东道文化流通，东道文化读者是世界文学的最终读者群体。因而，除了译者的创造性叛逆，世界文学的超然阅读还包括东道文化读者和接受环境的创造性叛逆。东道文化读者对世界文学的超然阅读体现在以接受差异基础上的包容的态度阅读翻译文学，不再囿于翻译文学是否忠实地再现了源文本的文学和诗学特征，而是欣然接受译者在当下语境下对源文本的“创译”，从依据个人视域和经验对文本进行时代化的个性阐释。美国比较文学学者韦斯坦因说：“一本书只要还被人误解着，就具有生命力。”（韦斯坦因，1987）翻译文本的世界文学生命力就在东道读者和文化的创造性叛逆中不断得到丰富和强化，从而逐步被接受成为世界文学而存在。

达姆罗什的世界文学定义以其椭圆形折射、翻译之得和超然的阅读模式三个维度构建了世界文学定义，回答了什么是世界文学这一现象学问题，也阐明了世界文学的椭圆形生成机制。虽然对于世界文学的折射要素及观测方法，即“世界文学的折射是如何形成的？”“如何从文化语境和文本特征分析世界文学的翻译之得和超然阅读？”等这些问题，达姆罗什没有继续深入阐释。但是，他对此提出了一个切入点和结合点，达姆罗什认为，规范是世界文学的把关人，“一个文化的规范和需求很大程度上决定了哪些作品可以成为世界文学，并影响着它们的翻译、销售和阅读的方式”（Damrosch，2003b）。因此，本研究拟与切斯特曼及图里的翻译规范理论结合，构建一个跨学科的阐释框架，并认为翻译是规范制约下的产物，民族文学通过源文化与东道文化中的规范发生折射，从而形成世界文学文本。

1.3.3 翻译规范和世界文学

翻译规范指社会群体中对翻译持有的、共享性的普遍价值观念。规范是社会文化等因素的集体言说，决定了翻译文学的“合法性”和“正确性”，也影响了译者在翻译过程中的决策，是联系翻译文本、参与各方以及翻译环境等各要素的纽带。世界文学是源文化和东道文化两种文化系统的双重折射，也是两种文化内翻译规范的合力作用。对翻译规范的准确描述是考察世界文学的生成、阅读和流通的关键。

“规范”是一个社会学概念，指一个社会群体内各成员共同遵守的行为准则。以色列翻译学者图里将该词引入翻译学科，以描述和解释翻译文本的形成，是描述翻译学的一个重要概念。翻译是一项社会活动，同时也是一个选择的过程，“翻译过程中的每一步，从源文本的选取开始，包括其翻译策略及其在不同语言系统中的流通，都受到接受语境中的价值观、信条和表述等的影响和介入”（Venuti，2013：180）。译者在翻译过程中为何选此而弃彼是描述翻译研究的重点。图里认为影响译者做出一系列翻译选择的社会文化因素处在一个连续体上，连续体的一端是约束力强的、明文规定的“法令条例”（Rules），另一端是约束力弱的、译者自身的“个性偏好”（Idiosyncrasies），处于这两个极端之间，具有流动性和可变性的主体性因素即是“规范”（Norm）。翻译规范指社会群体中对翻译持有的、共享性的普遍价值观念。规范决定了在特定情景中，哪些是“正确”的译文，哪些是“不合适”的译文。作为社会群体中的一名成员，译者受规范影响，并将其内化为实际操作中的翻译选择和翻译策略作用于翻译文本，因而，“翻译是规范作用下的产物”（Toury，2001：56）。但翻译不可避免地涉及两套或者两套以上的语言和文化传统，即至少两种规范系统。因而，翻译是译者在两种规范体系中做出取舍和协调的产物。译者既可以选择源语文化规范，也可以选择东道文化规范。选择前者意味着译者将努力保持原文的完整性，因而是充分性翻译。选择后者意味着译者更加注重译文与东道文化规范的契合，因而是接受性翻译[①]。充分性和接受性是相对的概念，翻译是两者的结合，充分性和接受性只有程度之分，没有绝对的概念。

翻译规范贯穿翻译的整个过程，体现在翻译的各个层面。图里将翻译规范分为两大类：预备规范（Preliminary Norms）和操作规范（Operational Norms）。预备规范影响翻译的宏观层面，包括翻译政策（Translation Policy）和翻译直接性（Directness of Translation）。翻译政策决定了翻译文本的选择，即哪些文本适合被翻译。如新中国成立后的十七年间对苏联文学的翻译就是在翻译政策驱使下的翻译热潮。但是翻译政策并不仅局限于国家层面上的政策性法规，也包括一个群体的集体无意识选择，如清末民初梁启超等人对政治小说的大量翻译。翻译的直接性是指翻译源语言的选择，即是否容许译本经除了源语和目的语之外的第三方语言转译。我国 20 世纪初曾一度盛行转译之风，如鲁迅与周作人两兄弟从德、英两种语言转译的《域外小说集》。操作规范影响翻译的微观层面，比如文本的篇章布局、词语选择等具体翻译选择，决定了原文与译文之间的文本关系，即翻译中的变与不变。操作规范具体可细分为母体规范（Matricial Norm）和文本—语言规范（Textual-linguistic Norm）。前者指翻译是全译还是选译，以及文本的章节和段落的划分等问题；后者指词语选择和句子结构等具体的语言处理。

图里还进一步指出，多样性和不稳定性是规范的两个本质属性。规范的多样性指规范根植于特定的社会文化背景，不同的社会文化形成的规范也不同。即使在同一个社会文化中，也会有多种规范同时并行而存在。规范之间相互竞

① 关于初始规范（Initial Norm）是否属于图里所划分的规范之列，即图里的规范划分是三分法，还是两分法，国内学界存在争议。持三分法的有廖七一（2009）等。持两分法的有章艳（2006）等。本书基于对图里在书中论述的细读和理解，认为初始规范是图里为方便解释而提出的，初始规范中的充分性和接受性既可以体现在微观层面，也可以体现在宏观层面，是对翻译行为的统领性规范，与预备规范和操作规范均有重合之处，因而不能将之视为第三类规范。

争，力量此消彼长，强者成为主导规范，较弱者则暂时退居。因而也就造就了规范的第二个本质属性：不稳定性。规范随着时代的变迁发生变化，比如清末的文言文小说翻译规范显然已成为过时的历史规范。也正是由于规范的不稳定性，因而，译者并不是完全被动地受制于规范的制约，而是“通过翻译批评、翻译意识形态（通常是以翻译理论的形式）和机构的规范制定活动等影响规范的形成”（Toury，2001：62）。已经在社会群体中获得一定地位和知名度的译者可能会出于某种诗学或者文化目的故意与现行规范背道而行之，以影响或改变规范。

继图里之后，切斯特曼借用新达尔文主义中以“模因（Meme）”为单位的文化进化和发展规律，提出了“翻译模因”，用来指有关翻译的观念和理论。翻译模因通过复制传播翻译理念或理论，但其自身在传播过程中也会发生变异和变形，翻译理论的更迭就是翻译模因复制和变异的体现。“当某个翻译模因在模因群组中得以存活，并成为主导模因，那么该模因就成了规范”（Chesterman，2016：49）。与图里的界定不同，切斯特曼认为规范所在的连续统的两端是“法律（Law）”和“成规（Convention）”。虽然二者对规范的界定存在一定的模糊性，但是都承认规范是群体成员遵守的，并内化为群体的共同期待和接受的，具有一定约束力，但非强制性的行为模式。

“翻译规范既可以由权威确立，也可以从实践中形成”（Chesterman，2016：54）。切斯特曼认为规范应包括社会、伦理和技术三个层面，因此他将规范分为产品规范（Product Norm）和过程规范（Process Norm）。前者也称期待规范（Expectancy Norm），即“东道文化读者对‘何为翻译’所持有的期待”（Chesterman，2016：62）。期待规范决定了翻译应该以何种面貌呈现在东道文化中，符合期待的、“正确”的翻译更容易被东道文化所接受。规范多由译者、评论家等专业人士设定，故过程规范也称为职业规范（Professional Norm）。“职业规范服从于期待规范”（Chesterman，2016：65）。职业规范又可细分为责任规范（Accountability Norm）、交际规范（Communication Norm）和关系规范（Relation Norm）。责任规范指“译者应忠实于原作者、翻译发起方、译者自身和目标读者等参与各方的要求”（同上：66）。该规范关注的是译文的忠实性和完整性等专业标准，是伦理规范。交际规范指“译者应该根据语境及参与各方的要求，使译文实现最优化交际”（Chesterman，2016：67）。该规范要求译者担任翻译过程中的协调员角色，是社会规范。关系规范指“译者应建立并保持源文本和译文本之间适当的相关相似性”（Chesterman，2016：67），是语言技术规范。切斯特曼认为“对等（Equivalencc）”这一概念已被深深地烙上了规约性翻译研究的色彩，其内涵过于狭窄，因而主张用“相似性（Similarity）”进行替代。源文本和译文本之间存在相似性的文本关系，而规范（尤其是期待规范和关系规范）决定了该文本关系的具体内涵。

诺德（Christiane Nord）将规范认为是“成规（Convention）”，并将之分为构成成规（Constitutional Convention）和调节成规（Regulatory Convention）两类（Nord，1991）。前者指群体中盛行的对翻译的一般概念，与切斯特曼的期待规范相似。后者指文本层面具体问题的处理，即图里的操作规范。与图里和切斯特曼的规范划分相比，诺德的规范划分更加简单直接，但是却稍显空泛，不利于应用到翻译案例中具体使用和分析。图里的翻译规范更多涉及译者在翻译过程中所做的微观层面上的策略和选择。如预备规范中的文本选择和直译或转译策略，操作规范中对字词、段落和篇章的具体翻译方法等。而切斯特曼则从期待、伦理和社会等宏观层面理解规范。两者视角相互补充，因此本书将结合使用图里和切斯特曼的规范理论，共同阐释王维诗歌在世界文学空间内的折射形态。

世界文学是经翻译再创作而形成的跨文化、跨语际的文学[①]，因而世界文学首先是翻译文学。翻译不是在真空中产生的，有其产生的历史语境、条件，是人、文本和环境因素相互作用的结果。世界文学在东道文化中诞生、流通，必然也会受到东道文化的各项历史、文化和语境因素的影响。所以，达姆罗什称世界文学是被折射和改写的文学。但是，东道文化中影响翻译文本生成的因素众多。勒弗菲尔归纳出四个改写因素：赞助人（Patronage）、诗学（Poetics）、话语域（Universe of Discourse）和意识形态（Ideology）。而这四种因素共同作用构成了某些团体，甚至是一个时代的主流话语，即规范。

“规范”是描述翻译学的一个核心概念，在回顾式的描述框架下，翻译文本是各个规范相互作用下的产物。“规范”视翻译为一项有交际目的的社会活动，消解了规约性翻译视角下“对等”的含义，而认为只要是东道文化认可的翻译文本，其与源文本之间就存在对等关系，对等只是两个文本之间翻译关系的描述。因而，规范预设了源文本在翻译过程中的变形和得失，翻译文本是各个规范系统之间协商、作用的结果。世界文学是源文化与东道文化双重焦点折射的结果，更具体地说，也是源文化规范和东道文化两套规范系统共同影响下的产物。“世界文学的形成取决于当时的主流话语”（Tachtiris，2012）。切斯特曼结合了勒弗菲尔的文本改写要素，提出了观测规范的五个影响因子：赞助人、诗学、话语域、源语言和译入语（Source and Target Language）和译者的意识形态（Translator's Ideology）。赞助人指对文学的阅读、书写和改写起积极或消极作用

① 世界文学在使用同一种语种的国家之间的流通可以不经过翻译的二次加工，比如同样使用英语为官方语言的英国、美国、加拿大等国家。

的人或机构等权力主体，其中也包括翻译出版商或委托人，他们是翻译方针的制定者和执行人，决定哪些文本可以被翻译，以及翻译应有的期待等，这是图里的预备规范的内容，也是切斯特曼的期待规范所指。诗学有两层含义：一方面指文学手法、体裁、主题、典型特征和语境以及符号等；另一方面则指文学在社会系统中的角色和功用。诗学影响翻译的文本表现及其在东道文化中所处的位置和作用，因而也属于切斯特曼的期待规范。话语域指源文本的主题及其所描写的物体、习俗和信仰。话语域既可以反映期待规范的要求，比如，这些源文本的文本特征是否属于或超出东道文化读者的期待视野；同时又是责任规范的反映，因为接受或者拒绝翻译这些文本特征属于译者个人的伦理范畴。源语言和译入语及其两者之间的差异属于关系规范。源文本和翻译文本之间的文本关系一定程度是译者依据源语言和译入语的语言本质而做出的翻译选择的总和表现。另外语言差异直接影响到译者的词汇和句法选择，因而也决定了图里分类下的操作规范。译者的意识形态指译者个人的价值观体系，包括对其他四种影响因子或接受或拒绝的态度。译者的意识形态既关系到责任规范，也作用于交际规范，因为它影响译者选择交际的内容及方式。

翻译规范影响了世界文学文本的折射和生成，因此描述世界文学离不开对历史语境中翻译规范的考察。针对规范的观察和提取的途径，西奥·赫曼斯（Theo Hermans）（1999）提出从文本入手，并总结出以下四个研究方法：（1）文本本身：一个经过多次复译的翻译文本之间呈现出来的差异可以体现规范的变化。比如，对王维诗歌不同时期的复译本进行历时的比较，其文本差异既可以体现不同时期的期待规范，也可反映出不同的文本关系规范；比较每个译本中的翻译诗目，还可观察翻译文本的选择策略，即预备规范。（2）平行文本，即序跋、前言和脚注等。平行文本是译者责任规范和交际规范的体现。（3）变文本，包括译者、读者、出版商等的言论、译评等。从变文本中可读取翻译方针，也可反映东道文化读者对翻译的期待，即预备规范和期待规范。（4）非文本数据，包括译文本的发行量、所获奖项等。非文本数据是考察东道文化主导期待规范的有效方法，反映了译本接受性的高低，同时也是图里初始规范的表现。

此外，赫曼斯还提出从文本模型考察翻译规范，文本模型是从多个文本中抽象出来的具有一般性和概括性特征的文本，文本模型的典型性一般来说就是规范的具体体现。“翻译过程至少受到三种文本模型的影响：第一种是由源文本衍生而来的文本模型，第二种是相关翻译传统衍生而来的文本模型，第三种是东道文化中相似或者相关体裁的文学文本模型”（Hermans，1991）。考察王维诗歌英译文的世界文学性需要在中国古典诗歌范式、英译中国古典诗歌范式以及英语本土诗歌范式的映照下，全面分析王维诗歌英译文与这三种诗歌范式的文本间性。一则在中国古典诗歌范式下考察王维诗歌英译文的折射表现，二则在英译中国古典诗歌范式映照下分析王维诗歌英译文的得失，三则在英语本土诗歌范式下分析王维诗歌英译文的阅读方式及所产生的跨语际的互文关系。

以上切斯特曼和赫曼斯提出的五个影响因子、四种文本和三种文本模型为世界文学与规范理论的结合提供了观测点。预备规范和期待规范可为分析世界文学文本之上的文化和诗学折射。操作规范则可具体分析世界文学在文本层面上的语言折射。切斯特曼的交际规范关注译者在翻译中寻求参与各方之间最优的跨文化交际性，具体策略有文学陌生化和语言、形式的当下化等，因此，交际规范可补充分析世界文学在翻译中的具体所获。切斯特曼的期待规范、责任规范及关系规范关注的则是世界文学的阅读方式，即东道文化读者期待视野下的翻译文本与源文本之间的关系如何，阅读翻译的态度是怎样的。两种理论相互参照、补充，共同阐释和建构世界文学在翻译中的获益和生成模式。考察世界文学的生成，我们需要深入到世界文学文本产生的社会交际语境，从赞助人、意识形态、诗学、话语域和文本语言等因素入手，通过考察文本本身、变文本、平行文本和非文本数据等特征，比较分析源文本模型、翻译文本模型和东道文本模型的传统，对东道文化的翻译规范进行提取和描述，以寻求世界文学的文本折射原因和特征，结合译例分析规范作用于翻译的文本表现，以分析民族文学的世界文学生成。因而，规范是世界文学折射的把关人，达姆罗什的椭圆形折射空间也可以用图 1.6 来表示：

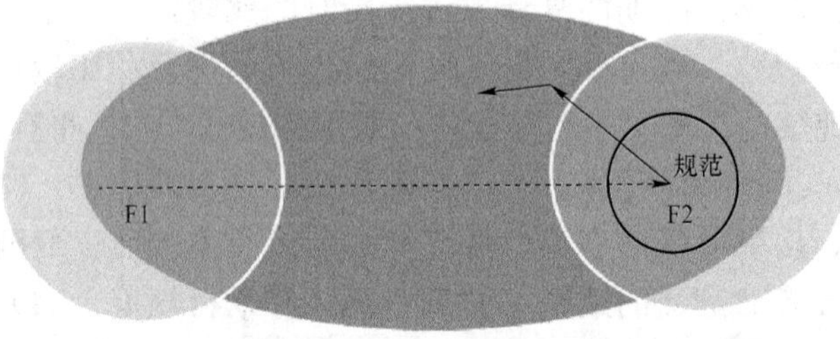

图 1.6　翻译规范观测下的世界文学折射路径图

注：虚线为理想翻译路径

实线为折射中的实际翻译路径集合

据此，本研究拟建构一个结合世界文学与翻译规范理论的跨学科批评模型，以五个影响因子、四种文本和三种文本模型为散点，并以点到线，考察各个时期的规范，以此为观测点全面分析世界文学的折射和生成，形成点—线—面的翻译批评模式，以描述的视角分析王维诗歌英译文的世界文学性的动态生成。

第 2 章

诗学征用期：英美现代主义诗歌运动与王诗翻译的发轫

王维诗歌英译肇始于 1898 年英国汉学家翟理斯所译《古今诗选》（*Chinese Poetry in English Verse*），[①]其中收录 4 首王维诗歌：《竹里馆》《送别·山中相送罢》《杂诗·君自故乡来》和《送别·下马饮君酒》。其后一二十年间，王维诗歌又纷纷见于庞德、洛威尔、宾纳等现代主义诗歌先驱诗人的译诗集中。19 世纪末至 20 世纪 20 年代是英美诗歌史上的一个革命性时期，这一时期英美现代主义诗歌运动兴起并快速发展。极具反叛传统精神的新一代诗人主张摈除内容华而不实、形式单调、格律繁复的维多利亚诗风，进行了一系列先锋实验性的诗学革新。当本民族文化中的传统诗歌模式不能满足时代的要求，追求"推陈出新"的诗人们便转而投向其他的文学传统和模式，翻译并引入新的诗学观念和文学形式，加以改造利用，丰富本土的文学土壤。中国古典诗歌就是这些具有革新精神的诗人们汲取养料的来源之一。来自遥远时空的中国古典诗歌简约明了，意象具体鲜明，不管是语言还是文化上，都与英美诗歌相去甚远，这种新奇与异域性契合了现代主义诗人们求新的反传统诗学诉求，大量中国古典诗歌被翻译进英语诗学系统，形成了现代主义诗歌运动中的"中国热"（赵毅衡，2003：13）。王维诗歌英译就萌发于现代主义诗歌运动这一东道文化诗学传统和中国古典诗歌英译高潮的翻译传统之中，并由此开启了其在世界文学空间的生命。

本章将结合王维诗歌的文本特征，英美现代诗歌发展传统以及中国古典诗歌英译传统，还原这一阶段王维诗歌英译的历史语境，分析王维诗歌英译文的椭圆形双重折射；提取这一时期东道文化系统的期待规范，即东道诗学对"新"

① 王维诗歌法语译文较英译更早，据宋柏年考证（1994）"王维诗的最早法文译文见录于 19 世纪中期圣·德尼侯爵（Saint Denys）所著的《唐诗》（1862 年）中"（宋柏年，1994）。

的追求导致创作与翻译的界限模糊，以及对翻译多种新形式的接受等。期待规范影响译文形式、语言等种种其他规范的选择；之后，结合译例，分析规范作用下的王维诗歌英译文获得的现代性、接受性和流传性；王维诗歌英译文的获益奠定了其作为世界文学的地位，以译为创以及拟作的小传统体现了东道文化参与构建王维诗歌作为世界文学的超然阅读模式。

2.1 诗歌革新运动与意象诗

19 世纪末 20 世纪初的英美革新派诗人追求简约、具象、自然的现代主义诗学，在王维诗歌中构建的朴实无华的山水间和丰富的意象描写上，他们找到了完美的诗歌典型，并借以翻译王维诗歌找到了试验现代新诗学的途径。因而，简朴自然的王维诗歌和东道文化的英美现代诗学革新分别构成了这一期间王维诗歌翻译的源文化焦点和东道文化焦点。

2.1.1 简洁凝练的王维诗歌与英美现代诗学发轫

唐朝是一个诗的时代。王维生活的盛唐，政局稳定、经济繁盛，有利的外部社会环境滋养并孕育了李白、王维、杜甫等一批杰出的诗人，是唐诗发展的黄金时期。就诗歌发展脉络而言，盛唐诗既是初唐诗严谨格律体的传承和延续，律诗作为一种盛行的诗歌体裁逐步成熟，并臻于完善；同时也是对初唐盛行的宫廷诗的革新和反叛。宫廷诗是南朝以来逐步形成的，以描述宫廷生活为主的一种诗歌体裁，其诗注重辞藻雕琢、声律严谨，风格靡丽艳饰、精致华美。“8 世纪二三十年代，初唐诗风遭到了激烈的矫正，许多新的要素产生。这些变化一部分源自诗人们对初唐诗的不满，尤其是对宫廷诗矫饰拘谨的形式的不满”（Owen，1981：4）。盛唐诗人转而追求朴素和直率的诗风。个性反叛自由、生活简朴本真、诗风田园自然的陶渊明因而进入了盛唐诗人的视野。同样，源于对自然的体悟，诗中再现的自然直觉美的山水诗传统（以谢灵运为代表）与陶渊明的田园诗传统在盛唐殊途同归，经过王维、孟浩然等人的继承和发展，形成了中国古典诗歌中的一个重要流派：山水田园诗派。“王维的山水田园诗是这一诗派发展到最完美的标志”（葛晓音，1997：252）。

作为山水田园诗派的集大成者，王维的诗歌洗尽铅华，诗风简朴，美国著名汉学家宇文所安称之为“简朴的艺术”（Owen，1981：27）。王维少年时期便以其诗才名满京城，早期也写了大量具有社交功能的宫廷诗，其诗歌技巧纯熟。但王维将其巧夺天工的诗歌技艺化入其浑然天成的诗风，其诗歌用词平实简单，以极简的词汇、浓缩的语言鲜明地勾勒出了大自然中的山水万物。如：《登河北城楼作》中“岸火孤舟宿，渔家夕鸟还”和《辋川闲居赠裴秀才迪》中的“渡头馀落日，墟里上孤烟”。王维在诗中省去了繁琐的修饰成分，只用简洁的名词和凝练的动词把一个个简单独立的事物联系起来，形成了一幅幅宏大广阔的自然之景。王维直陈、具象的诗歌风格使其诗作中充满了丰富的意象。意象是诗人个体情感在客观事物之上的投射和寄托。王维“凭着一个诗人兼画家对自然美的特殊敏感，通过辩证地处理虚实、动静、主次、繁简的关系，把色相精简到具有高度概括力的限度，精致地描绘出山林幽美清空的境界，使言外之旨、象外之趣包含在鲜明简约的意象之中”（葛晓音，1997：247）。王维诗歌直陈、具象、简朴和平实的诗歌特征不仅是盛唐诗人追求崇尚的诗风，也成为一千多年后英美现代主义运动中革新诗学的诗人们翻译、借鉴的灵感来源。

文学总是在对传统的一破一立中逐步发展的，这种文学规律不仅体现在盛唐诗对初唐诗的反叛和发展上，同样也体现在 20 世纪初英美现代主义运动中革新派诗人们对维多利亚诗学传统的摈除和创新中。19 世纪中后期，英国诗坛还处在济慈和华兹华斯浪漫主义诗歌的余韵之下，诗律严谨单调，诗风流于华丽的装饰和空洞的说教。法国诗坛中，以夏尔·皮埃尔·波德莱尔（Charles Pierre Baudelaire）、斯特凡·马拉美（Stéphane Mallarmé）等人为代表的象征主义诗派正在萌生并迅速影响了整个欧洲，包括远离欧洲本土，处在另一海岸的美国。在美国本土，以沃特·惠特曼（Walt Whitman）为代表的新诗人要求摆脱欧洲母体传统影响，发展独立的美国诗歌的呼声愈来愈高。在这种诗学背景下，一切都在呼唤新的诗学的出现。

19 世纪末 20 世纪初，英美现代主义诗歌运动应运而生。现代主义诗歌并不特指某一流派，而是一个统领的概念，指一切反传统的诗歌流派。“这种现代性的核心内涵就是彻底反叛传统、十足的标新立异的精神”（刘象愚、杨恒达、曾艳兵，2002）。这一时期出现了一大批先锋性、实验性的诗歌流派，如后期象征主义、意象主义、漩涡主义、未来主义等。现代主义诗人在诗歌创作中有意识地对传统诗歌的文学技巧和表现方式进行摈弃和改造。传统诗歌对韵律要求严谨，现代主义诗歌就抛弃传统诗歌的韵律模式，另辟蹊径，转而注重诗歌的内在节奏，于是形成了现代主义诗歌的无韵化表达方式。传统诗歌注重修饰，现代主义诗歌则追求诗歌语言的本土化和口语化。传统诗歌继承浪漫主义诗歌特点，诗歌直抒胸臆、感情充沛，现代主义诗歌则追求情感客观化，以意象陈述思维的发展。就如同现代主义诗歌先驱庞德所崇尚的信条“日日新（Make It New）”所言，现代主义诗歌以反叛的姿态，其追求的目标是“新”，新的表达形式，新的主题内容等。

在现代主义诗歌中最具有代表性，也最具影响力的当数意象派诗歌。现代主义诗歌开拓者之一托马斯·艾略特（Thomas S. Eliot）甚至认为意象派诗歌开启了现代主义诗歌运动，“人们通常便利地将 1910 年左右出现在伦敦的一个名为意象派的团体认作是现代诗歌的起点”（Eliot，1965）。1908 年，英国诗人托马斯·休姆（Thomas Ernest Hulme）在伦敦组织了一个“诗人俱乐部”（Poet's Club），吸引了一批新型诗人探索现代化的诗歌形式。休姆认为，诗歌应该是精准、明确并且清晰的描述，其美不在于大而空洞的情感的抽象表达，而在于小而硬健的事物的具象表现。他甚至预言“一个硬朗、强劲、优秀的诗歌时代即将来临”（Hulme，1924）。休姆的诗学主张为现代主义诗人指明了探索的方向，其诗学原则也是后来意象派诗歌发展的雏形。1909 年，美国诗人庞德加入该俱乐部。庞德不仅是一个“为新”的先锋诗人，而且也是一个天生的领袖和宣传家。很快，庞德在此基础上发展了意象派诗歌，揭开了英美现代主义诗歌运动的大幕。1912 年，美国诗人和编辑哈里特·门罗（Harriet Monroe）在芝加哥创立《诗刊》（*Poetry*），该杂志成为意象派诗人们的发声阵地。在该杂志成立的第二年，1913 年，庞德联合诗人佛兰克·弗林特（Frank S. Flint）在《诗刊》三月刊号上发表文章“意象主义”和“意象主义诗人的几个‘不要’”，首次正式提出了意象派诗歌的诗学三原则：

（1）无论主观还是客观，直接呈现事物；

（2）对事物的呈现无用的单词，坚决不用；

（3）诗歌创作应遵循词语的音乐性，而不是按照固定的节拍。（Flint，1913）

意象主义反对将诗歌生搬硬套进固定的韵律模式成规，提倡诗歌在形式上的创新，诗歌创作应该遵循词语自身的音乐性。意象主义不是单纯地对意象或图画的表面呈现，而是一种干练、清晰和明确的陈述方式。意象主义诗人要选择“精确的词语”，不是为了精确描述事物，而是为了能够精确地呈现给读者一种感觉，这种感觉是诗人在写作的当时当下所感受到的一种情绪状态。因此，庞德认为“意象是一瞬间理智和情感的复合体的呈现”（Pound，1913）。意象既是“接近骨头”般对事物坚实和直接的呈现，又是对情感有力的阐释。由于后期庞德与洛威尔在诗学和领导权的问题上产生分歧，庞德退出意象派转而投向漩涡主义。洛威尔继续领导意象主义的发展，1915 至 1917 年间，洛威尔连续出版了三部意象主义作品集，在第一部诗集的“前言”中，洛威尔进一步完善并提出了六条意象主义诗歌原则：

（1）使用大众化语言，但必须是精确的词语，不要近乎精确，也不要修饰词；

（2）创造新的节奏，表达新的情态。……我们坚信，相比传统形式，自由体能够使诗人更好地表达自己。诗歌中，新的韵律意味着新的思想；

（3）允许自由选择诗歌主题；

（4）呈现意象。……我们坚信诗歌应精确的表达，避免华丽的修饰和模糊；
（5）创作硬朗明晰的诗歌，避免模糊不定；
（6）诗最本质的东西是凝练。（Lowell，1915）。

虽然庞德戏谑后期洛威尔领导下的意象主义为“艾米主义”（Amyism），但是比较庞德与弗林特提出的三条原则与洛威尔的六条原则，还是可以看到意象主义一以贯之的核心主张，比如直陈、简练和自由的节奏等。不同的是，洛威尔增加了诗歌语言的大众化这一诗学要求。总的来说，“意象主义诗是一种短小、硬朗、节奏自由、语言口语化，以呈现意象为主的自由体诗”（彭予，1995）。尽管在 20 世纪 20 年代以后，意象主义逐渐失去其蓬勃的生命力，但是意象主义对现代主义诗歌造成了深远的影响，哺育了庞德、洛威尔、弗林特、威廉姆·卡洛斯·威廉姆斯（William Carlos Williams）等一批现代诗人，是英美现代主义诗歌运动中的重要组成部分。其倡导的大众化语言、自由体诗歌等逐步成了普遍性的诗学标准，在英美现代主义诗歌从成形直至成熟的过程中起了关键的催化作用。美国批评家艾萨克斯曾评价道：“意象主义运动的历史功绩之一就是，它强调并证明了诗歌是为了朗读而作，只有这样诗歌节奏才可以被感知。诗歌不是写的艺术，而是读的艺术。”（Isaacs，1952）

英美现代主义诗人反叛本土的传统，“求新”驱使他们放眼本民族传统以外的诗学形式寻找改革本土诗学的突破点，中国古典诗歌在这时进入了他们的视野。中国古典诗歌成了英美现代主义诗人借鉴和汲取的养料来源之一。这一时期出现了大量的中国古典诗歌英译诗集。如翟理斯的译诗集《古文选珍》（*Gems of Chinese Literature*，1884）和《古今诗选》（*Chinese Poetry in English Verse*，1898）；克莱默·宾的译诗集《长恨歌及其他》（*The Never Ending Wrong and Other Renderings*，1902）、《玉琵琶：中国古诗选》（*A Lute of Jade: Being Selections from the Classical Poets of China*，1909）和《灯宴》（*A Feast of Lanterns*，1916）；查尔斯·巴德（Charles Budd）的译诗集《中国诗歌》（*Chinese Poems*，1912）；庞德的译诗集《华夏集》（*Cathay*，1915）；以及韦利（Arthur Waley）的译诗集《中国诗歌》（*Chinese Poems*，1916）和《中国诗一百七十首》（*A Hundred and Seventy Chinese Poems*，1918）；弗莱彻的译诗集《汉诗精华》（*Gems of Chinese Verse*，1918）和《汉诗精华续编》（*More Gems of Chinese Poetry*，1919）；洛威尔的译诗集《松花笺》（*Fir-Flower Tablets*，1921）以及宾纳的译诗集《群山玉头》（*The Jade Mountain: A Chinese Anthology, Being Three Hundred Poems Of The T'ang Dynasty, 618 –906*，1929）等。意象主义诗人庞德发现“中国古典诗注重‘意象’‘神韵’‘简洁’‘音乐’等主张，与他的意象主义运动的诗学观不谋而合”（蒋洪新，2014）。意象主义阵地《诗刊》也多次刊发中国古典诗歌译诗。据笔者统

计，《诗刊》自其1912年创刊之日起至1930年间，共刊登包括李白、王维、白居易、苏轼、陶渊明、王昌龄、王安石、贾岛等中国古典诗人诗歌多达49首[①]，其中，1922年第2期设王维诗歌专栏，1926年第8期设李白诗歌专栏。《诗刊》作为英美现代主义诗歌运动中的风向标，多次刊登中国古典诗歌译诗，是中国古典诗歌英译成为英美现代主义诗歌运动中的一个诗学小传统的有力佐证。

这一时期的王维诗歌英译就发生在英美现代主义诗歌的发轫期以及东道文化中中国古典诗歌英译小传统的诗学背景下，充满意象的王维诗歌，以其具象、简洁的风格通过中国古典诗歌英译这一翻译传统进入到东道文化文学空间，与英美现代主义诗歌运动，尤其是意象主义对意象和直陈凝练诗风的诉求形成结合点，并在其对自由体诗歌形式的追求和变革中发生折射，使东道文化呈现出了其作为世界文学的最初形态。但这一时期的王维诗歌英译是作为中国古典诗歌这一整体中的一部分而存在，"求新"的现代主义英美诗人更多地将焦点放在诗学技巧上，对王维及其诗歌作为独立个体的诗学特点关注不够，其表现就是没有出现单部的王维诗歌译诗集。

2.1.2 首部王维诗歌译诗集

历经半个世纪的发展，现代主义诗歌已趋于成熟和稳定。1958 年，英语世界第一部王维译诗集《王维诗歌》(*Poems by Wang Wei*) 由加拿大教育学家、艺术家黄思礼与中国学者张音南合作完成。黄思礼与中国渊源颇深，其第一任妻子康斯坦斯·启尔德（Conetance Kilborn）来自为中国医学和教育事业无私奉献的基督徒启尔德家族。黄思礼本人对中国教育的问题颇为关注，其博士论文以《中国国民教育中的西方影响》(*Western Influences on Chinese National Education*, 1945）为题探讨了西方教育体制下中国教育的变化。黄思礼曾在中国生活二十多年，担任加拿大学校（Canadian School）[②]的负责人，投身于中国的教育事业，并著有相关著作《主教在河南》(*Bishop in Honan*，1974)、《华西协和大学》(*Western China Union University*，1974）等。他自己本人曾任多伦多大学东亚研究室主任。虽然不是专业的汉学家出身，但黄思礼凭借他对中国古典诗歌和中国文化的热爱，不仅与张音南合作翻译了第一本王维译诗集，还与其第二任妻子多萝西·沃姆斯利（Dorothy B. Walmsley）合著了《王维：画家诗人》(*Wang Wei, the Painter-Poet,* 1968），全面介绍了王维的生平和画艺，该书也是英语世界第一

① 详见附录B《诗刊》刊登中国古典诗歌译诗目录（1912—1930年）。

② 加拿大学校（Canadian School）位于我国四川成都，是20世纪初一所由加拿大教育和医学传教士修建的、供其子女接受教育的全日制学校。

本对王维做专题性介绍的专著。此外，黄思礼与张音南还合作翻译了吴伟业、朱彝尊、王士祯、赵翼和黄景仁等多位明清诗人的诗词，并被收录进罗郁正（Wu-Chi Liu）和柳无忌（Wu-Chi Liu）编纂的《葵晔集：大汉歌声，中国三千年诗选》（*Sunflower Splendor: Three Thousand Years of Chinese Poetry*，1990）中[①]。其中多数诗歌尚数国外首译。

《王维诗歌》共收录王维译诗 167 首。译诗集中配有以王维的画为蓝本的中国山水画，凸显了王维诗人和画家的双重身份。除组诗"辋川集"和"皇甫岳云溪杂题"之外，诗集中按照诗歌体裁进行划分归类，分为：混杂诗、四行七言绝句、四行六言绝句、八行五言律诗、八句七言律诗、不规则诗歌（五言诗）和不规则诗歌（八言诗）等。形式上，诗集采取了已发展成熟的自由体诗歌形式，译诗为"可独立成诗的自由译诗"（Frankel，1960）。译诗语言为口语体，简单生动。"这本译诗集小巧轻便，外观坚实高雅。译诗主观化，读者面广。将会成功引起大众对中国诗歌的兴趣"（Benedikter，1959）。译诗情感丰富，诗句较长，译诗整体呈现出散文化趋势，因此海陶玮（J. R. Hightower）称该译诗集"抛弃了学术性标准"（Hightower，1961）。

2.2　诗学形式之得

伊塔玛·埃文·佐哈尔（Itamar Even-Zohar）认为：当东道文学传统出现转折点，发生文学危机，或存在文学真空的时候，翻译文学就会在其中占据中心位置（Even-Zohar，1990）。当东道文学系统中存在的文学规范和诗学模式不再为年轻一代所接受，旧的传统被摈弃时，就会出现文学真空。这时候，翻译文本作为新的文学表达方式被引入，并积极参与到东道文学新传统的建构中。译者不再从本国的既有传统中寻找翻译模式，而更倾向打破前人的诗学规范，在翻译形式上大胆创新，推动本土诗学的发展。正如皮特·恰尔兹（Peter Childs）所言："现代主义是疲倦的西方艺术传统通过他文化（非洲、亚洲和中国等文化）

---

① 其中包括明朝诗人吴伟业的 *View of the Countryside*、*Sailing at Dusk from T'u-sung*、*On the Twenty-fourth of the Third Month…*、*Visiting the Garden at Monk Wen Ko's Home* 四首诗歌；清代词人朱彝尊 *Majestic Valley*、*West Cliff*、*Deepening-Green Pavilion*、*Inscribed on the Painting of Garden for Retirement: Pavilion of Sincerity, on Rocky Mountain*、*Listening-to-the-Rain Study* 和 *Written at Mauve Garden: Pine Wind Terrace* 六首诗歌；清代诗人王士祯（禛）的 *Sailing Along the Tai Stream* 以及赵翼的 *Rising Early in the Morning*、*Strolling in the Countryside*、*In Search of Solitude*、*Writing Poetry in the Back Garden* 四首诗歌；黄景仁 *Spring Sentiments*、*Mixed Emotions*、*Sentiments on New Year's Eve in…*、*Traveling at Break of Day*、*Questing-for-Spring Arbor* 等诗歌。

的一次重生，是文学离散的产物。”（Childs，2000）肇始于英美现代主义诗歌运动中的王维诗歌英译便体现出了译者意图通过翻译来建构新诗学的主体意识和动机。意象派诗人以改革者的姿态在中国古典诗歌中发现了“接近骨头”的硬朗和简洁，以及零度阐释的意象风格，并以翻译为工具丰富和发展意象诗学。这一代译者，受这种诗学目的驱动，充分性不再是译诗活动的主要目的，译诗多存在创造性成分。一方面是因为这一时期译者并非专业的汉学家，并不通晓汉字和中国文化，其认知多基于对异域的诗学想象；一方面也是英美诗人发展新诗学的内在需要。“日日新”是当时诗坛的主旋律。在“求新”的期待规范下，以译者为代表的东道文化读者对翻译的模式和具体的译诗形式都呈现出了多元化和宽松的接受态度。

“求新”的期待规范体现在译诗“亦译亦创”的模糊身份上。这一时期译者自身的中国古典文化的知识修养不高，多数译者甚至不通汉语，因而“中国学者+英美诗人”这种合作的翻译模式盛行一时。如庞德在欧内斯特·费诺罗萨（Ernest Fenollosa）手稿基础上翻译的《神州集》、洛威尔与弗洛伦斯·艾思科（Florence Ayscough）合译的《松花笺》、宾纳与江亢虎合译的《群山玉头》以及黄思礼与张音南合译的第一本英译王维诗歌集《王维诗歌》等。这种合译的翻译模式直接导致英美诗人不再背负“忠实”的枷锁，亦步亦趋紧随原文，而是赋予了译者在对源诗有了基本正确的理解之上以重新作诗和实践诗学实验的自由。翻译与创作合二为一，融为一体。对“译+创”翻译模式的接受是东道诗学期待规范的突出表现。

这种期待规范下的王维诗歌翻译环境呈现出自由创新和多元化的特点。身兼诗人和译者双重身份的现代英美诗人以现代大众英语重现了王维诗歌中丰富的意象和表达技巧，赋予了王维诗歌现代诗学的外衣，使王维诗歌参与到现代主义诗歌的诗学建构中，在异时异地获得了现代性和流传性，绽放出了其作为世界文学的第一道光彩。

2.2.1 现代性与多元译诗体

20 世纪初期见证了英语诗歌从格律体到自由体（Vers Libre）的转变。以意象派为代表的诗人认为传统的格律诗虽然整齐统一，但过于严谨和刻板的诗歌模子会因韵害义、因律损诗，影响诗情的抒发。因而，他们主张对旧的格律诗进行革新，抛弃韵脚、音步等的束缚，取而代之以无固定模式的自由体诗歌作诗。但自由体并不意味着绝对的自由，而是指以自然语流的划分来替代韵律，诗歌要富有音乐性。自由体诗歌赋予了诗人更多自由发挥和创作的空间，也使译者在翻译王维诗歌时，尤其在形式上，进行了多元化的诗学实验和创新。处于新规范体系取代旧规范体系的过渡期的王维诗歌英译文也体现了“新”“旧”并立、“新”“新”竞存的局面。

2.2.1.1　“新”“旧”并立：韵体译诗与自由体译诗

英美现代主义诗歌运动初期，革新派初露头角，传统派余势仍存，因而王维诗歌的英译也出现了传统韵体译诗和自由体译诗两种形式。前者以翟理斯、弗莱彻和克莱默・宾等译者为代表，后者以庞德、洛威尔和宾纳等译者为代表。以翟理斯和宾纳对《送别・下马饮君酒》所做译文为例进行分析（见表 2.1）。

表 2.1　《送别》翟理斯译文与宾纳译文之对比分析

送别	At Parting (Bynner, 1929)	Goodbye to Meng Hao-jan(Giles, 1898)
下马饮君酒， 问君何所之？ 君言不得意， 归卧南山陲。 但去莫复问， 白云无尽时。	I dismount from my horse and I offer you wine, And I ask you where you are going and why. And you answer: “I am discontent And would rest at the foot of the southern mountain. So give me leave and ask me no questions. White clouds pass there without end.”	Dismounted, o’er wine we had said our last say; Then I whisper, “Dear friend, tell me whither away.” “Alas!” he replied, “I am sick of life’s ills “And I long for repose on the slumbering hills. “But oh seek not to pierce where my footsteps may stray: “The white clouds will soothe me for ever and ay.”

《送别》是王维的一首五言诗，每句五言，共六行，且没有韵脚，属于王维诗歌中韵律较松散的一首小诗。诗中，王维以淡淡的笔触描写了送别友人归隐的场面。诗中避开了依依惜别的感情抒发，以一个动作（下马饮君酒）和一个问句（问君何所之）表达了诗人对友人的关怀和对出世隐居的飘逸情怀。语言浅显流畅，看似平淡的叙述，却是词浅情深。

翟理斯是早期汉诗英译者之一，他的韵体译文是维多利亚诗体的再现。其译文形式为传统的英诗五步抑扬格诗体，押 aabbcc 的韵式，读起来错落有致，朗朗上口。其中“whither”“Alas”和“ay”等古语的使用为译诗增加了古朴优雅的年代感。但因为格律体有严谨的韵式和音步要求，译者难免会为形式所限而在意义上有所增损。例如，译诗最后一句中的“and ay”则有增加音节和凑韵之嫌。而“whisper”“pierce”和“soothe”则是译者强加给王维诗歌的主观化的感情色彩，失去了源诗平白直叙的叙述风格。“pierce”消匿了诗人与友人之间的共情，“soothe”则将诗歌中含而不漏的意义显化，点出了以“白云”为象征的隐居生活对这位官场失意者的抚慰，使原本诗歌“点而不破、意味深长”的结束语失去了给读者去回味想象的空间。与翟理斯维多利亚式的韵体格律译诗相比，宾纳的译诗则是英美现代主义诗歌运动的产物。宾纳译诗既没有任何韵式，诗行也没有遵循固定的音律，是自然语流的直接呈现。语言上，宾纳译诗多采用大众化的单音节词语，一方面既符合诗中诗人与友人之间对话的口语特点，另一方面也再现了王维诗歌简单平实的诗歌风格。“I am discontent”“give me leave”和“ask me no questions”等祈使短句的使用使诗歌富于口语化的同时，也使诗歌读起来清脆简洁，富有音乐性。脱离了韵律的束缚，宾纳译诗更能全面、完整地再现源诗的内容，避免了因韵害义。王维诗歌中简朴平实的诗学风格正是英美现代主义诗人和译者所追求的按照自然语流，而非固定韵律格式创作和翻译诗歌的诗学革新。二者相遇在王维诗歌英译文中，使其成为语言自然、节奏自由的现代主义英语诗歌。

翟理斯和宾纳的译诗分别代表了20世纪初期新旧诗学交接过程中，两种规范的不同产物。翟理斯的韵体翻译以东道文化的诗学形式阐释中国古典诗歌，虽然在20世纪中期以后被认为是保守落后的旧诗传统而逐渐被忽视。但是它们在20世纪初期，为新兴一代的革新派诗人发现并最终在中国古典诗歌中找到新的诗学力量打开了一扇门。现代主义先驱庞德就是在阅读了翟理斯所译的汉武帝刘彻的《落叶哀蝉曲》的译文后受到了启发，并在翟理斯译文的基础上对该诗进行诗学再加工，最终以《刘彻》（*Liu Ch'E*）的面目出现在他的诗集“*Lustra*”中，成为庞德实践意象主义诗歌中的重要一笔。而随着现代主义诗学的逐渐成熟，庞德、宾纳等现代主义创新派诗人译笔下的王维诗歌则换上了现代诗学的外衣，融入了主流诗学，获得了符合时代要求的当下性和现代性。

2.2.1.2 “新”“新”竞存：自由体译诗的多样呈现

俄国形式主义认为，陌生化是文学之美的本质所在，形式在文学作品构成中发挥了关键性作用。新奇的形式给读者以冲击，并延长读者的审美体验。陈琳（2010）认为，翻译是文学的再创造，翻译文学同样具有陌生化特点，并据此提出“陌生化翻译”概念：“译者力图避免将源语文本的文学主题、文学手段和文学意象归化成目的语读者所熟知的，或宽泛化成显而易见的内容和形式，而是通过翻译选材和翻译修辞，例如借助主体性的翻译方法彰显源语文本异域诗学特征，或将其与平行文本的本土诗学特征相混杂，使目的语文本所述对象变得陌生。着意制造目的语文本的文学新奇感，延长翻译主体和审美接受者关注的时间和感受的难度，引导其以一种异样的、惊喜的方式感知文本的新奇性，最终使其在观察文本的原初感受之中化习见为新知和新奇，在审美过程中不断有新的发现，增加审美快感。”

英美现代主义诗歌运动的核心是“新”，吸收“异”则是文学系统进行自我更新的一个重要渠道，诗人们竞相在诗歌语言、形式和修辞等艺术技巧上实践陌生化的审美创作，这一时期出现了形形色色的文学思潮和流派。“现在对现代主义诗歌的文学和历史定位通常认为，其高度多元化的写作模式是现代主义大语境下持续振荡和多种反抗性文学力量的体现”（Hermans，1982）。兴起于 20 世纪 20 年代的新批评文学理论流派同样认为文学作品是一个结构独立完整的有机整体，文学的价值在于文学形式和语义的自足性。在现代主义诗歌对形式创新的内在要求与“新批评”文学形式论倾向的影响下，“陌生化”就成了东道文化所期待的文学样式，陌生化翻译也是译者所追求的翻译模式。

20 世纪一二十年代，自由体译诗已逐渐替代格律体译诗成为中国古典诗歌英译的主流规范。自由体译诗充分体现了译者进行诗学再创造的主体性，其表现形式是多样的，现代主义诗人分别在王维译诗中实践了自己的诗学主张，使得王维诗歌英译文在这一时期成为不同形式的自由体诗歌。以庞德和洛威尔为例，庞德和洛威尔同属意象派诗歌的倡导者，但在 1914 年左右，庞德便因为诗学主张的不同，转而投向漩涡主义诗歌，洛威尔则继续致力于意象主义诗歌的创作。庞德与洛威尔产生诗学分歧的一个原因就是对诗歌形式的看法不同。庞德对洛威尔将意象主义诗歌宽泛成没有格律的自由诗形式这一做法非常不满意，在 1914 年 8 月份写给洛威尔的通信中，庞德写道：“我认为你的想法大体上来说是好的，只是有一点，我认为你的年度选集[①]应该被称作《自由诗及其他》。……如果你非要加上‘意象主义’这个词语，你可以用一个类似于《意象主义、自由诗及现代诗歌选集》这样的副标题。我认为对每个人才是公平的。”（Pound，1951）庞德的诗学重心在于用意象表现诗歌的张力和力量，转向漩涡主义的庞德不再满足于一个个静态意象的叠加，而追求像漩涡一样更加动态、更加富有张力的动态意象。“漩涡是通过并置、叠加以及对词语和句子的布局实现的，是意象在运动中产生的‘势’的聚集，是一个充满最大势能的点”（Schneidau，1968）。而洛威尔则更加注重诗歌形式的自由表达，其诗集中收录的所谓“意象主义诗歌”已经不是庞德所主张的“意象主义”。“不幸的是，意象主义已经变成指代任何不押韵和无规则的自由体诗歌形式。表现视觉感受的‘意象’则变了意味，变为图画式印象的指称”（Henderson，1918）。

以庞德对《送元二使安西》的翻译和洛威尔对《青溪》的翻译为例（见表 2.2），说明二者对诗歌形式的不同主张。

---

① 指洛威尔从 1915—1917 年连续三年每年组织编排的意象主义诗集《意象主义诗人诗歌选集》（*Some Imagist Poets: An Anthology*）。

表 2.2 《送元二使安西》之庞德译文分析

送元二使安西	Untitled (Pound, 1915)
渭城朝雨浥轻尘， 客舍青青柳色新。 劝君更尽一杯酒， 西出阳关无故人。	Light rain is on the light dust, The willows of the inn-yard will be going greener and greener. But you, Sir, had better take wine ere your departure, For you will have no friends about you, When you come to the gate of Go.

庞德的这首译诗收录于《神州集》中，是该译诗集中唯一一首王维诗歌，也是庞德公开发表的唯一一首王维译诗。《送元二使安西》为七言绝句，是王维诗歌中最享世誉的诗歌之一。该诗是一首王维为送别友人出使西域而作的送别诗，前两句描写了送别的环境和天气，早晨的一场细雨，既为即将远行的友人打湿了轻尘，也浸润了感伤的离别之情。客栈里被雨水冲刷过的柳叶清新怡人，只可惜这柳树、这美景挽留不了友人，只好举杯祝福，劝到：再喝一杯吧，出了阳关就见不到老朋友了。后两句诗以看似朴实无华的劝酒辞将惜别的离情推向了高潮。庞德在翻译这首诗歌时，恰逢第一次世界大战爆发，庞德对离别诗的翻译道出了战士们离开家乡后颠沛流离的生活，庞德研究专家休·肯纳（Hugh Kenner）称其为一部“战争诗集”（Kenner，1971）。译诗中，庞德没有逐行对应译出，而是将四行七言绝句拆分成六行不规则自由诗，译诗没有固定韵脚，诗句长短不一，错落有致，译诗形式是现代主义自由诗歌追求的自由体。译诗第一句略去了“渭城”这一地名，凸显了“雨”和“尘”两个意象。紧接着，庞德将第二句拆成两行，“The willows of the inn-yard”单独做一行，与上一行“light rain”和“light dust”一起创造了三个连续意象并置的效果。这样的诗学效果不禁让人想起庞德的《地铁站》（*In a Station of the Metro*），该首诗歌首次刊登在1913 年 4 月的《诗刊》上，被誉为意象主义诗歌的典范。该诗歌仅有两行，由三个意象并置组成：“The apparition of these faces in the crowd；//Petals on a wet，black bough.”庞译《送元二使安西》中的前两句中的意象并置手法与该首诗歌有异曲同工之妙，且在时间上在《地铁站》之后出现，显然庞德借用了王维诗歌中丰富的自然意象，在译诗中实践了其意象主义的诗学原则，创作出了当下语境下的意象主义诗歌。译诗第三句“greener and greener”译出“青青”这一叠词，并与“go”构成连续头韵。与前两句中“light”“light”和“willows”“will”这两组头韵一起，使整首诗歌读起来朗朗上口、意味无穷。

与庞德主张的意象主义不同的是，洛威尔则实验了其“复调散文诗

（Polyphonic Verse）”的“意象主义”诗学形式。以《青溪》译诗为例（见表 2.3）：

表 2.3　　《青溪》之洛威尔译本分析

青溪	The Blue-Green Stream (Lowell, 1921)
言入黄花川， 每逐青溪水。 随山将万转， 趣途无百里。 声喧乱石中， 色静深松里。 漾漾泛菱荇， 澄澄映葭苇。 我心素已闲， 清川澹如此。 请留磐石上， 垂钓将已矣。	Every time I have started for the Yellow Flower River, I have gone down the Blue-Green Stream, Following the hills, making ten thousand turnings. We go alone rapidly, but advance scarcely one hundred *li*. We are in the midst of a noise of water, Of the confused and mingled sounds of water broken by stones, And in the deep darkness of pine-trees. Rocked, rocked, Moving on and on, We float past water-chestnuts Into a still clearness reflecting reeds and rushes. My heart is clean and white as silk; it has already achieved Peace; It is smooth as the placid river. I long to stay here, curled up on the rocks, Dropping my fish-line forever.

洛威尔的“复调散文诗”是自由诗和格律诗、诗与散文的结合。另外一位意象主义诗人弗莱彻认为虽然现代主义诗人弃韵律不用，采用自由体诗歌进行创作，但事实证明庞德等人的自由体诗歌的创作尝试并不总是成功的。“诗歌的艺术既要有‘音’，也要有‘物’。只对‘物’做简洁凝练的表述是不够的。诗歌的音乐美要求半谐音、头韵和节奏等这些管弦乐因素的修饰，以丰满诗歌的骨架”（Fletcher，1915）。首先，洛威尔的复调散文诗学并不刻意追求诗的简洁性，诗歌既可以是短小精悍的小诗，也可以是洋洋洒洒的散文诗。这一点可以体现在洛威尔在翻译时的诗歌选材上，洛威尔在其译诗集《松花笺》中共选译了三首王维诗歌：《和贾舍人早朝大明宫之作》《青溪》和《渭川田家》。《和贾舍人早朝大明宫之作》为七言律诗，《青溪》和《渭川田家》均为超过八句的长律。洛威尔避开了王维最擅长的绝句，选译了三首律诗，较长的诗歌文本更有利于洛威尔实践其复调散文诗的诗学主张。其次，洛威尔不拘泥于源诗的韵律和分行，而是在译诗中按照英语语言的节奏自然流动和断行，既有散文诗般的长句，也有利落简洁的短句。“broken by”“deep darkness”“reflecting reeds and rushes”“already achieved”和“fish-line forever”等头韵的使用又为看似松散的

结构增加音乐性。虽然庞德曾指责洛威尔将意象主义变成了“艾米主义”，但是洛威尔的复调散文诗，较自由诗，赋予了译者更大的自由创作空间，仍不失是现代主义诗学的另一种新的尝试。

不管是庞德的意象主义译诗，还是洛威尔的艾米主义复调散文译诗，都是现代主义诗人借王维诗歌所进行的先锋诗学实验。有趣的是，尽管现代主义诗人反对韵律严谨的格律体诗歌，但是却从韵律同样严谨的中国古典诗歌中寻到了改革诗学的动力。王维诗歌在现代主义诗人的诗学实践中，获得了自由的现代诗歌形式，成就了其在异域文学空间重生的时代性。

2.2.2 接受性与大众语言翻译

王维以创作律诗绝句见长，其诗歌篇幅短小，自然天成，音节较为舒缓，感情真挚，语言自然明朗，不用雕饰，具有淳朴简洁之美。因此，王维诗歌也“兼具普及性和经典性的统一，既是历代文人专业的青睐之作，有广受民间大众的喜爱”（袁晓薇，2012：8)。《送元二使安西》《九月九日忆山东兄弟》等诗歌在王维在世时变成了妇孺大众在街巷传唱的经典之作。除了王维诗歌中丰富的意象，其简洁平实的语言风格也是英美现代主义新派诗人们追求和提倡的诗学原则。

现代主义除了诗歌形式的创新，诗歌语言也是英美现代主义诗人进行诗学实验的领域。被公认为“美国诗歌之父”的惠特曼于1855年发表的诗集《草叶集》(*Leaves of Grass*)开启了用新形式和新语言创造属于美国人民的新诗歌的诗歌传统。“英语有助表现美国的宏伟，它足够刚健、灵活与完整。……它是一种强大的反抗性语言，是常识的方言”（Whitman，2002)。惠特曼认为：“伟大的诗歌没有阶层、肤色和人群之分，诗歌的创作也要适时使用一些常见习语或短语——美国俚语和粗鄙俗语——行话等。”（Howard，1930）继承惠特曼的诗学传统，英美现代主义诗人反对晦涩难懂的语言修饰，致力于用大众化语言书写现代主义诗歌传统。“使用大众化语言”是洛威尔总结的六条意象主义原则中的第一条。现代主义诗人认为，繁复的语言修饰不利于直接表现事物和情感，而大众化语言是体现诗歌个性化和表现力的强有力工具。美国诗人威廉姆斯就是坚持诗歌美国化和大众化的坚定实践者。威廉姆斯早期是意象主义的追随者，他主张用美式口语创作简单而富有张力的现代诗歌。1934年他创作的短诗《留言条》(*This Is Just To Say*)“I have eaten/the plums/that were in/the icebox//and which/you were probably/saving/for breakfast//Forgive me/they were delicious/so sweet/and so cold.”就是其诗学主张的最好例证。威廉姆斯用最当下和最生活化的口语体诠释了现代主义诗歌的语言创新。“华兹华斯以来的诗人有意识地使用低语域（Low

Register），表达他们对神启权威和社会参与的诉求。从某种层面上来讲，日常英语（Plain English）的发展历史同时也是后浪漫主义诗歌（尤其是现代主义诗歌）的历史。至少，低语域可以比喻为现代主义迷宫中的一根引线，用以判定现代主义的动机和理由、探寻现代诗歌的发展路径以及诗人们选择背后的动机（Rosen，2006）。诗歌语言大众化是现代主义诗歌的诗学规范，也是东道文化对翻译文本的期待规范和操作规范的体现。在这一诗学传统和规范下，王维诗歌译诗中的口语化译诗特征便有了合理的解释。

19 世纪 50 年代末，威廉姆斯与王燊甫（David Rafael Wang）开始合作翻译中国古典诗歌。1966 年，威廉姆斯逝世三年后，王燊甫将其与威廉姆斯合译的中国古典诗歌集结成册，以《桂花树》（*The Cassia Tree: A Collection of Translations & Adaptations from the Chinese*）出版。该译诗集中收录了两首王维诗歌，分别是：《西施咏》和《洛阳女儿行》。以《洛阳女儿行》为例（见表 2.4），分析威廉姆斯的口语体诗歌在王维译诗中的应用。

表 2.4　　《洛阳女儿行》之威廉姆斯译本分析

洛阳女儿行	The Peerless Lady (Williams, 1966)
洛阳女儿对门居， 才可颜容十五余。 良人玉勒乘骢马， 侍女金盘脍鲤鱼。 画阁朱楼尽相望， 红桃绿柳垂檐向。 罗帷送上七香车， 宝扇迎归九华帐。 狂夫富贵在青春， 意气骄奢剧季伦。 自怜碧玉亲教舞， 不惜珊瑚持与人。 春窗曙灭九微火， 九微片片飞花琐。 戏罢曾无理曲时， 妆成祗是熏香坐。 城中相识尽繁华， 日夜经过赵李家。 谁怜越女颜如玉， 贫贱江头自浣纱。	Look, there goes the young lady across the street She looks about fifteen, doesn't she? Her husband is riding the piebald horse Her maids are scraping chopped fish from a gold plate. Her picture gallery and red pavilion stand face to face The willow and the peach trees shadow her eaves Look, she's coming thru the gauze curtains to get into her chaise: Her attendants have started winnowing the fans. Her husband got rich early in his life A more arrogant man you never find around! She keeps busy by teaching her mains to dance She never regrets giving jewels away. There goes the light by her window screen The green smoke's rising like petals on wave The day is done and what does she do? Her hair tied up, she watches the incense fade. None but the bigwigs visit her house Only the Chaos and the Lees get by her guards But do you realize this pretty girl Used to beat her clothes at the river's head?

《洛阳女儿行》是王维的一首七言长律，该诗以诗人这一旁观者的角度描写了洛阳女及其夫君骄奢的富贵生活。威廉姆斯在译诗中多采用单音节的常见词

汇，以常见的口语体和讲故事的形式将故事娓娓道来，整篇译文流畅易懂。首先，两个祈使动词“Look”的使用，一来吸引了听者的注意力，二则表明讲述的开始。“She looks about fifteen, doesn't she?”这一反义疑问句的使用，凸显了诗人与假想读者之间的对话性。“The day is done and what does she do?”同样彰显了作者试图与画面外的读者进行对话交流的意图。其次，“bigwigs”等非正式词汇的使用，也是威廉姆斯译诗口语化的一个语言表征。最后，为了配合译文的讲故事的流畅性，王维诗歌中含有的典故，如西晋富豪石崇的“季伦”、汉成帝的皇后赵飞燕、婕妤李平的“赵李家”，威廉姆斯或避开不译，或不加以解释，照顾到了整首译文的会话性。正如王燊甫在《桂花集》序言中写道：“这些译诗是美国口语的再创造，这是威廉姆斯致力于一生的诗学原则。”（Field，1992）威廉姆斯用对话口语体翻译王维诗歌，坚持并实践了其一生所主张的诗歌美国化的诗学理想。

黄思礼与张音南合译的《王维诗歌》同样是口语体译诗的实践。译者对原作风格的认识决定了译文以怎样的风格呈现于东道文化之中。在为译诗集做的“导言”中，黄思礼认为：“王维的诗表现了高度的个人情感特征，能与人类的日常情感很好地联系起来。”（Walmsley et al.，1958：15）基于对王维诗歌这样的认知，在黄思礼与张音南的译笔下，王维诗歌成了语言朴实、感情丰富的生活小诗。以《春夜竹亭赠钱少府归蓝田》为例（见表 2.5）：

表 2.5　《春夜竹亭赠钱少府归蓝田》之黄思礼与张音南合译本分析

春夜竹亭赠钱少府归蓝田	In a Bamboo Tea-House on a Spring Night When, Upon Official Ch'ien's Return to Lan-T'ien, I Present Him with This Poem (Walmsley &Chang, 1958)
夜静群动息， 时闻隔林犬。 却忆山中时， 人家涧西远。 羡君明发去， 采蕨轻轩冕。	A quiet night, all living things are still. Only the lonely bark of a dog echoes from beyond the forest. I understand...I, too, once lived in the mountains Remote from the families west of the river at the foot of the gorge. I envy you! At dawn you will start your pilgrimage. A simple hermit plucking herbs, freed of ambition for the security of an official coronet!

该首诗是王维的一首五言古诗，诗中诗人借送别友人归隐田园表达了自己身居朝堂的无奈和渴望退隐的意愿。首先，译诗多现以逗号隔开的短句，体现了自然语流的发展。“I understand...I, too,”用口语中常见的语句中断和重复，表现了诗人回忆此前隐居生活的神伤之情。其次，感叹号因其承载的感情强度，

除非诗人有非常强烈的情感表达需要，一般不在诗歌中出现。但是，该首译诗中，“I envy you!”“A simple hermit plucking herbs, freed of ambition for the security of an official coronet!”两句感叹句的使用，强化了诗歌的感情色彩，使诗人对友人即将归隐的艳羡之情流露无遗。

在译诗集其他译诗中，译者经常使用极富情绪色彩的单个或短语口语词汇，表达饱满鲜明的情绪。如《老将行》：“不似颍川空使酒：What? Let himself go like the general of Ying-ch’uan ever befuddled by wine? Not he!”；《哭殷遥》：“又不及生平/负尔非一途：But oh，why not have given them while you were living!/And I? I have shown you ingratitude in more ways than one…”。此外，该译诗集另一个口语化特征是拟声词的应用。如《少年行》：“纷纷射杀五单于：And Ping! The plumed shower drops five khan dead!”《鸬鹚堰》：“乍向红莲没/复出清浦飏：Swoop! The egret dives into the red lotus blossoms. Splash! He breaks the clear water into waves.”“中国诗歌具有听觉、思维和视觉三个维度”（Walmsley et al.，1958：17）。译诗中拟声词的增加，丰富了王维诗歌中的听觉维度，使译诗“生动形象”（Hightower，1961）。

王维译诗中大众语言，甚至是口语体的使用，符合东道文化诗学的语言规范，简单易懂，又富有生活化的译诗更易于走进大众读者群体，有利于王维诗歌英译文的接受性，从而助力王维诗歌在英语世界文学地位的确立。

2.2.3　流传性与通俗化译诗

王维多以山水自然入诗，其诗清新简朴。王维虽居庙堂之高，却一生奉佛，心怀江湖之远，常以禅理入诗，“王维诗歌的入禅方式主要是山林幽栖中对客观环境的静默关照，以近乎修行的体验参悟达到对宇宙自然的深层沟通”（袁晓薇，2012：87）。因而，王维诗歌表面看质朴明了，实则蕴含了深刻的哲思和禅理。但以意象派为首的英美现代主义诗人则只取其丰富的意象和简约的诗风，对其做诗学上的创新，对其诗歌的思想性则关注不够。1922 年，宾纳在《诗刊》发表：《翻译王维》（*Translating Wang Wei*），该文章是英语世界对王维诗歌的思想性做介绍的早期文章之一，文章认为王维信奉佛教，并精通老庄哲学，并称较之杜甫、孟浩然等人的感世忧怀，王维在青山绿水和老庄哲学中找到了慰藉和永恒，“是一个深刻而又积极的诗人”（Bynner，1922），但对其诗歌内在的哲学性没有做深入挖掘。黄思礼则认为，“王维并不试图追求哲学真理。他对待生活的态度是直接的。他的短诗是对生活轻巧便捷的观察。事件以及事件引起的感情波动，就如同一呼一吸般自然衔接。如同大多数直觉型作家一样，他更注重触动心灵共鸣，而非意义的传达”（Walmsley et al.，1958：19—20）。以黄思礼与张音南合译《文杏馆》一诗为例（见表 2.6）：

表 2.6　　《文杏馆》之黄思礼与张音南合译本分析

文杏馆	My Study Among Beautiful Apricot Trees (Walmsley &Chang, 1958)
文杏裁为梁， 香茅结为宇。 不知栋里云， 去作人间雨。	Slender apricot trees pillar my hermitage, Fragrant grasses thatch it; Mountain clouds drift through it— Clouds, could you not better make rain for needy peasant?

《文杏馆》是王维晚年所作组诗《辋川集》中其中一首，“文杏馆”为诗人晚年隐居之地辋川的一个处所。诗人以文杏和香茅等名贵之物，构建了一个超然世外的理想之地。这里王维采用了屈原在《离骚》中“香草美人”的象征和比兴的艺术构思，屈原以“香草美人”比喻高洁的人格，王维则以“文杏香茅”比喻诗人追求的美好精神世界。“不知栋里云，去作人间雨”以夸张的手法表现文杏馆的地理位置之高，实则寓意处于云端之上这一理想中的佛法之境，将佛法幻化成细雨，降福、滋润人间的芸芸众生。该诗不着禅道一字，却尽显释情佛意，是王维禅意诗的代表作之一。译诗以“My Study Among Beautiful Apricot Trees”为题，则有过度阐释之嫌，“Beautiful”这一形容词的修饰也有违诗人的诗意，使读者误以为这是一首描写诗人书房华美精致的外观的诗。虽然在译诗第一句，译者以“hermitage”一词，点明了该处为诗人的归隐之地，但是译诗最后一句，诗人对“去作人间雨”做主观阐释，希望云中之雨能够落在农民的土地上，以急干旱之需。如此一来，诗中蕴含的禅意则消失殆尽，身处归隐之地的诗人成了关心民生疾苦之人，王维构建的超脱尘世之外的佛法之境也褪去了禅意的面纱，王维的这首禅意诗被译者做了通俗化处理，成了一首与幻化之境相对的尘世之现实诗歌。黄思礼与张音南对王维诗歌的通俗化处理在其译诗集多处均可体现出来。再如，《山居秋暝》中“随意春芳歇，王孙自可留”，译诗为“Although the fragrance of spring flowers has faded / My good friend, you should still stay on for the beauty of autumn”。王维在诗中借用楚辞名篇《招隐士》中“王孙兮归来，山中兮不可久留”的典故来表达隐栖山林之心。经过译者的阐释，这一归隐之意却消失殆尽，成了一首邀请好友小住以共赏秋景的生活小诗。

王维及其诗歌进入东道文化的初期，鉴于东道文化读者对中国古典诗歌以及中国哲学文化背景的接受基础不够，东道文化对王维诗歌理解与诗歌深层次的诗意还存在认知上的差异，仅停留在表面上的欣赏，因此不可避免地出现“误读”和“误译”。但是，另一方面，通俗化和生活化的译诗更适合彼时东道文化读者的接受水平，因而更有利于王维诗歌在大众读者群体中的流传性。

王维作为在我国文学史上已经确立经典地位的作家，受其本身所处的文学传统与英美现代主义诗歌运动诗学背景双重语境的作用，在失去了中国古典诗歌朗朗上口的韵律和短小整齐的形式的同时，保留了其意象丰富、语言平实简洁的诗风，获得符合现代主义诗歌的诗学形式和当下地道的语言表达，成就了其世界文学的现代性和接受性。通俗化的译诗虽然抹去了王维诗歌中的哲学维度和思想深度，但却符合大众读者的初级阅读期待，有利于王维诗歌英译文在东道文化读者群内的流传性。“一部作品被翻译的时候，总会在风格上有所失，但也会有所补偿，这不光是就读者的数量而言，在理解和地位方面也会有所得。……即使在本国已经具有经典地位的作品，当它传到国外时也会获得新维度”（达姆罗什，2012）。王维诗歌在翻译中获得的现代性、接受性和流传性为 20 年后其译诗集的集中爆发打下了基础。

2.3　美学阅读与诗学征用

世界文学是一个流通中的概念，因而读者的阅读和接受在民族文学从翻译文本成为世界文学现实中起着关键作用。这一时期“译+创”的翻译模式，既是英美现代主义诗歌借助外来文学传统丰富和发展新诗学传统的内在需求，也是以诗人译者为代表的对中国古典诗歌英译文进行超然阅读的世界文学阅读方式。以庞德为代表的革新派诗人借助翻译中国古典诗歌实践自己的诗学实验，他们以诗性的手段，在中国古典诗歌的外来材料的基础上，赋予它们本土的形式和当下的语言，重新创造了一首首英美现代主义新诗歌。

首先，中国古典诗歌英译文有独立的文学性，东道文化读者不是挑错式的翻译鉴赏视角，而是把它们当作地道的诗歌来读。庞德的译诗集《神州集》在学界一直存在着是译作还是创作的争议就是最好的证明（Kenner，1951，1971；Yip Wai-Lim，1969；Kern，1996；Qian Zhaoming，1995；Xie Ming，1999）。艾略特甚至称“庞德发明了中国诗歌”（Eliot，1928）。“洛威尔的译诗以当代艺术技巧向我们展示了全新的、引人入胜的诗歌”（Tietjens，1922）。黄思礼与张音南的译诗为“可独立成诗的自由译诗”（Frankel，1960）。雷克斯罗斯评价韦利的译诗是“真正的诗歌”，是“20 世纪最美的英语诗歌”（Rexroth，1961：206）。英国诗人亨伯・伍夫（Humber Wolfe）也曾道：“我们必须要把这些诗歌视作由一个 20 世纪的英国人创作的诗歌，并且在这个基础上评价它们。”（Johns，1968）

英美现代主义诗歌的阵地刊物《诗刊》的编辑门罗在论述创刊动机时提到“《诗刊》致力于刊登一部分当下最好的英语诗歌”（Monroe，1912）。1921 年 6 月，《诗刊》刊登了中国留学生关文清（Moon Kwan）翻译的王维诗歌《秋夜曲·桂魄初生秋露微》（*Lonely*）。1922 年 2 月，《诗刊》刊登由美国诗人宾纳与华人江亢虎合作翻译的王维诗歌多达 16 首[①]。1930 年 3 月，《诗刊》又刊登署名为“Henry H. Har”的译诗《杂诗·君自故乡来》（*News from Home*）。《诗刊》接连刊登王维诗歌英译文，从一定程度证明了英语诗学系统对王维诗歌英译文作为独立文学作品的认可。

此外，这一时期的多部英语诗歌选集还收录庞德和韦利等人翻译的中国古典诗歌。如：《牛津现代诗选，1892—1935》（*The Oxford Book of Modern Verse, 1892–1935*，1936）中收录韦利所译的《游悟真寺诗一百三十韵》；《现代诗歌袖珍诗集》（*A Pocket Book of Modern Verse*，1954）收录庞德所译的《长干行》等。英语诗歌选集对中国古典诗歌英译文的选录是对其作为独立诗歌的艺术性的肯定。

其次，东道文化读者对中国古典诗歌的超然阅读还体现在英美诗人中掀起的一股仿中国诗潮流。在 1921 年出版其中国古典诗歌译诗集之前，洛威尔于 1919 年出版的诗集《浮世绘》（*Pictures of Floating World*）中就有一组模仿中国古典诗歌的“汉风集”（Chinoiseries）。雷克斯罗斯甚至评价：“如果洛威尔今天还有些可读的诗，那就是她译的中国诗和仿中国诗。”（Rexroth，1973）宾纳同样也是仿中国诗的开风气者之一。在其与江亢虎合作翻译的《群山玉头》（1929）出版之前，“1927 年，约瑟夫·路易斯·弗伦契（Joseph Louis French）编《莲与菊》（*Lotus and Chrysanthamum*）一书，收有中日诗译文，并附有仿中日诗三十七首，其中宾纳的仿中国诗竟占二十首”（赵毅衡，2003：30）。因为对汉语知之甚少，甚至不懂汉语，模仿中国古典诗歌几乎成了这个时代诗人们的一种流行风尚。拟作是诗人进行翻译和创作的第一步，通过拟作，诗人们尊重中英诗学间的差异，与中国古典诗歌形成互文性和对话性，并在两种诗学传统的张力中创作，这既是中国古典诗歌对东道诗学传统的作用和影响，也是东道文化对中国古典诗歌进行超然阅读的结果。

翻译和仿拟成了东道文化诗人们阅读中国古典诗歌的参与方式。他们既没有站在源文化的中心呼唤对原作的绝对忠实，也没有站在东道文化的中心使

---

① 这 16 首诗歌分别为：《酬张少府》《归嵩山作》《辋川闲居赠裴秀才迪》《过香积寺》《终南山》《汉江临泛》《积雨辋川庄作》《终南别业》《竹里馆》《杂诗·君自故乡来》《送别》《送元二使安西》《西施咏》《洛阳女儿行》《酬郭给事》《青溪》。

原作完全屈从本土传统，而是在中英两种诗学对话的基础上，结合外来材料与本土形式，使其获得了一个全新的世界文学形式。庞德等人在中国古典诗歌中发现了诗歌所需的精神，并通过翻译与仿拟，“为西土移植神州种子”（朱徽，2009：93），使中国古典诗歌在西方现代派诗歌的土壤上，获得新的诗学元素的滋养，绽放了第二次生命，在异国他乡延续了文学生命，成为融入东道文化的世界文学。

翻译是语境架构下的产物。王维诗歌英译萌发于英美现代主义诗歌对旧诗学的革新和东道文化诗人译者对诗学的求新期待下，他们吸收了王维诗歌丰富的意象、凝练的表达等诗学特点，并在此基础上对译诗的形式和语言等层面进行新诗学的实验，对王维诗歌进行创译。由此，王维诗歌折射为符合时代诗学潮流的自由体、口语化和通俗性的现代主义英美诗歌，获得了其作为独立文学作品的审美性、接受性和流传性。东道文化接受环境和读者的“以译为创”的批评模式和仿作潮流的兴起，对王维诗歌英译文在英语世界的接受和流通起了促进作用，体现了世界文学的超然阅读方式。这一时期的王维诗歌英译文同样也体现了民族文学在进阶世界文学的初期，由于源文化和东道文化之间的认知距离较大，因而民族文学在翻译中所受折射角度也会比较大，其在东道文化中所呈现出的译文面貌也更容易偏离原作，而呈现出创译的翻译和阅读模式。这是文学发展与传播的一个必经阶段，也是世界文学发展初期常见的一种状态。

第 3 章

形象建构期：逆文化运动与王诗翻译的发展

20 世纪五六十年代，美国出现了一股反传统的逆文化运动（Counter-culture Movement）思潮。这场运动以年轻一代为主，他们通过嬉皮、放纵、颓废的方式和面目表达对传统价值观的不满，追求人性的释放和精神上的自由。注重个人内心体验和精神修行的禅宗在这时渗入，并在美国文化中流行开来，在某种程度上成为年轻一代用以对抗美国中产阶级价值观的利器。“不少美国诗人认为中国文化与思想已经成为他们必须要吸收的学识与经验，……对东方思想之追求乃当时的一种时代风气”（钟玲，2003a）。

中国古典诗歌在这时卷土重来，形成了中国古典诗歌英译第二次浪潮。“这第二次热潮的特点是，‘中国式’诗人大都倾心于道与禅（而不再是第一次热潮的中国文字、句法与情调），因此，他们都希望更深入到中国美学的核心中去”（赵毅衡，2003：279）。因此，机锋妙语的禅诗，如禅僧寒山子、拾得等人的诗歌，以及诗禅合一的禅意诗，如王维、白居易等人的诗歌被大量翻译并介绍到美国文化和文学系统中，成了诗人们精神之旅中重要的寄托之一。“禅颠”寒山子还以其富含禅机的诗歌和超脱尘世之累的独特个性成了一代美国文人和年轻人的文化偶像。王维在中国文学史上自古便有“诗佛”之称，其诗歌将禅意哲思等感悟体验融于对自然之物的直觉审美表达之中，以禅入诗，是禅、诗结合的代表诗人之一。英语世界于 1972 年、1973 年、1974 年连续翻译出版了三本王维诗歌译诗集，分别是华裔诗人译者叶维廉所译的《藏天下：王维诗歌》（*Hiding the Universe: Poems by Wang Wei*，1972）、英国翻译家罗宾逊所译的《王维：诗歌》（*Wang Wei: Poems*，1973）和美国作家威尔士与程曦合译的《王维诗画意》（*An Album of Wang Wei*，1974），形成了王维诗歌英译的热潮。

这一阶段王维诗歌英译文体现了译者对诗歌中道、禅等宗教主题和思想内涵的挖掘和体现。本章将在此基础上，分析王维诗歌英译文发生的两个折射文化语境，即源文化中王维诗歌之禅宗传统与东道文化中逆文化思潮之东方传统；

并以叶译诗与罗译诗做译例①，从文本表现分析王维诗歌英译文所获得的形式、语义和地位等方面的翻译所得，最后结合东道文化读者的阅读方式探讨王维诗歌英译文世界文学地位的阶段性确立。

3.1 禅宗热与禅意诗

王维在中国文学史上有“诗佛”之称，其诗歌空灵幽深，富含禅意，构成了这一时期王维诗歌翻译的源文化焦点。20 世纪中期，东道文化兴起的逆文化运动推崇道、禅等东方思想，对王维诗歌的禅意诗青睐有加，形成了王维这一时期王维诗歌翻译的东道文化焦点。这一时期的王维译诗在这两种文化焦点的共同折射下产生，王维诗歌中的禅思哲理得到了表达空间，成就其世界文学的又一特征。

3.1.1 王维诗歌：诗情与禅思

王维出生在一个礼佛之家，其母“师事大照禅师三十余岁，褐衣蔬食，持戒安禅，乐住山林”（王维，1961：320）。受其家庭熏陶，开元十七年，王维时年二十九岁，便师从长安大荐福寺道光禅师学佛，并“十年座下，俯伏受教”（王维，1961：460）。《旧唐书》也有记载“维兄弟俱奉佛，居常蔬食，不茹荤血，晚年长斋，不衣文彩”（刘昫，2000）。王维一生在朝为官，同时也是学佛坐禅的在家居士，尤其到了晚年，王维便常退朝堂之下，居在“辋川”，过起了半隐半仕的生活。不仅如此，王维还与禅师和寺僧交游密切，从其诗歌题目中便可看出。如：《投道一师兰若宿》《夏日过青龙寺谒操禅师》《过福禅师兰若》《寄崇梵僧》《李处士山居》《过乘如禅师萧居士嵩丘兰若》等。王维也经常在其诗歌中描写斋戒、坐禅等修行画面，如：“山中习静观朝槿，松下清斋折露葵”“软草承趺坐，长松响梵声”“夜坐空林寂，松风直似秋”等。

王维擅写山水田园，但其诗歌并非景物化的客观描写，而是以白描一般的艺术手段，在意象的联系和投射之间，构建了一个幽静空灵的禅镜。“王维诗歌的入禅方式主要是山林幽栖中对客观环境的静默关照，以近乎修行的体验参悟达到对宇宙自然的深层沟通”（袁晓薇，2012：87）。如《鹿柴》一诗：空山不见人，但闻人语响。//返景入深林，复照青苔上。《鹿柴》刻画的是一幅山林晚景图，同时也是一幅诗人修禅图。空山之“空”，既是“深山之深，人迹罕至”

---

① 威尔士与程曦所合译的诗集《王维诗画意》表现为松散的五步抑扬格节奏，是目前出版的英译王维诗歌译诗集中唯一一本韵体翻译。但由于该译本流传度不高，此文对此译本不做详细论述和分析。

的物理上的空，也是诗人禅修时的意识之空。《六祖坛经》云：若见一切法。心不染著。是为无念。“无念”是佛家修行之根本，即抛弃一切理性和感性执念，还原万物之本性。从“空山”到依稀而来的人声，还有眼前被夕阳照耀的一抹青苔，正是诗人坐禅结束，意识开始慢慢恢复，回到现实世界的渐进过程。“复”则表示诗人坐禅时间，从朝阳到夕阳之久。王维不著一佛语，却在自然环境描写中尽显和谐清幽之禅意。正如参禅之三境界所言：参禅之初，看山是山，看水是水；禅有悟时，看山不是山，看水不是水；禅中彻悟，看山仍然是山，看水仍然是水。王维笔下之山之水，是抛却了杂念和心障的返璞归真，是参禅彻悟后的明心见性。

此外，王维诗歌中还时常借禅宗之机锋的形式表达参禅之悟。如《酬张少府》：晚年唯好静，万事不关心。//自顾无长策，空知返旧林。//松风吹解带，山月照弹琴。//君问穷通理，渔歌入浦深。何为人生困顿与显达的道理？诗人的答案看似答不对题，却留给了读者自行参悟的空间。机锋是以非逻辑性之言语来考验参禅者的悟道境界。王维以“渔歌”回答穷通理，这种前言不搭后语的问答却道出了“穷通不过由心”的禅机。精通禅理的王维将禅思禅悟内化进对山林水石的描写之中，正所谓“诗言志”，以禅观看万物，其诗歌自然禅趣十足。

“右丞通于禅理，故语无背触，甜彻中边，空外之音也，水中之影也，香之于沈实也，果之于木瓜也，酒之于建康也。使人索之于离即之间，骤欲去之而不可得，盖空诸所有而独契其宗”（王维，1961：565）。在王维笔下，禅被审美化成了诗，诗则融入了禅的深度，诗情与禅思构成了王维诗歌这一有机整体。

3.1.2　逆文化思潮中的东方传统

20世纪五六十年代，世界仍处在二战后格局重组的余波之中。美国在经历了战后短暂繁荣之后，又深陷越战泥潭中。一方面，战争和政局的混乱造成了人们精神信仰的崩塌；另一方面，资产阶级工业和机械文明的快速发展，使得生活在机器轰鸣之中的人们开始对自身的存在感产生怀疑，对资产阶级制度及其体现的价值观发生了动摇。这种文化背景催生了一系列以年轻人为主的、反抗传统意识形态和价值观的文化革命，如新左派和嬉皮文化。他们以吸食大麻、玩摇滚和着奇装异服等极端手段反抗传统意识形态对人的束缚和禁锢，追求自由、平等和个性的解放。当西方文明进行自我背离和反思求变的时候，他们就将眼光转向他文化中的思想传统，寻找变革所需的新鲜血液和养分。禅宗就是这一时代的一大发现。禅宗追求人与自然的和谐，强调通过内心修行获得精神上的完全自由，其清静无为、不拘形式的思想特点满足了逆文化运动思潮的需求，成了年轻一代的宠儿。

与此同时，在文学领域也出现了要求建立诗学新秩序的呼声，垮掉派、黑山派、自白派和旧金山文艺复兴等多种文学团体相继应运而生。禅宗等东方思想也成了这一时期文人们进行诗学革命的丰富素材。禅宗与中国文学素来有相互影响的传统，尤其在唐朝，“中唐以后，它（禅宗）渗入了士大夫之中，并与那种追求适意自然的人生哲学与追求幽深清远的审美情趣相融合，正好促进了中国式的艺术思维方式的产生”（葛兆光，1986）。禅宗作为一种思想体系被士大夫们内化成艺术思维方式，并体现在文学创作中，形成了中国文学中以诗论禅，以禅入诗的诗学传统。因而，从东方思想中寻求诗学灵感的诗人们再次相遇了中国古典诗歌，中国古典诗歌迎来了其在西方文化的第二次影响浪潮。“在后工业社会中，‘清净无为’携带着抗议。这正是中国诗第二次浪潮能在几乎 30 年后，仍旧处于高峰的重要前提。所以，只要这个社会对人类异化的危险继续存在，中国诗歌将依旧提供灵感。中国诗歌第一次被美国当代诗歌接受时，只是一个反文化遥远的样板，而现在扮演的却是更为复杂的角色。禅和道的思想已得到更加多样化的解释，而中国诗的语言方式、风格方式继续成为美国诗人寻找自己声音的指路牌”（赵毅衡，2003：48—49）。

被尊称为“旧金山文艺复兴之父”的雷克斯罗斯是旧金山文艺复兴运动的发起人，他对中国文化和唐诗情有独钟，甚至还为自己取了一个中文名字：王红公。雷氏曾先后翻译了 4 本中国古典诗歌集：《中国诗百首》（*100 Poems from the Chinese*，1956）、《爱与流年：续汉诗百首》（*Love and the Turning Year: 100 More Poems from the Chinese*，1970）、《兰舟：中国女诗人》（*The Orchard Boat: Women Poets of China*，1972）和《李清照全集》（*Li Ching-chao: Complete Poems*，1979），其中后两本为雷氏与美籍华人学者钟玲合作翻译。雷氏认为，“诗歌是一种灵视，是一种感官的交流和沉思冥想的行为”（Rexroth，1959）。这种诗学思想就是禅宗坐禅的本质体现。

加里·斯奈德（Gary Snyder）是垮掉派诗歌的代表人物，同样也是一位中国文化和文学的爱好者。斯奈德曾自述：“我很欣赏隐逸的、历史的、宴饮唱和的以及学识渊博的中国诗。特别能感动我的是一些描写自然的诗。”（斯奈德，1994）1959 年，斯奈德出版译诗集《砌石和寒山诗》（*Riprap and Cold Mountain Poems*），引领了一股寒山热和禅宗热。他不仅在诗歌中实践禅宗思想，而且是一位虔诚的佛教徒，自称是“儒佛道社会主义者（Confucianist-Buddhist-Taoist Socialist）”（赵毅衡，1990）。斯奈德曾出家三年，专习禅宗佛教，后定居加州北部荒僻的内华达山区，身体力行过着简朴的、打坐修行的禅意生活，可谓是“现代美国式的寒山”（朱徽，2009：233）。这一时期，同样对中国文化和诗歌怀有极大热情的诗人还有山姆·汉米尔（Sam Hamill）、叶维廉（Wai-Lim Yip）和巴顿·华兹生（Burton Watson），西里尔·白芝（Cyril Birch）等。

在逆文化运动中“禅宗热”的影响和斯奈德等诗人对禅宗思想的推崇下，禅诗的翻译成为了美国诗学系统中的一个小传统。据钟玲（2009）统计，从 20 世纪中叶到 21 世纪初，单单寒山诗英译专书单行本就出版了六种。其他禅、道诗译诗集也相继出版：《鹤喙：中日禅诗集》（*Zen Poems of China and Japan: The Crane's Bill*，1973）；《禅诗：让春风来》（*Zen Poetry: Let the Spring Breeze Enter*，1973）；《企鹅丛书之禅诗》（*The Penguin Book of Zen Poetry*，1977）；《无尽生活之酒：元朝道家饮酒诗》（*Wine of Endless Life: Taoist Drinking Songs from the Yuan Dynasty*，1978）；《启蒙诗：禅僧诗集》（*The Poetry of Enlightenment: Poems by Ancient Chan Masters*，1987）等。

王维是中国诗歌传统中以禅入诗的典范，其诗歌凝练直观，言尽意却无穷，充满了禅趣和禅意，受到了东道文化诗人和译者们的青睐。这一时期，不同于意象派诗人们对意象的征用，开始“由形式上模仿化用转入文化精神上的汲取、融会”（江岚，2009：278）。“不是表面上采用东方的事物、意象、典故，而是挪用中国古典诗的内在经验、结构与思维模式”（钟玲，2003b）。禅诗英译的小传统体现了东道文化的诗学需求和读者的期待规范。在王维诗禅合一的诗学传统和东道文化禅诗翻译的双重语境的交互影响下，这一时期的王维诗歌英译文的折射性表现为译者对王维诗歌中禅、道思想性的显化。

3.2　道禅意蕴再现与身份建构

世界文学是源文本特征与东道文化需求相遇并协商的结果，译文在翻译中的获益界定了世界文学的具体表现，“这种获益，没有文本细读，没有对细节的分析，详细考察原文到译文所发生的改变，是根本无法觉察到的”（Venuti，2013：185—186）。王维诗歌中道禅思想传统与东道文化对禅宗等东方思想的追求使得王维诗歌英译和研究在 20 世纪 70 年代进入了繁荣时期。1972 年、1973 年、1974 年连续出现了三本王维诗歌译诗集：《藏天下：王维诗歌》（*Hiding the Universe: Poems by Wang Wei*，1972）、《王维：诗歌》（*Wang Wei: Poems*，1973）和《王维诗画意》（*An Album of Wang Wei*，1974）。此外，据张万民（2011）考证，1975 至 1979 年英语世界对王维诗歌的研究，除了相关论文，共有四篇博士论文[①]。

① 这四篇博士论文分别是：Wagner，L. Marsha. *The Art of Wang Wei's Poetry*. Berkeley: University of California, 1975. Luk, Yuntong Thomas. *A Study of the Nature Poetry of Wang Wei in the Perspective of Comparative Literature*. Ann Arbor: University of Michigan, 1976. Yu, Pauline. *The World of Wang Wei's Poetry: An Illumination of Symbolist Poetics*. Stanford: Stanford University, 1976. Feinerman, Vincent James. *The Poetry of Wang Wei*. New Haven, Yale University，1979.

受东道文化对东方思想推崇的影响，译者在选材和文本处理上表现出了对王维诗歌中禅道思想的挖掘，不同于第一阶段王维诗歌英译文在形式和语言上的获益，这一阶段的获益则体现在思想上的所得。

3.2.1 《藏天下：王维诗歌》：道家美学再现

1972 年，加州大学圣地亚哥分校教授、美籍华裔诗人、译者叶维廉翻译出版王维诗歌译诗集《藏天下：王维诗歌》。“藏天下”出自《庄子》：夫藏舟于壑，藏山于泽，谓之固矣。然而夜半有力者负之而走，昧者不知也。藏小大有宜，犹有所遁。若夫藏天下于天下而不得所遁，是恒物之大情也。叶维廉认为，王维的诗歌世界是纯粹客观、去除理性的经验世界。“藏天下于天下”，王维将自己隐藏于渺渺宇宙、大千万物中，并参与到大自然任性自运的过程中，所以他诗中展现的是他身在其中并“冷眼旁观”的具象客观、不加阐释的意象世界。叶维廉用“藏天下”一词概括王维诗歌，既道出了他对王维诗歌的审美倾向，也表明了其译诗的翻译策略。

3.2.1.1 自然兴发之山水田园诗

不同于小说等其他文学体裁，诗歌篇幅较短，一本诗集通常由多首诗歌集合而成，这就赋予了译者决定一首诗歌是否被翻译的选择自由。译者的选材标准根据翻译语境、赞助人等多种因素的影响而不同，可以基于诗歌的经典性，也可以是译者意识形态的潜意识选择。因而，考察译诗集中的译诗题目是进行文本分析的第一步。王维现存世诗歌共四百余首，叶维廉只择取并翻译了其中 53 首诗歌。除了对诗歌经典性的考虑之外，如收录王维代表组诗《辋川集》全部诗歌 20 首[①]，以及《九月九日忆山东兄弟》《相思》《送元二使安西》等经典之作，其他收录的诗歌均为王维以描写大自然为主的山水田园诗歌，如《青溪》《鸟鸣涧》《渭川田家》等。而对王维其他题材的诗歌，如《洛阳女儿行》《西施咏》等描写人物的叙事诗、《老将行》等边塞诗以及《奉和圣制从蓬莱向兴庆阁道中留春雨中春望之作应制》等宫廷诗均不予收录。叶维廉对山水田园诗的青睐体现了译者的选材倾向，是译者自身意识形态和诗学的表现，也遵循了东道文化在翻译选材上的预备规范。

由于 20 世纪初期意象派对中国古典诗歌中意象的借用，山水田园诗以其凝练的风格和丰富的自然意象一直是译者们首选的对象。到了 20 世纪中期，工业文明的发展，各种环境问题的出现，西方人与自然二权对立的思维模式也是逆文化思潮所反思的内容之一。“在反主流文化的高峰期间，对美国文明的批判也达到

① 另外还包括裴迪与王维应和所做的二十首诗歌。

了极致，而荒野是主要的受益者”（罗德里克，2012：232）。1962 年，美国海洋生物学家蕾切尔·卡森（Rachel Carson）的著作《寂静的春天》（*Silent Spring*）出版，引起了美国乃至全世界人们对环境问题的关注。美国于 1969 年通过《联邦环境政策法案》，1970 年成立环保局。各种环保组织相继涌现，自然和环境也开始成为文学的热门主题。斯奈德就是一位将环境保护与文学结合起来的生态诗人，常被称为“深层生态学桂冠诗人”。斯奈德认为我们所处的环境是一个完整的生态系统，人与万物一样，参与进大自然任运无为的演进之中。“世界是自然的，归根结底，必然是野性的”（斯奈德，2014：3）。这里的“野”不是粗鄙、蛮荒的荒野，而是返璞归真、以自然本性呈现出的大自然，是人们的身体和精神的栖息之所。斯奈德在东方禅、道思想中找到了其荒野哲学的契合点，认为“禅诗是一种荒野文化”（斯奈德，2014：82）。他在中国古典诗歌中找到并翻译了寒山子和王维。“以道观之，物无贵贱”“万物一齐，孰短孰长”，道家哲学主张师法自然，天人合一。“众生平等”“此有故彼有，此生故彼生；此无故彼无，此灭故彼灭”，禅宗讲求自然万物的相辅相成。蕴含丰富生态思想的道禅哲学呼应了这一时期的生态吁求。不仅是斯奈德，20 世纪中期以来，美国诗坛出现了“东方转向”（耿纪永，2015），诗人们对东方宗教（以道和禅为主）和文学（尤其是中国古典诗歌中的山水田园诗）产生了极大的兴趣。“西方自然诗与中国自然诗之间的根本区别之一，就是禅、道思想为中国自然诗歌表现自然神秘主义提供了坚实的哲学基础”（Frodsham，1967）。结合道、禅等哲学思想的山水田园诗成为诗人们寻求生态理想的诗学栖息地，自然、山水田园诗就成了东道文化译者和读者所乐见的诗歌题材。

叶维廉同样也是一位具有生态和人文关怀的学者。他将人与自然的关系作为其写作、翻译和研究的动力，“为了活泼泼的自然和活泼泼的整体生命，自动自发自足自然的生命，我写诗。为了活泼泼的整体生命得以从方方正正的框限中解放出来，我研究和写论文”（叶维廉，2002a：1）。叶维廉从全球人文关怀的角度出发，认为“工业和机器文明隔绝了人与大自然的沟通和交流，破坏了大自然自律自动、任性自运和天放的‘太和’之境”（叶维廉，2002b）。与同时代许多诗人一样，叶维廉在道家思想中找到了回归太和的哲学和美学基础。道家讲求“解心囚”“去语障”，即抛却语言的禁锢，忘却自我，让“我”回复到自然万物的本性之中。中国古典诗歌，尤其是山水田园诗歌，是自然律动的体现。其目的在于捕捉意象在诗人眼前的涌现，而诗人置身于这万千演变的过程之中，本身也是演变的一部分，从这一层面上讲，诗人又是置身事外的，诗人的逻辑思维并不体现在诗歌之中。“诗中少用人称代词，并非一种怪异的思维习惯，实在是暗合中国传统美学中的虚以应物，忘我而万物归怀，融入万物万化而得道的观物态度”（叶维廉，2002a：90）。叶维廉从对当下生态的人文焦虑中，追溯到道家美学和中国古典诗歌中的自然诗，又在王维诗歌中找到了道家美学的集中体现。“王维的诗，景物自然兴发与演出，作者不以主观的情绪或知性的逻辑介入去扰乱眼前景物内在生命的生长与变化的姿态，景物直现读者目前”（叶维廉，2002a：174）。叶维廉选择王维作为译介的对象，是基于其个人的生态追求和道家美学的诗学主张所做的选择，也是顺应了东道文化对翻译选材的期待。

3.2.1.2 “纯粹经验”再现

道家哲学中的纯粹经验是指不受理性知识和逻辑思维干扰和介入，以物观物、藏天下于天下的表达策略和思维方式。纯粹经验在诗歌中的表现就是诗人不以自己的主观思维将所写的具象事物抽象化，而是接受事物的自然呈现，包括事物呈现的顺序。“一个有纯粹经验的诗人很自然地认为：现象中的每种存在形式都各在其位，没有优劣之分，也不需要人将其合理化”（Yip，1972：ix）。诗人的作用是还原事物的本性。王维诗歌以多个意象并置表达瞬间多重透视，诗人思维的缺席给读者留了大片的可供想象的空白，是一种无言独化的诗学表现，也是“无我、无知、无心”（王润华，2009：7）道家思想影响下形成的中国美学传统。叶维廉作为一名专业出身的比较文学学者，一直以来都在寻找中国古典诗歌与英美现代诗学汇通与对话的可能性，而翻译和对翻译的讨论就是对话的基础。“旧诗中的文言语法，反映中国独特的美学特点，是英文语法无法做到的。英文语法应用到中国诗的翻译上，往往会把源诗的观物形态完全破坏”（叶维廉，2002a：23）。要把基于纯粹经验之上的中国诗中的美学境界在翻译中传达出来，就要调整东道语言的结构，以反映源语言的境界。因此，叶维廉在对王维诗歌英译文的处理上调整了英语的语法结构，以再现纯粹经验的诗学境界。

首先，王维诗歌英译文的纯粹经验体现在诗人“自我虚位，万物归怀”的藏天下于天下之美。中国古典诗歌中很少出现指代作者本人的指称代词，通常情况下都是隐而不表。“这是一个在唐代流行的、重要的文学传统，目的是要表达诗人无我之意识，从而使读者可感诗人之感”（Frankel，1957）。但是，受分析指义性的英文语法限制，英诗中并无此传统。叶维廉打破了这种英诗规范和英语语法结构，在译诗中尽可能地隐去了诗人的存在。据笔者统计，在叶维廉所译的 53 首王维诗歌英译文中，只有 11 首译诗中直接出现第一人称“I”，其余情况下，叶译中的诗人都藏于天下万物，将自己隐在了“道”之中，成为大自然的一部分。

其次，王维诗歌英译文的纯粹经验体现在“无言独化”的静默之美。王维诗歌是一种“空”的艺术。根据赵殿成所笺注的底本《王右丞诗集》统计，该诗集共收录王维诗歌 425 首，其中“空”字用了 94 处，这就意味着王维平均每不到 5 首诗便使用一个“空”字。如，“荒城自萧索，万里山河空”“清川兴悠悠，空林对偃蹇”“空山不见人，但闻人语响”“峡里谁知有人事，世中遥望空云山”等。但是这里的“空山”和“空林”并不真实表示物理空间的空，而是诗人的意识之空，是一种大象无形、大音希声的灵静之境。“王维是中国，乃至所有文学史上，最安静的诗人。其诗之‘音’源于绝对的静默”（Yip，1972：x）。叶维廉在翻译王维诗歌的时候，在译诗中鲜少使用动词，多以静态的非谓语动词、介词等描写性词汇，以再现王维诗歌的无言静默之美。如，《青溪》前四句“Into the Yellow Flower Rill/ Driving the water of Green Stream./ Along the mountains a million turns:/ To go straight — not even a hundred miles.（言入黄花川，/每逐青溪水。/随山将万转，/趣途无百里。）”

最后，王维诗歌英译文的纯粹经验体现在大自然任运无为的秩序之美。王维的诗歌以自然构作自然，以事物呈现事物，是剔除了逻辑和自我思维的、以物观物的注视。大自然有其自身的运作和发展规律，即道家所谓“道法自然”。自然万物的出现、兴发和消失也有其“道”，是不以人的意志为转移的。如“木末芙蓉花，山中发红萼。//涧户寂无人，纷纷开且落。”山涧中的芙蓉花从花开到花落就是大自然自兴自足的表现。诗歌要遵从自然之道，不以知性去干扰事物的出现和发展模式。“王维诗中的视觉顺序是我们体验现象起伏流转的自然体现。……译诗如果打破这一顺序将会失掉王维独特的表现模式”（Yip，1972：xiii）。因此，叶维廉在翻译的时候，在字句层面尽量遵循了源诗字词出现的顺序，使读者能够体验到诗人之所见，以再现王维诗歌的表现模式。如“Peach-blossoms, red: with these, yesterday’s rain. Willows, green: with these, spring smoke.（桃红复含宿雨，柳绿更带春烟）”“A stream hut, quiet, no one around.（涧户寂无人）”。以《渭川田家》为例具体说明叶译中道家美学的表现（见表3.1）。

表3.1　　《渭川田家》之叶威廉译文分析

渭川田家	Peasant Homes at Wei River (Yip, 1972)
斜阳/照/墟落， 穷巷/牛羊/归。 野老/念/牧童， 倚杖/候/荆扉。 雉雊/麦苗秀， 蚕眠/桑叶稀。 田夫/荷锄至， 相见/语依依。 即此/羡/闲逸， 怅然/吟/式微。	Slanting rays /upon /the hamlet. A deep lane: /cattle and sheep/ return. Rustic old men/thinking of/ their herd-boys Lean on staffs /waiting by/ thorn-doors. Pheasants sing./ Barley grows fine. Silkworms asleep: /mulberry-leaves sparse. Peasants stand /holding their hoes. Meeting, / they exchange views warmly. This I /admire: /the simple life. And sad/, sing: / O to be home!

《渭川田家》是王维的一首五言律诗。诗歌以白描的手法，恬静悠然的诗风刻画了一幅初夏夕阳下渭水两岸的田园图景。该诗以“归”为题眼，写出了太阳归于地平线之下，牛羊、牧童从放牧而归，田夫自农事而归，为诗歌尾联诗人道出“归隐之心”做了铺垫。《式微》取自《诗经》：“式微，式微，胡不归？”诗人引典婉转地表达了自己意欲归隐田园之心。首先，叶维廉的译诗“刻意避免第一人称的出现；用分词和动词不定式、介词替换动词，减少动态性”（Yu，1979：235）。比如，译诗中的介词“upon”，分词“thinking of”“waiting”“meeting”和“holding”的使用凸显了意象的呈现，各个意象并置叠加，组成了一幅恬淡的村落田家图，体现了无言境界的安静之美。其次，叶维廉在译诗中基本遵守了王维诗歌的行文顺序和断句模式。如，“Rustic old men/thinking of/ their herd-boys, Lean on staffs /waiting by/ thorn-doors.”再现了源诗中“AB/C/DE”的意群分割，且“thinking of”对“waiting by”“herd-boys”对“thorn-doors”一定程度上传达了中国古典诗歌对句的整齐美。

《道德经》云：“道可道，非常道。”《庄子・秋水》亦云：“可以言论者，物之粗也；可以意致者，物之精也。言之所不能论、意之所不能察，不期粗精焉。”道家认为言不尽意，语言是思维之产物，其所道不能到达事物的本质。因而，道家讲求“得意而忘言”，在语言之外寻找事物的本质意义。笔者随机挑选了叶维廉译诗集中的 8 首译诗①，计算出这 8 首译诗总用词量为 236 个单词，平均每首用词量约为 29.5 个。而黄思礼与张音南译诗集同样 8 首译诗的总用词量为 318 个单词，平均每首用词量约为 39.75 个。叶维廉每首译诗平均用词量较黄思礼与张音南译诗少了 10 词之多，一定程度证明了叶维廉译诗的无言之美。叶维廉借王维诗歌英译文表现了道家“无言独化”的简洁，实现了言尽而意无穷。叶维廉从东道文化对禅、道思想的需求出发，以自己的人文关怀和诗学主张再现了王维诗歌中无我、无言、无知、无心的诗学，使王维诗歌英译文获得了道家的思想和美学维度。

3.2.2 《王维：诗歌》：佛禅宗教之旅

1973 年，英国中、日汉学家罗宾逊翻译的王维译诗集《王维：诗歌》由世界著名出版社企鹅出版社作为经典系列丛书之一出版，并于 2015 年再版，是八本王维译诗集中目前为止唯一一本再版的译诗，也是“英语世界中流传最广的一本王维译诗集”（Weinberger et al.，2016：31）。英国汉学家葛瑞汉

① 这 8 首所译诗歌为：《孟城坳》《栾家濑》《辛夷坞》《木兰柴》《鹿柴》《竹里馆》《送元二使安西》《酬张少府》。

（A. C. Graham）称赞该译诗集为“能够展现汉诗英译技巧的少数诗集之一”（Graham，1974）。英国当代作家、诗人索普（Adam Thorpe）将该译诗集列为十大最佳翻译书籍之一①。罗宾逊所译王维诗歌还相继被收录进文学选集中，《华子冈》被收录到《贝德福德世界文学选集》（*Bedford Anthology of World Literature*，2003）中，《竹里馆》则被收录到《独处之思》（*Reflections on Solitude*，2000）中。

该译诗集共收录王维诗歌 127 首，并附王维所著《山中与秀才裴迪书》一文译文，以及译者对陶渊明所著《桃花源记》的讲解说明。同叶维廉一样，罗宾逊同样发现了王维诗歌中“静”的特质，认为王维是个“内心情感丰富，冥想型”（Robinson，2015：xiii）的诗人。但是，与叶维廉从道家美学所理解的无言独化之静不同，罗宾逊所体验的“静”是佛禅宗教之静，“王维最具代表性、最个性化的诗歌渗透着一个真正佛教徒的清静无为的思想”（Robinson，2015：xvi）。基于对王维佛教徒这一身份和其诗歌宗教意味的认知，罗宾逊在其译诗集的导言中表示，虽然王维也写下了大量的宫廷诗歌，但是他只选译了《奉和圣制从蓬莱向兴庆阁道中留春雨中春望之作应制》和《送秘书晁监还日本国》两首，在选材上，罗宾逊更加偏向能体现王维佛禅思想的诗歌。译诗策略上也体现出了对王维诗歌中佛禅思想的再现。

3.2.2.1 形式上的充分性

源文化和东道文化之间的距离远近是影响世界文学折射程度的关键因素。“文学作品即使进入了世界文学的传播中，它们身上依然承载着源于民族的标志，而这些痕迹将会越来越扩散，作品的传播离发源地越远，它所发生的折射也就变得越尖锐”（Damrosch，2003a：283）。相反，随着文化间的对话和交流增多，源文化和东道文化之间的认知距离也会越来越近，世界文学在其中发生的折射也就越来越和缓，其源语文化中的民族印记也会愈加凸显。不同于 20 世纪初期，庞德、洛威尔等英美现代主义诗歌初创者在不懂汉语和汉学的情况下，仅凭着对中国古典诗歌诗学的共情引领了一次翻译高潮。王维诗歌英译进入第二阶段，其译者在汉语和汉学水平上都有了大幅度的提升。叶维廉是华裔，其汉语水平和对中国文化和诗学的认知自然不必多说。罗宾逊也精通汉语，并且曾任伦敦大学亚非研究学院讲师，主讲远东历史。译者语言水平和对源文化和东道文化两种文化熟悉度的提升拉近了两个文化之间的距离，使得译诗的折射角度变小，创造性叛逆程度降低，因而，作品也就愈能保留其原来的面目，

① Thorpe, Adam. Adam Thorpe's top 10 English translations. http://www.theguardian.com/books/2011/oct/19/adam-thorpe-top-10-english-translations. 2011-10-19. accessed on 2017－4－13.

译诗充分性凸显。罗宾逊对王维诗歌的翻译就体现了对王维诗歌形式的充分性翻译。

中国古典诗歌抑扬顿挫，富于节拍和音乐性。“抑扬”是汉字平仄的起伏律动，“顿挫”是句间和句内的停顿。句间停顿以标点符号为界，是显性停顿。而句内停顿则根据意群和音节有不同的断句方法，是隐形停顿。就中国古典诗歌而言，五言诗通常为“上二字为一句，下三字为一句”，七言诗则多“上四字为一句，下三句为一句”（遍照金刚，1975）。罗宾逊注意到了中国古典诗歌中的停顿方法，“在所有的诗歌中，不管是近体诗还是古诗，在意义和声音上都有一种很强的顿感。这种停顿通常在五言诗的第二个字之后，七言诗的第四个字之后”（Robinson，2015：xxii）。在王维诗歌英译文中，为了表现中国古典诗歌的节奏感，针对诗歌的不同停顿节奏，罗宾逊采取了不同的翻译方法。比如，在翻译五言诗时，罗宾逊遵循了源诗的诗行分布，以每句诗行为顿；在翻译七言诗时，罗宾逊则按照七言诗“前四后三”的停顿规律，将每行诗句拆分成两行进行翻译，由此一来，译诗就从源诗的句内停顿变成了行间停顿（见表 3.2）。

表 3.2　　　　《答张五弟》之罗宾逊译文分析

答张五弟	Reply to Chang Yin（Robinson,1973）
终南有茅屋， 前对终南山。 终年无客/常闭关， 终日无心/长自闲。 不妨饮酒/复垂钓， 君但能来/相往还。	I have a cottage in the Chungnan foothills The Chungnan mountain face it All the year long no guests and the gate remains shut All the day long no plans and I remain at leisure Nothing to stop you taking a drink or casting for a fish You have only to come along come and see me here.

《答张五弟》是一首不规则诗，前两句为五言，后四句为七言。罗宾逊则根据每句诗行的字数不同，采取了不同的翻译方法。五言诗句则按源诗的诗行划分而译，七言诗句则以前四后三将源诗诗行拆分成两句，以体现诗歌的音乐感和节奏感。

罗宾逊虽然在译诗前言中表示，王维诗歌以其绝句和律诗为上乘诗作，但是也收录了为数不多的古体诗。对古体诗，罗宾逊也采用了不同的译诗形式，以区分五言和七言诗。以《送友人归山歌》为例（见表 3.3）：

表 3.3　《送友人归山歌》之罗宾逊译文分析

送友人归山歌	Song for A Friend Going Home to the Mountains（Robinson,1973）	
山中人兮欲归， 云冥冥兮雨霏霏。 水惊波兮翠菅靡， 白鹭忽兮翻飞， 君不可兮褰衣。 山万重兮一云， 混天地兮不分。 树晻暖兮氛氲， 猿不见兮空闻。 忽山西兮夕阳， 见东皋兮远村。 平芜绿兮千里， 眇惆怅兮思君。	The man of the mountains Clouds dark dark Waters surging White egrets suddenly My friend you must not Mountains many layered Heaven and earth confused Trees dim and dark Monkeys not seen Suddenly west of the mountains We see among the eastern fields Flat plain green I am sad	wants to go home rain driving down green rushes swaying wheeling about hitch up your clothes all one cloud indistinguishable air heavy only heard evening light a distant village a hundred miles clear thinking of you

《送友人归山歌》是王维的一首离骚体古诗，其中语气助词“兮”并无实际意义，用以表示停顿或感叹，以增强诗歌的节奏和对称感。罗宾逊在翻译时以句中空格代替“兮”，一方面延长读者阅读诗歌时的停顿感，另一方面罗宾逊采用不同的译诗形式翻译不同的诗歌体裁，使译诗之间相互区分，体现了译者向源诗形式靠近的翻译策略。在译诗中以空格代替停顿造成特殊的诗学审美效果，并不独见于罗宾逊译诗中。1978 年，斯奈德在《守护万物》（*Journal for the Protection of All Beings*）第 4 期上发表了其翻译的 5 首王维诗歌，其中《竹里馆》最后两句“深林人不知，明月来相照。”的译文为：“people wouldn't know that deep woods/ Can be this bright　　in the moon.”。斯奈德在这里同样使用了以空格代替停顿的翻译手法，延长了读者的审美感受，强调了“深林”这一荒野意象，实践了自己的荒野哲学[①]。

此外，罗宾逊对源诗形式的充分性译诗不仅体现在以不同的译诗体再现源诗的形式特征，还体现在其对诗歌中叠词的翻译上，罗宾逊基本上实现了以叠词翻译叠词，如表 3.3 中以“dark dark”对应翻译“冥冥”。此外，还有《临湖亭》中“far far advancing over the lake（**悠悠**湖上来）”、《积雨辋川庄作》中的“Vast vast the water fields//where the white egrets fly//Dark dark the summer trees//where the morning mallows fade（**漠漠**水田/飞白鹭，**阴阴**夏木/啭黄鹂）”、《寒食汜上作》中的“Silent silent falling flowers// birds crying in the hills//Green green the willows//at our crossing place.（落花**寂寂**/啼山鸟，杨柳**青青**/渡水人）”等。

① 对《竹里馆》斯奈德译诗的详细分析见：陈琳，曹培会. 2016a. 诗歌创译的世界文学性——以《竹里馆》英译为例［J］. 中国翻译（2）：85－90.

罗宾逊基于对中国古典诗歌形式的认知，采用拆分诗句、空格留白等代替诗歌中的停顿，以及以叠词译叠词的翻译手法，均再现了中国古典诗歌不同诗歌体裁的节奏和音乐性，体现了译诗在形式上的充分性。

3.2.2.2 佛禅思想性的再现

与叶维廉对王维的定位不同，罗宾逊认为"王维通常被粗鲁地贴上'自然诗人'的标签，但是他不是，从目前所讨论的诗歌来看，他更像是一个宗教或神秘诗人"（Robinson，2015：xviii），因而，罗宾逊译诗中对自然意象并不十分关注，而着力表现了王维的佛教思想。"白云"这一意象是王维诗歌中的关键词，如《送别》中的"但去莫复问，白云无尽时"、《问寇校书双溪》中的"新买双溪定何似？余生欲寄白云中"、《酬虞部苏员外过蓝田别业不见留之作》中的"惟有白云外，疏钟闻夜猿"等。诗言志，"白云"是诗人主观心性的象征，云卷云舒、自由自在的白云是佛家追求的缥缈高洁之心境。王维诗中就多用"白云"这一意象。据笔者统计，王维全部诗歌中共出现"白云"26 次。罗宾逊则选取了其中 10 首收录其译诗集中[①]。除《欹湖》属于《辋川集》组诗，不便拆分单列出来以外，罗宾逊特意将其余 9 首诗歌编排在一起，"以便读者更好地理解'白云'之意"（Robinson，2015：xvii）。罗伯逊认为"'白云（white clouds）'或'白云外（beyond white clouds）'代表了纯粹的精神家园"（Robinson，2015：xvii），是摆脱了俗世束缚的空灵之境，也是诗人宗教之旅的终点，故而王维在诗中有所云："悠然远山暮，独向白云归。"

除了对"白云"这一意象中的宗教意义的挖掘外，罗宾逊还将诗歌中具有宗教意味的暗喻在译诗中显化，以《登辩觉寺》为例进行分析说明（见表 3.4）：

表 3.4 **《登辩觉寺》之罗宾逊译文分析**

登辩觉寺	Going up to the Temple of Perception (Robinson, 1973)
竹径从初地， 莲峰出化城。 窗中三楚尽， 林上九江平。 软草承趺坐， 长松响梵声。 空居法云外， 观世得无生。	Path through bamboos up from the First Stage Towards the Magic City out above lotus peaks Through a window, there is all of Ch'u Over the trees the Kiukiang plain Cross-legged, soft grass beneath Tones of Sanskrit sounding among tall pines Up in the Void beyond the Cloud of the Law Contemplating, achieving Nirvana.

① 这 10 首诗歌分别是：《欹湖》《送别》《哭殷遥》《留别丘为》《归辋川作》《酬比部杨员外暮宿琴台朝跻书阁率尔见赠之作》《山中寄诸弟妹》《酬虞部苏员外过蓝田别业不见留之作》《瓜园诗》《终南山》。

《登辩觉寺》是一首五言律诗，诗中描述了诗人登辩觉寺途中的所见所闻，实则暗喻了佛家从“初地”到“法云”之地的修行之旅。佛教有“菩萨十地，心灵十境”之说，指佛家修行的十个阶段：“欢喜地、离垢地、发光地、焰慧地、难胜地、现前地、远行地、不动地、善会地、法云地”（证严上人，2011）。诗人从山道竹径（初地），一步步拾级而上，寻寺之旅也是修行之旅。“化城”指一时幻化的城郭。佛教用以比喻小乘境界。佛欲使一切众生都得到大乘佛果。然恐众生畏难，先说小乘涅槃，犹如化城，众生中途暂以止息，进而求取真正佛果。修行到第十个阶位的大乘菩萨至此位，大法智云含众德水，法身如虚空，智慧如大云，故有“空居法云外”。最后，在坐禅修行中明心见性，进入无心无相、无嗔无怨的大空之境，最终达到佛教追求的最高境界“涅槃（Nirvana）”。罗宾逊在译诗中，将“First Stage”“Magic City”“Void”“Cloud of Law”和“Nirvana”首字母大写，如此一来，普通名词变为专有名词，将原本为喻体、隐藏在诗行里草蛇灰线般的修行过程明晰化，凸显了诗歌的宗教色彩。此外，“像叶维廉一样，罗宾逊倾向于将动词译为分词，这无疑增加了诗歌的静寂之感”（Yu，1979”：237）。在《登辩觉寺》一诗的英译文中，罗宾逊全部用介词和分词结构代替实义动词，使充满动感的登山寻寺之旅变成了收摄身心、观自心的静禅修行。

除了将“无生”译为佛教词汇“Nirvana”之外，罗宾逊根据自己对诗歌的认知，在其他两首诗歌中，同样使用了该词汇。一首是《苦热》中的“忽如<u>甘露门</u>，宛如清凉乐。（Here is the way to <u>Nirvana</u>，the gate// To pass through to the joy of purity.）。一首是《叹白发》中的“一生几许伤心事，不向<u>空门</u>何处销。（We must turn to the gate to <u>Nirvana</u>？//Where else can we end our pain？）”。“无生”是不生不灭、超越了人间生死轮回之境。“甘露门”是超越了人世冷暖，无冷无热的境界，指经历了苦修，才能修炼成佛。“空门”是不悲不喜的性空之境。二者都指大乘的最高佛法之境。罗宾逊没有拘泥于原作的字面表示，而是探寻到了词之真正所指，将“空门”“无生”和“甘露门”都译为“涅槃（Nirvana）”，使王维诗歌中的佛教思想得到了阐发，强化了王维“佛教诗人”这一身份定位。

受逆文化运动中东道文化对东方思想的文化追求，叶维廉和罗宾逊分别基于道家和佛家对王维诗歌进行了阐释和翻译，使这一时期王维诗歌英译文获得了思想的维度。叶维廉将王维诗歌归结为无言独化的道家美学之体现，选取了王维的自然意象丰富的山水田园诗，并将之视作纯粹经验，运用意象并置、去除自我、减少动态（词）等一系列译诗策略对王维诗歌进行了“无我、无知和无心”的道家美学再现。罗宾逊则从王维身为佛教徒和其诗歌中的佛教思想入手，以不同的译诗形式表现不同的诗歌体裁，体现了其译诗在形式上的充分性。通过对王维诗歌中意象，如“白云”，中的宗教意味的再现，罗宾逊所译凸显了王维诗歌中的佛教色彩，是诗与佛的结合。

3.3 文化阅读与思想共情

世界文学是一个流动的生产和阅读概念，具有时代性和当下性特征。雷克斯罗斯认同翻译的当下性，认为“随着时代的发展，所有的翻译都会过时”（Rexroth，1961：19），而“那些伟大的翻译之所以会流传至我们的时代，是因为它们完全属于它们的时代”（Rexroth，1961：21）。时代和语境不同，对文学作品的阅读方式也不同，世界文学就是在阅读和流通中得以实现。20 世纪六七十年代，美国社会经历了一股崇尚个性和自由的逆文化运动，这一代诗人热爱自然，喜欢东方思想，形成了东道文化中禅诗和具有禅意的山水田园诗的翻译小传统。放荡不羁，以癫得禅的寒山诗、诗禅如一的王维诗、恬静散淡，山水自然的陶渊明诗都是道禅等东方思想运化在对大自然的描写中的诗歌典范，在这一时期得到了追捧和热译。斯奈德于 1959 年翻译了二十四首寒山诗，并收录进《砌石和寒山诗》（*Riprap and Cold Mountain Poems*）中。随后，华兹生于 1962 年出版《寒山：唐代诗人寒山诗歌一百首》（*Cold Mountain: 100 Poems by the T'ang Poet Han Shan*）。1970 年，《陶潜诗集》（*The Poetry of T'ao Ch'ien*）由海陶玮翻译、哈佛大学出版社出版，是陶渊明诗词首个全译本。对王维诗歌的翻译和介绍也随着这种小传统的兴起达到了高潮。受东道文化借自然而居和借禅道而读的语境影响，对王维诗歌的阅读也从庞德等人对王维诗歌形式的创新转为对其诗歌思想性的解读上，“他们都希望更深入到中国美学的核心中去”（赵毅衡，2003：279）。如叶维廉译诗中的道家美学之解读，罗宾逊译诗中的佛家色彩之凸显。这一阶段，东道文化读者多内化了王维诗歌的意象与境界，与其诗情产生跨时空的共鸣。

1974 年，威尔士与程曦合译的王维诗歌译诗集《王维诗画意》中同样凸显了王维的佛禅思想，认为王维是“精神平和的代言人”（Wells，1974）。该诗集以王维的山水田园诗为主，译诗为韵体形式。但该译诗集流通不广，据世界最大的联机书目数据库 Worldcat 统计，该译诗集只有 49 家图书馆的馆藏量。然而值得注意的是，通过翻译王维诗歌，威尔士在同一年出版诗集《静居哈博斯维尔》（*Quietly in Harpswell*，1974），其中所收录诗歌在意象、结构和情思上都与王维的诗歌有异曲同工之妙，是威尔士向王维致敬的一部诗集。本书选取其中一首“Illusion”，将之与王维的诗歌《秋夜独坐》进行对比分析（见表 3.5）。

表 3.5　　《秋夜独坐》与“Illusion”对比分析

秋夜独坐	Illusion (Wells, 1974)
独坐悲双鬓， 空堂欲二更。 雨中山果落， 灯下草虫鸣。 白发终难变， 黄金不可成。 欲知除老病， 唯有学无生。	Sitting alone, I read beside the lamp. Insects perish on its heated glass. A clock ticks on. A dripping from the eaves Seems to murmur sadly that all things pass. Truly, the more one sagely meditates The more one learns existence means confusion. Why not, then, walk upon the Buddha's path Firmly convinced that all is an illusion?

《秋夜独坐》是王维的一首五言律诗。下过雨的秋夜，清凉寂静，只偶尔听到野果掉落的声音与墙角传来的虫鸣声。堂上独坐的年迈诗人在禅思：山果零落，人生易老，人同万物，不过是这世间生死轮回的短暂的一瞬间。诗人没有将白发变青丝的神力，亦没有灵丹妙药可以令其重返华颜。最后诗人认为只有信奉佛教，才能从根本上消除人生的悲哀，解脱生老病死的痛苦。佛教讲求灭寂，世本虚幻，万物实体无生无灭，人从心灵中清除七情六欲，便可达到“无生”。该首诗歌由景触思，由思到悟，体现了诗人从坐禅到妙悟的过程。威尔士的诗歌以“Illusion”为题眼点破了“无生”这一主题。同样是夜坐灯下的独思，只不过是将古老中国的山间小屋的场景换成了西方现代的房子中，钟表的滴答代替了打更，落下的不是山果，而是沙漏般从屋檐落下的雨滴，墙角下低鸣的小虫也变成了在灼热的灯缘逐渐消亡的小虫。钟表和雨滴代表时间的流逝，小虫的消亡代表生命的流逝，看到这些，诗人同王维一样发出了“all things pass（一切都会消失）”的感慨。世间之事皆为虚妄，一切存在都会消失，在领悟了这个道理之后，“既然如此”，诗人如是说，“为什么不追寻佛祖的脚步呢？在经义中领悟虚幻之本质”从而达到无生无灭、无欲无求的“无生”之境界。不管是从意象的呈现，还是诗人禅悟的情思，威尔士的这首“Illusion”都与王维的《秋夜独坐》有着结构和主题上的相似性，体现了威尔士与王维的跨时空诗学对话，也是威尔士对王维诗歌中佛禅思想解读之后的再创作。

同样将王维诗歌的意境情思内化成自己创作的还有“旧金山文艺复兴之父”之称的雷克斯罗斯。1956 年，雷克斯罗斯出版了第一部译诗集《中国诗百首》（*One Hundred Poems from the Chinese*），威廉姆斯盛赞该译诗集是“用美国本土语言写成的最美的诗集之一”（Williams，1957）。通过翻译中国古典诗歌，雷克斯罗斯将中国古典诗歌中的意象内化在自己的创作中。雷克斯罗斯在其翻译的中国古典诗歌译诗集中嵌入自己创作的仿中国诗。如他将其诗作“*In the*

Mountain Village”以 Wang Hung Kung（雷克斯罗斯为自己起的中文名字）的名义放入其译诗集《爱与流年：续汉诗百首》（1970）中。此外，雷克斯罗斯的诗集《新诗抄》（*New Poems*，1994）同时包含了他创作的诗歌、仿中国诗歌以及中国译诗等。甚至，雷克斯罗斯还将中国古典诗歌直接不做任何标注地写入自己的诗歌中。在其创作的长诗《心苑，苑心》（*The Heart's Garden, The Garden's Heart*，1967）中，雷克斯罗斯描写了这样一个意象：无人踏足的深山荒野中，只偶尔听到从远处传来的声响，一缕斜阳照进池塘中的青苔，花草自顾自地生长在古墓石阶上。除了将“复照青苔上”的地理位置从“深林”改为“池塘”，以及个别诗行（下画线处）划分稍有不同之外，雷克斯罗斯几乎是把整首《鹿柴》点化进诗中（见表 3.6）。

表 3.6　《鹿柴》与雷克斯罗斯译本以及《心苑，苑心》对比分析

鹿柴	The Heart's Garden,The Garden's Heart（节选）(Rexroth, 1967)	Deep in the Mountain Wilderness(Rexroth, 1954)
空山不见人， 但闻人语响。 返景入深林， 复照青苔上。	Deep in the mountain wilderness Where nobody ever comes, Only once in a while something Like the sound of a far off voice, The low rays of the sun slip Through the dark forest and gleam In pools on the shadowy moss. Wild flowers and grass grow on The ancient ceremonial Stairs.	Deep in the mountain wilderness Where nobody ever comes Only once in a great while Something like the sound of a far off voice. The low rays of the sun Slip through the dark forest, And gleam again on the shadowy moss.

同时，诗行 Wild flowers and grass grow on/The ancient ceremonial/Stairs.也明显使人联想到《辛夷坞》中“涧户寂无人，纷纷开且落”所体现的任运随性、自然无为的意境。“王维这首《鹿柴》以‘于相而离相’的方式关照外物和内心，达到了‘直下了知，当初超越’境界的诗作”（高文、曾广升，1995）。王维以禅理观物，人与自然融为一体。雷克斯罗斯在创作中借用王维这首诗歌的意境，与王维诗歌发生互文的诗学关系。

“由于这个时代的人都注重经典，其中一个打造经典的方式是明确的尊崇：模仿和翻译”（Kenner，1984）。威尔士与雷克斯罗斯等诗人在创作中化用王维诗歌的禅思意境，使其诗作与王维诗歌形成了语际互文。这种互文性彰显了翻译文学与译入语创作文学之间的文学影响，使得两者相互照现、相互阐释、相互发明。经过点化的诗歌使得译诗的诗歌文学性和文化意蕴得到进一步辐射与传播，是跨文化阅读和对话意义再生产的结果。这种互文性进一步推动了译诗的接受性，促进了王维诗歌世界文学地位的形成。

“世界文学总是既与东道文化的价值取向和需求相关，又与作品的源文化相关，因而是一个双重折射的过程”（Damrosch，2003a：283）。20 世纪六七十年代，东道文化对东方思想的追求促使英美诗人发现了以禅入诗的王维诗歌，具有“诗佛”之称的王维以其清新幽静又饱渗禅意的山水田园诗歌满足了东道文化对禅道思想的东方憧憬，其诗的翻译在 20 世纪 70 年代达到高潮。王维诗歌经过东道文化价值需求的文化过滤，其道、禅思想维度在翻译中得以显化，其英译文获得了思想性维度。威尔士和雷克斯罗斯等诗人在创作中对王维诗歌的诗学互文和对话彰显了东道文化读者的超然阅读方式，即王维诗歌英译文是能与之产生共情的、具有独立生命的诗学个体，东道读者在其与东道文学互动所产生的张力中阅读，从而推动了王维诗歌在东道文化的流通和接受。此外，罗宾逊译诗集由世界著名出版商企鹅出版社赞助出版，也使王维诗歌获得了赞助人资本，有利于王维诗歌经典地位的形成和世界文学地位的获得。

第 4 章

汉学阐释期：美国汉学研究与王诗翻译的高潮

随着美国汉学的发展成熟，王维诗歌英译进入了专业汉学研究领域，20 世纪 80 年代，相继出版了三本王维诗歌译诗集。1980 年出版了华裔汉学家余宝琳翻译的《王维诗歌：新译及评论》（*The Poetry of Wang Wei: New Translation and Commentary*）。1981 年出版了比较文学学者瓦格纳翻译的《王维》（*Wang Wei*）。1989 年，诗人兼汉学家巴恩斯通父子和徐海新合译的《笑遗山间：王维诗选》（*Laughing Lost in the Mountains: Selected Poems of Wang Wei*）先是由中国文学出版社赞助出版，而后于 1991 年由美国新英格兰大学赞助再版。在语文学和文献考证基础之上的汉学传统影响下，王维诗歌英译体现出了学术研究的全面性、充分性和史料考证性等特点。受比较文学学科的交叉影响，这一时期东道文化还表现出了对王维诗歌在比较诗学视野下的阅读方式。本章将结合王维诗歌与东道文化中的汉学传统为其英译文的双重折射语境，在译文中分析译诗之所得，并考察其跨学科的阅读方式，经由汉学界的翻译和研究，一窥王维诗歌经典地位的形成。

4.1　美国汉学的繁荣与王诗翻译

随着美国汉学的繁荣和成熟，王维诗歌的多面性得到了发掘，对王维诗歌的研究也进入了专业、全面的阶段。全面多维的王维诗歌与充分专业的汉学研究构成王维诗歌英译第三个阶段的源文化焦点和东道文化焦点，这一时期奠定了王维诗歌的学院派经典地位，是其世界文学进程中的关键一环。

4.1.1 王维：诗歌全才

王维虽以“诗佛”和“山水田园派集大成者”的身份，和其禅趣空灵、清新淡远的诗歌风格著称于世，但一位伟大的诗人并不只有一幅笔墨，王维诗歌的风格也是多样的。王维诗歌风格的多样性不仅源于他对书法、音律和绘画的精通，同样也是王维一生中多重身份的真实写照。

首先，王维是一名朝廷官员。王维十五岁便离开老家山西赴长安，寻入仕之道。开元九年，王维时年 21 岁便考中进士，任职太乐丞。虽然王维一生中历经三隐三出，即一于开元十六年因仕途失志而归隐淇上，二于开元二十二年左右献诗当朝宰相张九龄，以求引荐为出仕而归隐嵩山，三则于开元二十九年因不满李林甫的专权，意高蹈遁世而归隐终南山。但是王维并不是像陶渊明一样彻底地离开朝堂，退隐山林田园，而是游离于入仕和出仕之间。即使在其晚年，遭受安史之乱并被囚菩提寺这一政治动乱后，虽其向佛之意凸显，但是也只是半仕半隐于辋川之上，并未远离朝堂，反而官至尚书右丞，因而“为官”是贯穿王维一生的身份。宋代文人张戒在《岁寒堂诗话》中对王维为官和隐者之间的身份冲突这样总结道：“摩诘心淡泊，本学佛而善画，出则陪岐、薛诸王及贵主游，归则餍饫辋川山水，故其诗于富贵山林，两得其趣。”（丁福保，1983）宫廷生活是王维生活中的一个重要方面，故宫廷诗也是王维诗歌中的一个不可忽视的部分。王维诗歌中仅以“应制”和“应教”为题的诗歌就有 17 首[①]，如《奉和圣制赐史供奉曲江宴应制》《从岐王过杨氏别业应教》《奉和圣制天长节赐宰臣歌应制》等。此外，还有一部分宫廷诗是王维与朝中大臣们之间酬唱的诗作，如《酬慕容上》《寄荆州张丞相》《重酬苑郎中并序》《和贾舍人早朝大明宫之作》《早朝大明宫呈两省僚友》等。这些诗歌有别于其澄澹精致的山水诗风，体现了宫廷诗的华美、工整和典雅。沈德潜曾高度赞扬王维宫廷诗中的诗学技巧，称其一篇宫廷诗《奉和圣制从蓬莱向兴庆阁道中留春雨中春望之作应制》为“应制诗应以此篇为第一”（沈德潜，1979）。

除了王维与天子、诸王和朝臣之间的应和酬唱诗作之外，王维还写下了雄浑遒劲的边塞诗歌，如《使至塞上》《少年行》《老将行》《从军行》等等。其中《使至塞上》中“大漠孤烟直，长河落日圆”一句，以简单的景物描写描绘了边

① “应制”是由皇帝下诏，命臣子们作文赋诗的一种活动，内容多为娱帝王、颂升平、美风俗。“应教”则是奉王亲国戚之命以诗和之的文娱活动。对此，赵殿成在《王右丞集笺注》中解释道：“魏晋以来，人臣放文字间，有属和於天子，曰应诏；於太子，曰应令；於诸王，曰应教。”（王维，1961：115）

陲大漠气象浑阔、壮阔雄奇的荒寂景象，成了王国维所赞誉的“千古壮观”（王国维，2013：48）、脍炙人口的诗篇。

其次，佛教徒是王维身份矛盾体的另一面。王维虽一生从仕，却一心向佛，其诗情和禅意都融入他对山川田园的景物描写之中。如王维晚年所做《辋川集》，所谓一切景语皆情语，王维笔下所描绘的一幅幅辋川之景，都是诗人缥缈高逸、不为勿扰的内心写照，饱含了诗人空灵清净的禅修之境界。这种深渗禅意的山水田园诗构成了王维诗歌的主体，也是王维为后世所称赞和标记的诗风。最后，王维还是一位兄长和朋友。《九月九日忆山东兄弟》《林园即事寄舍弟紞》《留别山中温古上人兄并示舍弟缙》《别弟妹二首》等诗歌写出了王维的兄长之情；《喜祖三至留宿》《闻裴秀才迪吟诗因戏赠》《哭殷遥》等诗歌写出了王维的朋友情；《送元二使安西》《送孟六归襄阳》《送友人归山歌》等则道出了诗人与友人之间情意绵绵的惜别之情。

王维的多重身份造就了其诗歌的多维度和多元化呈现，它们共同作用并呈现出作为一个整体的王维，因而忽略其中任何一个都不能是对王维诗歌的全面体现。但是，由于王维诗歌英译第一阶段和第二阶段中东道文化的特定需求，尤其是第二阶段对其诗歌中道禅思想的解读，王维更多的是以其“自然诗人”和“佛教诗人”的身份展现在其译诗中，东道文化中对其宫廷诗、送别诗等其他诗歌题材的关注不多，造成了对王维诗歌的片面化解读。不过，经过了王维诗歌英译第一和第二阶段译介的铺垫，东道文化对中国古典诗歌的了解逐步加深，与源文化之间的“认知差”逐步缩小，折射角度也随之变小，译诗也愈来愈趋向显示其本来的面目。此外，受到美国汉学发展的成熟，王维诗歌受到了汉学界的关注，被汉学家先后翻译成集。汉学研究的学术研究性、客观性和全面性特点，使得王维的多维度诗歌得到了全面关注，这一时期，之前被忽略的宫廷诗、边塞诗等边缘诗歌题材也被纳入译介范围内，向东道文化展现了一个全面、立体的王维形象。汉学研究视角下的王维诗歌英译文也体现了对其诗歌的背景、典故等源文化信息的挖掘和充分性表达上。

4.1.2　美国汉学的发展

美国的汉学研究始于 19 世纪 70 年代，以 1876 年卫三畏（Samuel Wells Williams，1812—1884）在耶鲁大学创建美国第一个汉学教研室和图书馆，以及 1877 年耶鲁大学第一个汉学教授席位的设立为标志。但直到第二次世界大战之前，汉学研究的重要阵地在以英国为主的欧洲。第二次世界大战后，冷战格局形成，政治、经济的发展形势使得美国对亚洲的关注需求增加，现代“中国学研究（Chinese Studies）”[①]在美国兴起。首先，语言是互相了解的第一步，中文的学习是培养汉学研究专门人才的必要途径。1958 年，美国通过了《国防教育法》(*National Defense Education Act*)，该条法令规定高等学校要开设非英语语言课程，中文是进修语言之一。其次，美国投入了大量的资金资助高校中汉学学术机构和研究中心的建立。1959 年，在美国政府和福特基金会（The Ford Foundation）[②]的大力支持下，美国国家科学研究会（United States National Research Council）[③]及其下属组织社会科学研究委员会成立“当代中国研究联合委员会（Joint Committee on Contemporary China）”。该组织旨在资助高校中相关学术机构的建立，以展开对中国政治、经济和文化的研究。在政府的大力资助下，20 世纪 60 至 80 年代，美国的中国学研究取得了突破性的发展。相关研究机构成倍增长，“美国在第二次世界大战以前有关中国研究的机构有九十个，……美国现在（指 1978 年）已有一百八十八个机构出版过研究中国的专著”(中国社会科学研究院情报所，1981：19)。汉学队伍也在不断壮大，“美国培训中国问题研究生 1951 年仅 143 人，……1970 年达到 1 000 名”(中国社会科学研究院情报所，1981：19)。笔者将“Chinese Studies”作为关键词进行检索，根据全球博硕士论文文摘数据库（ProQuest Dissertations & Theses Global）检索结果显示，1960 年到 1969 年检索结果为 5 311 个条目，而 1970 年到 1979 年检索出的条目就激增至 12 904 条，1980 年到 1989 年增长至 17 898 条，体现了中国学在 20 世纪七八十年代的迅猛发展。尤其是 1979 年中美建交以后，进入 80 年代，“在美国，中国学研究已经进入成熟稳定的学术化时期”(何寅、许光华，2000)。

在中国学蓬勃发展的背景下，对中国古典诗歌的研究也进入了专业化和学科化的汉学研究阶段。从 20 世纪 60 年代开始，美国各大高校先后成立东亚或中国研究中心。继哈佛大学于 1955 年成立东亚研究中心之后，1957 年加利福尼亚大学伯克利分校成立中国研究中心。1963 年，普林斯顿大学新设亚洲研究所；1967 年，哥伦比亚大学增设以研究中国教育为主的亚洲教育中心；同年，加利

① “中国学研究”是以近现代中国的政治、经济、社会和文化为主要研究对象的学科，它区别于传统意义上以中国古典文学和文化研究为主的汉学研究，后者在前者的涵盖范围之内。

② 福特基金会是由美国“汽车大王”亨利·福特（Henry Ford，1863—1947）在 1936 年设立的基金组织。总部设在纽约。该组织以资助研究美国国内外重大问题，如教育、艺术、科技、人权、国际安全等方面课题为宗旨，与美国政府合作，用出资创办研究机构、颁发奖学金、向国外派遣专家、捐款、捐赠图书仪器等方式提供资助。

③ 美国国家科学研究会（United States National Research Council）是于 1916 年由美国国家科学院创立的民间非营利性学术组织。

福尼亚圣迭戈分校成立亚洲研究中心。1973 年，佛罗里达大学启动“亚洲研究计划”。“到 60 年代末，美国设有亚洲或中国研究机构的大学增加了 50 多所”（何寅、许光华，2000：378）。高校或者研究所配备足够的资金和专业汉学研究人员，为汉学研究的发展和走向成熟提供了强有力的体制保障，标志着汉学研究从个人的零散化研究走向了有规模和系统化的研究体系。不仅如此，《亚洲学刊》（*The Journal of the Asian Studies*，1957）、《东方研究》（*Estudios Orientales*，1966）、《亚洲研究评论》（*Asian Studies Review*，1977）等学术期刊的创刊也为汉学的研究和发展提供了刊物支撑和学术平台。此外，1977 年，八位汉学家欧阳祯（Eugene Eoyang）、刘绍铭（Joseph S. M. Lau）、李欧梵（Leo Ou-fan Lee）、柳无忌（Wu-chi Liu）、罗郁正（Irving Lo）、罗纳德·苗（Ronald Miao）、威廉姆·倪豪士（William H. Nienhauser Jr.）和威廉姆·舒威霖（William Schultz）创立了《中国文学》（*Chinese Literature: Essays, Articles, Reviews*），该杂志是美国唯一一份专门研究中国文学的杂志，它的创刊是美国汉学研究发展至成熟的标志之一。此外，汉学研究队伍也逐渐发展壮大。这一时期既有叶维廉[①]、刘若愚[②]、白芝[③]、葛瑞汉[④]、华兹生[⑤]等一批老汉学家在各大高校的汉学研究中心勤奋耕耘，又有宇文所安、余宝琳、比尔·波特（Bill Porter）、巴恩斯通等一批迅速成长起来的汉学家，给汉学研究增加了后备军和新生力量。随着高校和相关机构的汉学学科化，美国对中国古典诗歌的研究逐步摆脱了 20 世纪早期西方学者对中国古典诗歌的憧憬和想象，进入了学科化、专业性和系统性的研究。

60 年代以后，美国先后出版多本英译中国文学选集[⑥]。如，白芝编选《中国文学选集：从早期至 14 世纪》（*Anthology of Chinese Literature: From Early Times to the Fourteenth Century*，1965）、威廉·麦克诺顿（William McNaughton）编选

---

① 1967 年，叶维廉任职加利福尼亚大学圣迭戈分校比较文学系，之后加入该校中国学研究中心。

② 1969 年至 1975 年，刘若愚任美国斯坦福大学亚洲语言学系主任，1977 年任中国文学和比较文学教授。

③ 1960 年，白芝任职加利福尼亚大学伯克利分校东方语言系教授，之后任职中国和比较文学系教授及系主任。

④ 1971 年，葛瑞汉任伦敦大学亚非研究院古汉语教授达十三年之久，直到告老退休。

⑤ 自 1970 年，华兹生开始在美国著名高校如斯坦福大学、哥伦比亚大学等从事教学专职研究工作，并以汉学家的角度编纂了数本汉诗教材或通论型读本。

⑥ 20 世纪 60 至 80 年代以前出版中国文学英译选集还有：傅乐山与程曦合作编译的《汉魏六朝诗选》（*An Anthology of Chinese Verse: Han, Wei, Chin and the Northern and Southern Dynasties*，1967）、埃里克·萨克海姆（Eric Sackheim）编选《零安静之寻音：早期至六世纪中国诗选》（*The Silent Zero, in Search of Sound: An Anthology of Chinese Poems from the Beginning through the Sixth Century*，1968），以及白芝编选《中国文学选集：从 14 世纪至今》（*Anthology of Chinese Literature: from the Fourteenth Century to the Present Day*，1972）、华兹生编译《哥伦比亚中国诗选：从早期到 13 世纪》（*The Columbia Book of Chinese Poetry: from Early Times to the Thirteenth Century*，1984）等。

《中国文选：从早期至现在》（*Chinese Literature: An Anthology From the Earliest Times to the Present Day*，1974）以及罗郁正与柳无忌编选的《葵晔集：中国诗歌三千年》（*Sunflower Splendor: Three Thousand Years of Chinese Poetry*，1975）等。其中白芝所编《中国文学选集》受亚洲学会的亚洲文学项目的资助，后联合国教科文组织又将之纳入“中国文学系列译丛”系列之一。该选集与罗郁正与柳无忌所编《葵晔集》被多家高校用作讲授中国文学的课程教材，并被多次再版，成为汉学界的经典之作。这些由汉学家合力编选的中国文学选集，其涵盖时间跨度之长，收录诗、词作品之多，体现了汉学研究的全面性和系统性。

不仅如此，这一时期由汉学家所著的中国文学文论也相继出版。如叶维廉的《中国古典诗文类举要》（*Chinese Poetry: Major Modes and Genres*，1976），刘若愚的《中国诗歌艺术》（*The Art of Chinese Poetry*，1962）与《中国文学理论》（*Chinese Theories of Literature*，1975）、宇文所安的《初唐诗》（*The Poetry of Early T'ang*，1977）、余宝琳的《中国诗歌传统里的意象读法》（*The Reading of Imagery in the Chinese Poetic Tradition*，1987）等。此外，“随着美国比较文学范围的扩大，约在20世纪80年代，美国汉学渐渐成了比较文学的一部分”（孙康宜，2007）。叶维廉、刘若愚、白芝、宇文所安以及余宝琳等既是专攻中国文学的东亚系成员，又是具有比较诗学视野的比较文学系研究者。因而，美国的中国古典诗歌英译研究带有比较文学的范式特点，是一种跨学科的文论阐释。这些“跨界”汉学家所著文论的出版标志着西方译者和研究者摆脱了以西方诗学传统解读或征用中国古典诗歌的“以己度人”的阅读视角，而是采用中西诗学对话的姿态，置身中国传统诗学之中，对中国古典诗歌进行细读，体现了汉学研究的专业性。

随着西方学者对中国古典诗歌逐步系统而深入的研究，王维也随之进入了汉学研究者的视野，迎来了王维诗歌在英语世界的汉学译介时期。20世纪80年代出版了三本汉学家译诗集。第一本是余宝琳译的《王维诗歌：新译及评论》（*The Poetry of Wang Wei: New Translation and Commentary*，1980）；第二本是瓦格纳译的《王维》（*Wang Wei*，1981）；第三本是巴恩斯通父子和徐海新合译的《笑遗山间：王维诗选》（*Laughing Lost in the Mountains: Selected Poems of Wang Wei*，1989）。余宝琳师承刘若愚，是美国斯坦福大学比较文学博士出身，曾任加利福尼亚大学洛杉矶分校东亚语言文化系教授，致力于中西诗学比较下的中国古典诗歌意象研究。瓦格纳则于1975年获加利福尼亚大学伯克利分校比较文学博士学位，而后在哥伦比亚大学担任中文教授。基于译者的学术背景，这一时期王维诗歌的英译体现了汉学研究式的全面性和专业性特点。巴恩斯通父子是美国著名诗人兼翻译家，虽然没有汉学研究的学术背景，但是受汉学传统的辐射影响，其译诗集同样体现了汉学家译诗的特点。因而，受美国汉学在七八十年代的兴盛这一东道文化小传统的语境架构，这一时期王维诗歌英译文的折射性表现在中西诗学的比较和互释、选材的全面性、译诗的经典性与充分性等特点上。

4.2　厚重翻译与多维展现

20 世纪 80 年代以前，王维诗歌英译表现出了两个特点：第一，由于王维诗歌质朴简单，其宁静淡远之诗风满足了西方 20 世纪五六十年代美国亚文化的需求。西方译者和读者将焦点关注于王维具象生动的自然诗歌的同时，忽略了王维身份的多重性和其诗歌题材的多元性，造成了对王维及其诗歌的片面化解读。第二，正是因为王维诗歌的简洁凝练，具象鲜明的特征，使王维成为西方世界翻译较多的中国古典诗人之一。“他（指王维）被译介的频次比任何一位中国诗人都要多”（Yu，1979：219）。与王维诗歌的翻译频次和数量相比，西方世界对王维及其诗歌的批评却较少，没有形成专业的学术规模。“一方面其诗歌表面质朴简单、视觉意象精准具象，冷静观察自然的方式，留给读者的阐释空间较少。但是，另一方面，其诗歌根植于佛教玄学观，有着深刻的哲学内涵。诗歌中玄妙深奥的哲学思想是导致英语世界王维诗歌批评文论不多的原因”（Yu，1980：xi）。随着汉学研究的愈加成熟和专业化的发展，这种片面化解读和译多评少的不平衡局面引起了汉学界的注意。20 世纪 80 年代出版了三本汉学家执笔而译的王维诗歌译诗集，受汉学家译者的学术背景影响，王维诗歌通过其英译文在英语世界获得了全面而又充分的解读，进入了专业的学术汉学研究视野，成就了其世界文学的经典性。

4.2.1　汉学家身份交际规范下的中西文论比较

翻译是一项有目的的交际行为。切斯特曼将规范分为期待规范和专业规范两个大的类别，其中专业规范下又细分为“责任规范”“交际规范”和“关系规范”。受专业人士身份的权威性影响，专业规范是一个规范自立的行为。“专业人士很大程度上负责期待规范的确立，实际上，他们的译文很自然地成为东道文化评估后来译文的标准。也就是说，他们的翻译行为是确立规范的行为”（Chesterman，2016：65）。余宝琳、瓦格纳等既是专业权威的译者，又是科班出身的汉学研究者，他们深谙中西两套诗学体系，双重身份下的意识形态决定了其译诗集不再是基于源文化和东道文化中任何一方而对诗歌进行他者视域下的创造性阐释。一方面他们在中西两种诗学的比较下，建构一个超文化的世界性批评模式，让诗歌在两种诗学的映照下阐释自身；另一方面，出于对中国古典诗歌的专业研究态度，他们力图展现一个真实全面的全景式中国古典诗歌面貌，而不是“以西释中”的他者想象。因而，专业的汉学研究身份决定了译者“中西对话”的交际目的和翻译初衷。

4.2.1.1 王维诗歌与西方象征主义

余宝琳师承刘若愚，于 1976 年获斯坦福大学比较文学博士学位，任加利福尼亚大学洛杉矶分校东亚语言文化系教授，美国学术团体联合会（The American Council of Learned Societies，ACLS）主席。在其博士论文《王维的诗歌世界：象征诗学启示》的基础上，1980 年余宝琳发表了译诗集《王维诗歌：新译及评论》。这是英语世界第一部译和评结合的王维诗歌译诗集。余宝琳认为，以往对王维诗歌的解读是站在西方诗学立场上的解读，既不全面也不客观。一方面，我们需要追溯王维诗歌所依托的中国诗学传统，以专业的汉学视角还原真实的王维诗歌面目；另一方面，我们还需要借助西方诗学的视角，赋予王维诗歌以当下的和超越民族的世界性维度。余宝琳用四十余页的篇幅为该译诗集做了一篇批评导读，导读中，余宝琳以其比较文学的专业学术功底，追溯了中国传统文论中的玄学传统。余认为中国传统文论是根植于道、佛思想的一元论哲学体系，而西方的文论传统本质上是二元论的，尽管中西诗学深层次上存在本质的差异，但是本着求同存异的对话原则，余宝琳认为两种诗学存在的相似性是解读王维诗歌的关键。

余宝琳认为解读王维诗歌，关键需要厘清中国文论的两个传统。一是“天人合一”的一元论宇宙观。《诗大序》中有言“诗者，志之所之也。在心为志，发言为诗。”《文赋》中亦有“遵四时以叹逝，瞻万物而思纷。悲落叶于劲秋，喜柔条于芳春。”《文心雕龙》也云：“人禀七情，应物斯感；感物吟志，莫非自然。”这些中国传统文论都道出了诗歌与情感的同一性，即诗歌是诗人对大自然直接反应的文字体现。《庄子》又云：“天地与我共生，万物与我齐一。”个人与世界万物之间的无间联系使得诗人超越了主观与客观、存在与思维的二元对立关系，因而“中国的传统文论根植于佛道，超验是其核心观念，去除了主观意识和客观现实的二元对立”（Yu，1980：20）。诗歌是种直觉表现，它的意象不是对现实世界的事物精确的模仿，而是以暗示性的意象激发事物本性的显现。也正是因为诗人的情与景的同一，诗人可以超越时间与空间以及个人情感的局限性，而以非个性化的方式呈现诗歌。故《文心雕龙》中有言，“古人云：‘形在江海之上，心存魏阙之下。’神思之谓也。文之思也，其神远矣。故寂然凝虑，思接千载；悄焉动容，视通万里；吟咏之间，吐纳珠玉之声；眉睫之前，卷舒风云之色；其思理之致乎，故思理为妙，神与物游。”诗人超越了个人视角和认知的局限性，将自身融于世界万物的运变之中，故诗歌中的意象没有空间和时间的区分，一齐涌现在诗歌的视域中。二是“神韵说”的诗学传统。中国传统文论主张“求诗于自然与妙悟之中”。“诗不要苦思，苦思则丧自然之质。”语言有其表达的局限性，因而诗要取法于得意忘言，追求顿悟时的直觉映像和言外之意。但这并不是否定诗人逻辑思维的作用，而是“天下万物生于有，有生于无”的哲学思想体现。因而，余宝琳不认可叶维廉以去除了理性逻辑的纯粹经验说解释王维诗歌，认为这样否定了王维的诗性思维，而是诗歌蜕变成单纯的事实呈现。但其实，正如《沧浪诗话》中对唐诗的评价：“盛唐诸人惟在兴趣，羚羊挂角无迹可求。故其妙处透彻玲珑不可凑泊，如空中之音、相中之色、水中之月、镜中之象，言有尽而意无穷”。

虽然西方文论根基于柏拉图“现象”与“理念”世界的二元对立的“模仿观”，强调人对客体的主观能动，以及人与世界的对立。但是，基于对以上两种中国传统文论追溯式解读上，余宝琳认为，中国的玄学诗论与西方兴起于 19 世纪末期的（后）象征主义诗学传统有四个方面的相似性：第一，中国诗歌中的意象与象征主义所言的象征不是现实事物的客观直接表述，是含蓄而抽象的；第二，诗歌重具象体现，但并非是明确的陈述；第三，诗歌并非是直接描述或个人表达，而是借助意象或符号客观地传达意义。第四，诗人与诗歌直觉的、神秘的结合和统一。在中西两种诗学的观照下，余宝琳认为，王维在诗歌中将自身的视域融入被观察的世界之中，其诗歌是具象和抽象的矛盾结合，具象指的是作为意象的自然之物，抽象则是未表达出的言外之意。因此，余宝琳特别关注诗人与世界关系中的时间、空间和认知方面。因为这些方面是“说明其诗歌互补主题和一体化诗学原则的最具体，也最全球化的方式”（Yu，1980：37）。

4.2.1.2　意象与意识：王维诗歌与深层意象主义诗歌

威利斯·巴恩斯通是美国诗人兼翻译家，印第安纳大学比较文学与西班牙语荣誉教授。代表诗集有《从这座白岛开始》（*From This White Island*，1960）、《乡村一日》（*A Day in the Country*，1971）、《中国诗歌》（*China Poems*，1977）等。其诗集曾获多次普利策奖提名，1994 年凭借其翻译的西班牙诗歌集《六位西班牙十四行诗大师》（*Six Masters of the Spanish Sonnet*）获得美国笔会中心评选的诗歌翻译奖。1972 年，他抵达中国，并于数年之后以富勃莱特学者的身份在北京外国语大学任美国文学教授，他曾翻译《毛泽东诗集》，并于 1989 年与其子托尼·巴恩斯通以及中国学生徐海新合译《笑遗山间：王维诗选》。除了对中国文学情有独钟，威利斯的文学翻译还涉及法语、希腊语、西班牙语等多种文学，具有世界文学胸怀和比较文学视野。托尼·巴恩斯通子承父业，是美国当代著名诗人兼翻译家，于加利福尼亚大学伯克利分校获英语文学博士学位，现任惠蒂尔学院英语文学教授。他曾翻译中国古典诗集《中国艳情诗选》（*Erotic Chinese Poems*，2007）、《安克尔中国诗选》（*The Anchor Book of Chinese Poetry*，2005）以及现代诗歌集《暴风雨之外》（*Out of the Howling Storm*，1993）以及旅美女诗人明迪的诗集《长干行》（2013）等。此外，托尼还多次旅居中国、希腊以及肯尼亚等世界各地，接触多种文学形式。虽然巴恩斯通父子并非专业的汉学家和比较文学学者，但是凭借着身为诗人对文学的敏感，以及他们广阔的翻译视野，其诗歌翻译体现了中西诗歌相互映照下的跨诗学阐释。“该译诗集不仅仅是一个世界诗人的译诗集，而是为自身构建了一个阐释语境”（Barnstone et al.，1991）。美国当代著名诗人兼翻译家汉米尔给予了该译诗集以高度评价：“《笑遗山间》是目前为止王维诗歌最好的英译版本。”（Hamill，1993）

在其《笑遗山间：王维诗选》中，巴恩斯通父子为译诗集做了一篇题为“静寂之禅定”的导读文章，该文章篇幅长达 62 页，详细介绍了王维的生平、交游、客观静默的诗学原则等。不仅如此，导读中还援引西班牙诗人安东尼·马查多（Antonio Machado）、英国诗人约翰·弥尔顿（John Milton）、美国诗人詹姆士·怀特（James Wright）和西班牙宗教诗人圣十字若望（St. John of the Cross）等诗人的诗作，以与王维诗歌做对比阅读，体现了巴恩斯通父子世界文学视野下的比较文学阅读意识。在多种文学形式的比较中，巴恩斯通父子在当代美国的深层意识诗歌中找到了阅读王维诗歌的互通点。

与以前译者对王维诗歌的认知不同的是，巴恩斯通父子认为王维诗歌不是剥除了理性和逻辑的纯客观呈现，而是王维个人情感和意识的表达，因而，王维是个人化诗人（Personal Poet）。王维诗歌中的诗意风景是其内心意识通过意象的象征作用的表现。“译诗需要在与其他诗歌的对话中发现自我”（Barnstone，2005）。巴恩斯通父子认为，王维通过象征探寻和表现自身深层意识的诗学特征与西方当代以罗伯特·勃莱（Robert Bly）和怀特等诗人为代表的深层意象主义诗学存在本质上的相似和跨诗学的阐释力。1962 年，勃莱出版了第一部诗集《雪野宁静》（*Silence in the Snowy Fields*），勃莱以其朴素的意象主义诗歌风格向艾略特以及新批评派所确立的“客观”“非个人化”等的现代主义诗学原则发起了挑战，毫无保留地揭示人的内心世界，引领了美国后现代诗歌阵营中最重要的流派之一——深层意象派。勃莱认为诗歌是通往内部世界的跋涉，写好关于外部世界的诗歌必须得先了解内部世界。因此，勃莱在自己的诗歌中注重对心理、个性和自我的探索，提倡“个性化”和“融入性”写作。勃莱的意象不同于庞德意象主义的意象，庞德认为意象是理智和感情在一瞬间的溶合。勃莱所主张的深层意象主义诗学反对将意象直接理解为客观事物，并戏谑地称 20 世纪初美国诗坛的意象主义为“图像主义”。与意象派从外部世界寻找客观意象不同，深层意象要求意象从内心中探寻，从无意识中发掘，它是偶然的、突发的。深层意象在意识和无意识之间不停地相互作用，不受理性和逻辑的束缚，富于“跳跃性”和“随意性”，具有自由联想的特征，而且勃莱认为深层意象是人与大自然之间的一种重要联系和统一。

以《驶向言湖河》（*Driving Toward the Lac Qui Parle River*）为例。“我们驾着车；黄昏；明尼苏达。／茬子地捕捉最后一束阳光。／大豆四处呼吸。／小镇上，老人们坐在他们房前的汽车座位上。／我很开心，／月亮在火鸡棚上升起。／小小的轿车世界／在韦尔玛到米兰的路上／陷在黑夜的深层田野。／铁罩住的孤独／驶过蟋蟀声穿透的／黑夜之地。／临近米兰，忽然一座小桥／和跪在月色中的水。／小镇上房屋建在地面；／灯光洒落在草地四周。／我赶在河边，满月笼罩；／小舟上，几个人轻声地说着话。”这首诗中所有的物像都随着诗人的意识在流动在跳跃，短短几行诗中，从阳光到月色到黑暗再到月色，跳跃幅度之大只能在无意识大脑中才可能出现。其中“呼吸的大豆”“捕捉阳光的茬地”“被铁罩住的孤独”“被蟋蟀声穿透的黑暗”等天马行空、毫无逻辑的意象也体现了无意识之中意象的随意性。巴恩斯通父子在王维的诗歌中同样发现了这种超现实的自然意象，如“山路元无雨，空翠湿人衣”（《山中》）中被翠绿的叶子打湿的衣服；“坐看苍苔色，欲上人衣来”（《书事》）中爬上衣服的苍台的颜色；等等。王维在诗歌中用通感的表现手法将诗人内心意识之所感通过触觉和视觉意象表达出来，与深层意象诗歌从内心意识出发，追求跳跃联想式的意象有异曲同工之妙。“要在英语中再现这些诗歌，我认为，参照美国深层意象诗歌会大有裨益。……中国诗歌传统与超现实主义诗学的综合影响打开了美国诗歌的大门，为译者提供了一个诗学模型”（Barnstone，2005）。

余宝琳追溯了中国玄学文论与西方象征主义诗学的互通性，巴恩斯通父子找到了王维诗歌与深层意象诗歌之间的同质性。在译者比较文学的阅读视野中，王维诗歌走出了 20 世纪前半叶他者视域下的想象式和创造性的解读，在中西诗学的对话中既还原了源文化的诗学传统，展示了诗歌自身的独立性，又在东道文化诗学的映照解读下，获得了诗歌的现代性，实现了王维诗歌作为世界文学的跨文化交际性。

4.2.2　全面性之得

庞德、洛威尔、叶维廉等译者是从自身的诗学主张出发对王维及其诗歌所做的有重点、有倾向性的选择性翻译。如：庞德和叶维廉更加注重王维诗歌中的意象，因而意象丰富的山水田园诗歌是其译介的重点；而罗宾逊将王维定位为宗教诗人，因而其译诗更加倾向于禅意诗的选择。不管基于何种诗学主张，其译诗集所呈现的均为片面的解读，并不能代表王维诗歌的全部。20 世纪 80 年代出版的三本汉学研究式的王维译诗集则体现了汉学研究作为一种学术研究的客观性和全面性特点。余宝琳在其译诗集“前言”中表示“本译诗集的目的有二：一是试图填补王维诗歌译多评少的空白；二是提供一个更为全面的考察王维诗歌的视角”（Yu，1980：xi）。同样身为专业汉学家的瓦格纳在其译诗集“前言”中同样表示：“本书的主要目的在于展示王维诗歌的多样性，同时考察王维生活和工作中扮演的多种角色和身份。”（Wagner，1981）基于其汉学研究目的，诗人王维之外的身份，如官员、画家、佛教徒等身份得到了全面审视；相应地，除山水田园诗和禅意诗之外的宫廷诗和边塞诗等均被译者纳入选材范围内，王维及其诗歌得到了更为全面和多维度的译介。

首先，译诗集扩大了选材范围，使王维诗歌风格的多样化得到了体现。据笔者统计，20 世纪 80 年代以前出版的四本王维诗歌译诗集，即黄思礼与张音南所译《王维诗选》、叶维廉所译《藏天下：王维诗歌》、罗宾徐所译《王维：诗歌》以及威尔士与程曦合译《王维诗画意》，除去重复翻译的诗歌，共翻译王维诗歌 205 首，占王维诗歌总数量（共 425 首）的约 48.24%。20 世纪 80 年代出版的三本译诗集将王维诗歌的翻译数量扩大至 285 首，即这三本译诗集中有 80 首诗歌均属首次翻译。其中，除了选取经典代表作品外，还翻译了《从岐王夜宴卫家山池应教》《奉和圣制天长节赐宰臣歌应制》《敕赐百官樱桃》等宫廷应制诗，以及《塞下曲四首》《陇头吟》《出塞作》等边塞诗歌，还有《鱼山神女祠歌·迎神曲》《鱼山神女祠歌·送神曲》等楚辞古风诗歌。虽然三本译诗集不是王维诗歌的全译本，但是却竭力照顾到了王维各种题材和风格的诗歌。

其次，三本译诗集都以诗歌主题对所译诗歌进行分类，体现了汉学研究对王维及其诗歌全景式的译评。余宝琳译诗集共翻译王维诗歌 150 首，分为“少年诗及其他文学实践（Juvenilia and Other Literary Exercises）”“宫廷诗（Court Poems）”“佛教诗（Buddhist Poems）”和“自然诗（Nature Poems）”等四部分。其中，“少年诗及其他文学实践”有 22 首，“宫廷诗”28 首，“佛教诗”25 首，“自然诗”75 首。虽然在题材上余宝琳以自然诗为主，但是也照顾到了王维诗歌的整体性和全面性。

瓦格纳同样也体现了全面的选材规范。其译诗集共翻译王维诗歌 98 首。瓦格纳根据王维的身份与其诗歌的关系，将王维的诗歌归之于“宫廷诗人”“自然诗人”“佛教诗人”和“画家诗人”四个类别之下。其中“宫廷诗人”类别中选译了 48 首诗歌，占整部译诗集诗歌数量的约 49%；“自然诗人”类别选译了 24 首，占译诗总数量的约 24%；“佛教诗人”类别选译了 22 首，占译诗总数量的约 22%，“画家诗人”类别选译了 4 首，占译诗总数量的约 0.4%。不仅如此，瓦格纳还一反西方世界对王维诗歌的传统认识，即王维诗歌以自然诗和佛教诗著称，而认为王维最大的诗歌成就来自其宫廷诗歌，其宫廷诗歌不仅彰显了王维高超的诗歌技巧，而且王维在为官的仕途中培养出的人格和生活态度也决定了贯穿王维全部诗歌的基调。

巴恩斯通父子与徐海新译诗集共收录王维诗歌 180 首，是目前英语世界出版的八本王维诗歌译诗集中收录译诗最多的一本译诗集，其译诗集所分类别也是最多的，共分为 9 个类别。其中“山中隐士（A Hermit in Mountains）”选译诗歌 24 首；“辋川集组诗（The Wang River Sequence and Other Poems）”选译诗歌 20 首；“皇甫岳云溪组诗（Poems Written at Huangfu Yue’s Cloud Valley Estate）”选译诗歌 4 首；“身在朝野心向隐的官员（A Reluctant Official at the Emperor’s Court）”选译诗歌 21 首；“边塞诗（Frontier Poems）”选译诗歌 19 首；“送别诗（Departures and Separations）”选译诗歌 27 首；“稻田和石榴树（Rice Paddies and Pomegranates）”选译诗歌 22 首；“肖像诗（Portraits）”选译 10 首；“白云之外的禅修（Meditating Beyond White Clouds）”选译诗歌 33 首。巴氏译诗集不仅在数量上选译了尽可能多的诗歌，而且对这些诗歌进行了细致的分门别类，力图展现一个多面、立体的王维形象。此外，译诗集中每个类别之下的诗歌数量大致相当，也体现了译者在王维诗歌的多面维度间寻求平衡的客观的诗学态度。

余宝琳等人从汉学研究的角度出发，以全面性的选材预备规范，扩大了王维诗歌的译介范围，通过翻译宫廷诗、边塞诗等其他风格和题材的诗歌，纠正了东道文化对王维及其诗歌的片面性解读，补充并丰满了王维在东道文化读者和研究者认知中的形象。

4.2.3　“厚重翻译”下译诗充分性之得

汉学研究路径下的王维译介不仅体现在横向扩大王维诗歌译介范围上，同时也体现在纵向对王维的生平、诗歌、典故等背景信息做训诂式和考证式的评介上。田晓菲（2010）将中国古典文学翻译分为“学者型翻译”和“文学性翻译”两种，前者多以汉学家为翻译主体，其译文伴随着详尽的笺注与考证。“附有详细注释的翻译也即笺注性翻译（Annotated Translation），或者作为单独出版发行的译著，或者出现在博士论文或者专著之内，是海外中国古典文学研究的一个特色，不仅因为海外学界的研究语言不是汉语，故此译文成为必需，也因为早期汉学语文学重视文本研究的指导思想”（田晓菲，2010：607）。余宝琳与瓦格纳的译诗集均是在其博士论文的基础上发展而来的，是典型的学者型翻译。巴恩斯通译诗集以其详尽的注释和评注等副文本，同样体现了笺注性翻译的特点。从译诗集的编排布局上来说，余宝琳的译诗集以一篇详尽的“导读”开始，且每一部分译诗之前，均会对该类别下的诗歌产生的社会语境以及每一首诗歌的创作背景、主题等做细致的介绍，附录中还附有译诗相应的源诗文本。此外，除了对每首译诗做背景知识性的介绍，余宝琳在译诗中大量运用注释，对诗歌中的特定诗词和典故等做解释说明。据笔者统计，余宝琳译诗集中 150 首译诗共有注释 327 条，平均每首诗歌注释量约为 218%。而与之形成反差的是，1973 年叶维廉的译诗集中 53 首诗歌，注释仅有 6 条，平均注释量约为 11%。瓦格纳将译诗穿插在历史的讲述中，译诗不是独立的文本，而是与诗人的生平、创作的语境以及对诗歌的风格、主题等内容的文本联系在一起，构成了一部译、史、评三位一体的译诗集。巴恩斯通译本则用了长达 62 页的篇幅（占整本译诗集的三分之一多）为译诗集做了一个题为“静寂之禅定”的导读，详细介绍了王维的生平、交游、客观静默等诗学原则。

以上三本译诗集均采用了诸如注释、附录和导读等丰富的副文本，与译诗文本形成互文性，为王维诗歌自我阐释构建了一个源文化框架，也为东道文化读者提供了充分的认知基础。这种翻译策略称之为“厚重翻译（Thick Translation）”。“厚重翻译”是指借助注释和附带评注将文本置于一个丰富的文化和语言语境中的翻译策略。（Appiah，1993）厚重翻译是一种学术翻译，旨在用于文学教学中。厚重翻译体现了译者对源文化的尊重，是试图准确、充分地再现源诗所处的诗学传统的翻译策略。厚重翻译赋予了译诗充足的源文化充分性，其基点不是站在东道文化中心的“求同”，而是走出自我，进入他者的“存异”。“现在越来越多的世界文学作品，不再主要因为具有的普世价值而显得卓越，而是凭借其所展示的特定种族身份或文化差异而受青睐”（Damrosch，2003a：187）。厚重翻译既是汉学研究作为一种文学研究的内在需要，也是世界文学发展到成熟的必经阶段。

以余宝琳译《辋川闲居赠裴秀才迪》为例说明厚重翻译策略体现的充分的源文化信息及文本表现（见表 4.1）：

表 4.1　《辋川闲居赠裴秀才迪》之余宝琳译本分析

辋川闲居赠裴秀才迪	At My Wang River Retreat, Presented to Candidate Pei Di (Yu, 1980)
寒山转苍翠，	Cold mountains turn deep green,
秋水日潺湲。	Autumn waters daily flowing on.
倚杖柴门外，	I lean on my staff outside the brushwood gate
临风听暮蝉。	And listen to evening cicadas in the wind.
渡头余落日，	At the ford lingers a setting sun;
墟里上孤烟。	From the deserted village rises one wisp of smoke.
复值接舆醉，	Again I meet a drunken Jieyu
狂歌五柳前。	Madly singing in front of Five Willows.

《辋川闲居赠裴秀才迪》是王维的一首五律。该诗描绘了幽居山林的山光水色之美，倚门听蝉的闲居之乐，以接舆比裴迪，以陶潜自比，表现了诗人与好友高风脱俗的隐居之闲适。译诗形式上，余宝琳承袭韦利的“重音体自由诗”（赵毅衡，2003：215）形式，即用五重音和七重音的句式分别对应翻译五言和七言诗。译诗每行都尽量保持五个重音的形式，以再现源诗的节奏感。余宝琳“在保证译诗是流畅的英文诗歌的同时，尽可能保留中文诗歌的词序和措辞的简洁性”（Yu，1980：xii）如“Cold mountains turn deep green，/Autumn waters daily flowing on.”基本上与“寒山转苍翠，秋水日潺湲”实现了字词间的对应。余宝琳的重音体译诗体现了对源诗形式充分性的再现。

此外，余宝琳身为一个专业的汉学家，其译诗还体现了对诗歌中的文学、文化传统进行考证式的探究上。如对该诗题目中“秀才”一词的翻译。“秀才”在中国古代科举考试中指参加乡试的考生。科举考试共分为四级：即院试—乡试—会试—殿试。经过殿试及第者称之为进士。“进士”是科举制度下古代知识分子梦寐以求的“荣衔”以及进入仕途的通行证。余宝琳在注释中对“秀才”一词进行了文化溯源，认为秀才是考取进士的候选人，因此将“秀才”一词译为“Candidate”。而“秀才”一词在黄思礼与张音南译诗中则被译为泛指知识分子的“scholar”，罗宾逊译诗中则将该词省略不译。两种译诗均没有体现出译者对“秀才”一词做文化上的考证。考证法是中国古典文学研究的一种基本方法。余宝琳将翻译与文学研究结合，从而将文本置于一个丰富的文化和语言语境中，并对其进行厚重翻译，体现了学者型翻译的研究性和丰富性，王维诗歌通过学者型译诗获得了形式和内容上的充分再现。

4.2.4 经典性之获得

经典化指作品在流通过程中经过读者、批评家和研究者等的反复阅读和研究，对作品的文学地位给予的肯定和认可，文学作品经典化是其获得世界文学性的一个重要表征。判断一个文学作品是否被经典化，从而进入世界文学空间，有以下几个标准："（1）它是否把握了特定的时代精神；（2）它的影响是否超越了本民族或本语言的界限；（3）它是否收入后来的研究者编述的文学经典选集；（4）它是否能够进入大学课堂成为教科书；（5）它是否在另一语境受到批评性的讨论和研究"（王宁，2010）。从19世纪末开始，受东道文化诗学需要的影响，王维诗歌就被不断翻译到英语世界，其跨民族和跨语言的影响不言而喻。尤其进入20世纪80年代，王维诗歌英译与汉学研究相结合，体现了译中有评的翻译特点，其英译文进入了大学课堂，相继被收录到世界文学选集中。王维诗歌开始逐步被东道文化经典化，其世界文学地位得到不断巩固。

首先，余宝琳、瓦格纳和巴恩斯通等的译文先后被各大世界文学选集收录。《诺顿世界文学选集》2012年第3版共收录王维诗歌9首，全部出自余宝琳所译，分别是：《终南别业》（*Zhongnan Retreat*）、《欹湖》（*Lake Yi*）、《酬张少府》）（*In Response to Vice-Magistrate Zhang*）、《金屑泉》（*Gold Power Spring*）、《白石滩》（*White Rock Rapids*）、《鹿柴》（*Deer Enclosure*）、《菩提寺禁裴迪来相看说逆贼等凝碧池上作音乐供奉人等举声便一时泪下私成口号诵示裴迪》（*While I was Imprisoned in Puti Monastery*）、《渡河到清河作》（*Written on Crossing the Yellow River to Qinghe*）、《送别》（*Farewell*）。2007年《朗文世界文学选集》第一版共收录王维诗歌11首，译诗同样是余宝琳所译，分别是：《孟城坳》（*Meng Wall Cove*）、《鹿柴》（Deer Enclosure）、《宫槐陌》（*Sophora Path*）、《欹湖》（*Lake Yi*）、《竹里馆》（*Bamboo Lodge*）、《鸟鸣涧》（*Bird Call Valley*）、《送别》（*Farewell*）、《送元二使安西》（*Farewell to Yuan the Second on His Mission to Anxi*）、《过香积寺》（*Visiting the Temple of Gathered Fragrance*）、《终南别业》（*Zhongnan Retreat*）、《酬张少府》（*In Response to Vice-Magistrate Zhang*）。《诺顿世界文学选集》与《朗文世界文学选集》是美国两大权威世界文学选集，收录作品均为产生了世界影响力的经典作品，其读者对象普遍为相关研究者，通常被用作大学教科书。余宝琳的译诗被大量收录，体现了其译诗的经典化。

此外，诺贝尔文学奖得主切斯瓦夫·米沃什（Czeslaw Milosz）主编的《闪光事物之书：世界诗歌选集》（*A Book of Luminous Things: An International Anthology of Poetry*，1996）选录10首王维诗歌。这10首诗歌译者均为巴恩斯通父子与徐海新合译，分别为：《从军行》（*Song of Marching with the Army*）、《观猎》（*Watching the Hunt*）、《早入荥阳界》（*Morning, Sailing into Xingyang*）、《白

鼋涡》（*A White Turtle under A Waterfall*）、《木兰柴》（*Magnolia Basin*）、《西施咏》（*Song about Xi Shi*）、《偶然做·赵女弹箜篌》（*Dacing Woman, Cockfighter Husband And the Impoverished Sage*）、《偶然作·老来懒赋诗》（*Lazy about Writing Poems*）、《送别》（*A Farewell*）、《泛前陂》（*Drifting on the Lake*）。

其次，余宝琳译诗“译诗准确，尽管译者采取了直译的策略，但是译诗行文流畅。注释清晰明了，全面广泛”（Larsen，1982）。余宝琳和瓦格纳的译诗集以史为主线，集合了丰富的批评副文本，译诗准确充分，译、评、史相结合，因而被多数大学课程采用，成为课堂教科书或补充阅读材料。如，普林斯顿大学著名汉学家柯马丁（Martin Kern）教授的课程“中国文学入门”、印第安纳大学的课程“中国古典文学”、马里兰大学的课程“中诗英译入门”、女王大学的课程“宗教学的主题研究：东亚宗教与文学”、新泽西州立罗格斯大学的课程“翻译中的中国文学：散文与诗歌”等。此外，据联机书目数据库 Worldcat 统计显示（见“第一章 概论”中的图 1.4），瓦格纳译诗集是所有译诗集中馆藏量最多的译本，有 631 家图书馆收藏有该译诗集。联机书目数据库中的数据来源以大学图书馆为主要群体，瓦格纳的译诗集的收藏量也体现了高校等研究机构对瓦格纳译诗集的认可。

从 20 世纪初期诗人译者的创造性阐释到 20 世纪 80 年代汉学家学者的学者型译诗，王维诗歌翻译经历了将近百年的发展，其译者群体从不通汉语、以个人兴趣和诗学需求为基点的诗人译者发展到学贯中西、拥有比较文学视野的汉学家译者。在这一过程中，东道文化对王维诗歌的认知愈来愈深入，王维诗歌逐步以更加全面，更加“真实”的面貌呈现给东道文化读者，这是文学交流与发展的必然结果。

4.3　研究阅读与汉学阐释

20 世纪 80 年代，随着翻译研究视角从文本转向文化，翻译研究界也出现了以“尊重差异”为基础的伦理转向。1984 年，法国翻译研究学者安托瓦纳·贝尔曼（Antoine Berman）首次在其文章“异的考验——德国浪漫主义时代文化与翻译”中提出“翻译伦理”这一概念，认为翻译具有反对民族文化中心，寻求开放、对话和杂合的本质，翻译就是接触并容纳外来文学的异质的过程。韦努蒂在 1998 年发表著作《翻译的丑闻——差异的伦理探索》，他站在后殖民主义的立场，主张以异化（Foreignizing Translation）（Venuti，1995：20）和抵抗式（Resistant Translation）（Venuti，1995：305）的翻译抵制强势文化对弱势文化在差异上的抹杀。翻译研究的伦理视角使翻译中的差异性和独特性得到了尊重和保全，是东道文化阅读翻译文学的超然的阅读方式的体现。东道文化读者尊重差异的超然阅读保证了王维诗歌英译文在东道文化中、接受和流通过程中的全面性和客观性，成就了王维诗歌作为世界文学的经典地位的进一步确立。

莫莱蒂在《世界文学猜想》中认为，世界文学运动的两个基本规律是“树”和“浪”，世界文学的发展也是“树”和“浪”的交错运动，其产物必然是合成的。“树”是指民族文学的纵向发展，是从一到多衍生性的民族文学史的演进。“浪”则是民族文学之间的横向发展，是各民族文化对话间互动交融的世界文学发展史。因此，阅读世界文学也应当包含两个层面，既要在新的文化或理论的语境中有效地理解文学作品，同时通过参照源文化以保证基本上的正确理解。“当我们以一种既投入又超然的态度（Detached Engagement）去阅读了解，但是又不局限于一部作品在它原本时空里可能的意义，（在我们使其适合当下的语境和目的的时候），一部世界文学的作品就会表现出它最完整的生命和最强大的力量”（Damrosch，2003：304）。

从研究者的阅读方式看，20 世纪 80 年代，汉学研究视野下的王维诗歌翻译体现了两种不同的阅读方式。一方面，余宝琳、瓦格纳等一批新生汉学家以考证和训诂的研究方法对王维诗歌进行深入批评和翻译，体现了回归文本的新批评研究视角。另一方面，汉学家译者没有陷入源文化语境和繁复的诗学传统考证上，而是以东道文化诗学为参照，在清醒地认识到两种文学之间的真实差异的同时，以尊重和欣赏的姿态表现作品的“异”。尤其是以余宝琳为代表的第二代华裔汉学家，在刘若愚、叶维廉等老一辈汉学家的扎实的中国诗论基础上，又将研究向前推动了一步，构建了一个中西诗论互相映照下的世界文学阅读空间。精通两种语言和文化系统的汉学家以客观和疏离的姿态，游走在源文化和东道文化之间，并在二者形成的关系网中再现了世界文学的张力。余宝琳追溯了中国诗学观在宇宙一元论和二元论上的差异，也找寻到了王维诗学与西方现代象征主义的共通之处。但是却并没有仅仅囿于“异”，在中国玄学文论基础上将王维诗歌解读为晦涩难懂的文本，也没有仅仅陷于“同”，以西方象征主义诗学消解王维诗歌的独特性，而是超越了“同”与“异”的对立，所译诗歌既是“可读的英语诗歌”（Hargett，1982），又是“准确的直译译文”（Larsen，1982）。巴恩斯通父子同样是精通数种民族文学系统的跨诗学译者，其译诗集也体现了鲜明的比较文学色彩。美国作家和翻译家安东尼·科瑞根（Anthony Kerrigan，1918—1991）评价巴恩斯通父子译诗集时说道：“巴恩斯通父子的译文读起来是既地道，文学性又高的英语诗歌，通过启发性的研究和翻译，……他们为我们这个时代创造了一个英译中国伟大诗人的新模型。我们也因此得到了一位拥有最完美的英语诗歌形式的世界性诗人。”（Barnstone et al.，1991）汉学家译者以比较文学的视野为王维诗歌在东道文化的读者构建了一个世界文学的阅读空间，在这个空间内，读者认识到自身与他者之间的差异，不以挑剔的眼光对译文与原文、译文与东道文化平行文本之间表现的不同而进行勘误或好坏的批评，而是欣然接受之，并以文学鉴赏的眼光对翻译文本进行文学性上的考察。“这是对不同民族文化传统充分尊重的态度，只有持这种态度，才能达到真正清晰的理解。这是一个严肃的学者在独立的研究中摆脱西方习以为常的观念所必然产生的结果，是一个富有洞见的认识”（傅璇琮，2014）。

从读者的阅读方式看，随着中西文化和文学的互通和交流，东道文化读者对王维诗歌积累了一定的认知基础，他们走出了民族文学的本位中心，放弃寻求同质的异域文学，也不再是猎奇式和想象式的对他者文化的想象，而是转而以超然的阅读态度接受并尊重文学之间的差异。“学术界的彼此交流、借鉴已经不受明显的地域限制，西方学者对中国及中国文化的认知也提高到前所未有的高度，文化隔膜得到了很大程度上的消解”（江岚，2009：300）。对异质文化和文学的尊重和包容成了这一时期的主流阅读模式。文化间的开放的交流冲破了阅读中的文化隔膜，培养了读者对他者异质文化的接受能力，他们越来越希望能看到“真实”、与自我不同的异域文化和文学形式。一些对中国古典诗歌感兴趣的美国读者还创建了相关网站和博客，以供读者发表译诗和交流之用。通过他们作为普通大众，而非专业汉学研究者，之间的译诗心得体会的交流，我们可以看出东道文化读者对彰显中国传统文化，以求得文学独特性的努力，体现了他们脱离西方思维的超然阅读方式。威廉姆·科尔曼（WIilliam P. Coleman）是一位热爱中国传统文化和中国古典诗歌的普通读者。阅读了我国著名文学家和翻译家林语堂于 1948 年在美国翻译并出版的《老子的智慧》一书后，科尔曼对老子及道家哲学产生了极大的兴趣，但是他却认为林语堂的译本更像是披着东方哲学外衣的基督教教义，并不是真正的道家哲学。他坦言称：“我不是一位学者，也不懂汉语；但是我可以用英文写作，也对老子感兴趣。”故而科尔曼便自己动手，翻译了《道德经》，并将其发表在自己创建的博客上[①]。此外，他还热衷于翻译中国古典诗歌，在其博客上发表的有 50 首，其中李白诗歌 8 首，孟浩然诗歌 9 首，苏东坡诗歌 10 首，陶渊明诗歌 5 首，王维诗歌 18 首。从诗歌翻译数量来看，科尔曼对王维情有独钟。不仅如此，科尔曼还通过帖子留言的功能与其他对中国古典诗歌同样感兴趣的读者探讨翻译的细节，以其翻译的《竹里馆》[②]一诗为例分析东道文化读者对王维诗歌中源文化传统的挖掘和表现（见表 4.2）。

---

① https://wılliampcoleman.wordpress.com/translations-chinese-poetry/

② https://williampcoleman.wordpress.com/2008/02/06/wang-wei-in-the-bamboo-grove/.

表 4.2　　《竹里馆》之科尔曼译本分析

竹里馆	The Bamboo Grove (Coleman, 2010)
独坐幽篁里， 弹琴复长啸。 深林人不知， 明月来相照。	Alone I sit, dark, among bamboos; I pluck my qín, or whistle Taoist breathing. Deep in forest, no one can know: the bright moon visits me and shines.

科尔曼表示其译诗参考了叶维廉和余宝琳的译诗。在其译诗后的留言板中，一位名叫黄宏发（Andrew W.F. Wong）的华裔读者贴出了自己的译文。译文如下：Alone I sit, in the bowers of the bamboo trees, / My zither I pluck, then, long and loud I sing. / Deep in the forest,none knows I exist, / None but the moon, to me, solace you bring. 并与科尔曼对诗歌中“琴”的译法进行了一番讨论。科尔曼认为黄宏发将“琴”译为“zither”不恰当，一方面多数英语读者对该词语并不熟悉；另一方面，该词容易使人联想到维也纳著名音乐家安东·卡拉斯（Anton Karas，1906—1985）擅长的乐器及其著名的曲子“第三人（The Third Man）”，文化联想仍是西方的文化传统，“zither”虽与“琴”相似，但却是西洋乐器，体现不出中国文化的独特性；接着，他们还对“琴”的所指究竟是“古筝”还是“琵琶”进行了深入的文化溯源和考证。名为拉里·埃尔德（Larry Elder）的读者留言称：“我喜欢‘qín’的译法，英语中没有‘琴’的对应词汇，‘琴’就是‘qín’”。名为贝内特（Benet）的读者也认为“qín”的译法更合适。

此外，黄宏发与科尔曼之间还就“相”一词的语义进行了训诂式的考证。黄宏发通过查询词典释义，认为如同汉语词汇“好言相劝”“出手相助”中“相”的含义等一样，“相”字表明有主体和客体双方的参与。王维这首诗中的“明月来相照”也体现了这种关系“Moon comes to shine on me”，而不应当是“the bright moon visits me and shines”，这种译法隐去了动作的客体。翻译时应对此予以考虑。这些中国古典诗歌的爱好者们之间对汉字训诂式的溯源，以及将“琴”译为“qín”的直译方法，体现了东道文化读者对源文化传统的尊重和保留，是超越了本民族文学传统的超然的阅读方式。

随着美国汉学研究的逐步成熟，20 世纪 80 年代，王维诗歌英译进入了以文本细读为基础的学者型翻译阶段。这一时期，世界文学的双重折射焦点表现为源文化中多元化的王维诗歌和东道文化中以翻译为前提和基础的汉学研究传统。在双重语境的折射下，王维诗歌英译文表现出四个方面的获益：（1）汉学研究与比较文学的学科结合，以及译者身兼比较文学学者的身份的双重性，使王维诗歌在中西诗学两种文化系统的相互参照和映照下得到阐释。（2）以学术研究为目的的学者型翻译，扩大了诗歌译介的范围，选材上体现了王维诗歌的经典性和全面性。（3）汉学家译者将翻译与研究结合，采用了“厚重翻译”的翻译策略，译文连同丰富的注释、导读、附录等副文本信息构成译诗集这一整体；在译诗语言和形式上也体现了再现源诗的语言和诗学特点的倾向，体现了翻译在语言、形式和文化上的充分性。（4）因学者型翻译的准确性和充分性等原因，余宝琳、瓦格纳和巴恩斯通父子与徐海新的译诗，不仅纷纷被美国权威世界文学选集收录，且走进了大学课堂，成为各大高校的教材和阅读材料，体现了学术界对王维诗歌的专业认同和肯定，使王维诗歌获得了经典地位。经过将近一个世纪的译介，东道文化读者对中国古典诗歌有了一定的认知基础，对异质文化更加包容。他们不再站在民族文化的中心以创造性的介入式阐释理解诗歌，开始回归源文本所依托的诗学传统。这一时期东道文化读者对王维诗歌的阅读方式一方面表现为比较文学视野下的文本细读，一方面表现为“尊重差异”的超然阅读。在汉学家译者的阐释下，王维诗歌得到了全面而又深入的翻译，王维诗歌英译进入了成熟时期，经典地位得到进一步巩固。

第 5 章

文化认同期：深层生态哲学与王诗翻译的进阶

20 世纪中叶以来，随着工业文明的发展，追求发展和无节制的人类活动引起了诸多生态失调等相关问题。环境恶化唤醒了人们的环保意识，环境保护的呼声日益高涨，环境保护运动和环境保护组织也发展迅速。1973 年 1 月，联合国环境规划署（United Nations Environment Programme）正式成立，它作为联合国统筹全世界环保工作的组织，旨在激发、提倡、教育和促进全球资源的合理利用并推动全球环境的可持续发展。联合国环境署的成立标志着环境问题已经不是某一国家或地区的民族事务，而是全球共同关注的普遍问题。在这种全球绿色革命的呼声中，深层生态学对环境保护问题进行深层次的哲学思考，并提出了一种全新的理论范式。深层生态学认为，培养生态自觉意识是从根本上根除环境问题的关键，其本质是生态整体主义的世界观的改变。深层生态学在宇宙观等哲学问题上与东方道、禅哲学传统存在一致性。在深层生态学和道、禅哲学的双重映照下，2006 年，美国著名翻译家大卫·欣顿翻译了《王维诗选》（*The Selected Poems of Wang Wei*），欣顿从生态和哲学两个维度重新定义了王维诗歌，是 21 世纪的当下对王维诗歌的全新解读。本章将在西方深层生态主义这一东道文化传统和道、禅东方哲学这一源文化传统的双重观照下，分析二者在王维诗歌中的融合和统一；并从文本出发，分析欣顿译笔下王维诗歌在形式、哲学和生态层面上的获益，结合东道文化和读者的阅读方式，说明王维诗歌如何在生态视角的阐释下，获得了当下性，继续在世界文学空间散发着来自一千多年前的诗学色彩和生态智慧。

5.1 深层生态主义与道禅生态哲学

王维诗歌以自然山水为依托，渗入道家、禅宗哲理思想，描绘了天人合一的精神境界，是我国古代朴素生态哲学的体现，构成了王维诗歌英译第四个阶段的源文化焦点。东道文化中绿色运动发展的大背景下，深层生态主义方兴未艾，生态环境保护作为人类的普世关怀，也成为诗人们重要的诗学主题之一，这种文化背景构成了王维诗歌英译第四个阶段的东道文化焦点。蕴含中国古老朴素生态智慧的王维诗歌中的宇宙观和生态观在译诗中得到了凸显，进一步巩固了王维诗歌的世界文学地位。

5.1.1 诗·道·禅

在我国历史上，道与禅的发展有两条脉络，一是作为宗教的道教和佛教，二是在宗教的基础上升为人生哲学的道家和禅宗思想。士大夫们吸收了后者，形成了一种向内追求精神平和和自然冲淡的生活情趣和文化精神。《诗大序》云：“诗者志之所之也。在心为志，发言为诗。”诗文作为诗人心志的语言物化外壳，与诗人的精神面貌和哲学情思紧密相连。因此，将道、禅哲学内化成一种人生观的修行和实践上的文人们常常以道入文、以禅入诗，用语言构筑了一个个诗情与哲思的精神世界。王维，作为一个士大夫阶层的代表，一方面接受了老庄思想中注重以内心的清净无为和闲适恬淡以修身和养性的思想；一方面又是一个身体力行的佛教徒，禅理和禅思已经内化在他的日常之中。道家和禅宗的合力影响成就了王维诗歌取之自然，宁静淡远的诗风；反之，其诗歌也渗透了对道、禅等中国传统哲学的思考和践行。

5.1.1.1 王维诗歌中的道家哲学

从王维存世的四百余首诗歌中，我们可以寻到王维与诸多道士的交游。如其诗歌《送张道士归山》《赠东岳焦炼师》《过太乙观贾生房》《送方尊师归嵩山》《和尹谏议史馆山池》《赠李颀》《李居士山居》《赠焦道士》等，都表明了王维与道教人士的密切关系。诗中也多次描写炼丹、行气和仙游幻境等道教行为，如“别妇留丹诀，驱鸡入白云”“自有还丹术，时论太素初”体现了道教的炉炼丹药以求长生。“海上游三岛，淮南预八公。坐知千里外，跳向一壶中”“仙官欲往九龙潭，旄节朱幡倚石龛。山压天中半天上。洞穿江底出江南”描写了极具浪漫主义色彩，徜徉宇宙、汪洋恣肆的逍遥游。“天老能行气，吾师不养空”等则体现了道教的养生之道。“行气”，也称“炼气”，是道家一种以调整呼吸吐纳为主，以导引、按摩为辅助的养生内修方法，目的在于以我之心，使我之气，养我之体，攻我之疾。

但王维对道家思想的吸收不仅停留在道教的养生之道，而且还由宗教入哲学，内化了道法自然和清静无为的养性之境。首先，“道”是道家的一个核心概念，“道生一，一生二，二生三，三生万物”。“道”是宇宙万物的起源，也是自然运行的方式。道家所讲自然，不是指与人类相对立的自然界实体，而是指包括人类在内的万事万物本身的存在方式：自然而然，自然而生，自然而灭。在“道法自然”的宇宙中，人类不是主观能动的介入者，而是一个观察者，甚至更确切地说，是一个无为的参与者。王维深谙道家之道，虽在朝为官，却性乐山水。山野田园不仅是《晓行巴峡》中“赖谙山水趣，稍解别离情”的远离俗世、回归自然的场所，也是王维返璞归真，“游心于物之初”体悟自然之道的所在。王维在自然中并融于自然。如《辛夷坞》中“木末芙蓉花，山中发红萼。涧户寂无人，纷纷开且落。”所描绘山中木兰树一般任运自如，从发芽、开花到花落以自然之道归于自然。诗歌中的景象是诗人双眼所见，但诗人却不发声，不现身，是一个缺席的存在者。又如《鹿柴》中“空山不见人，但闻人语响。返景入深林，复照青苔上。”诗歌中出现了人类的痕迹，“人语”，但却以“不见”二字对人类的存在进行了否定。人类在空山中消融不见，消解了人类与自然界的主客对立。王国维将诗词之境分为两种，一种是有我之境，一种是无我之境。“有我之境，以我观物，故物皆著我之色彩。无我之境，以物观物，故不知何者为我，何者为物”（王国维，2013：3－4）。“以物观物”的无我之境不是“我”的物理实体在空间中的消失，而是消除了“我”与自然界的二元对立，共同参与到“道”之自然而然的运行之中。

其次，老子说“道”是万物之本源，但却是“无状之状”“无象之象”。庄子说道：“可传而不可受，可得而不可见。”要想得“道”，须由外转内，回归内心去体验和感受无思无虑、无欲无念之境界。“这种内向体现于它的自然恬淡人声情趣相结合，所得到的是一种纯精神的，淡而悠长的快感，它摈弃冲动与迷狂，因此它给中国文学艺术带来的是一种偏于含蓄冲淡、自然悠远的审美情趣，一种充分心灵化了的纯净、和谐、安宁的自然意象群，一种以对内心体现的表现为主的艺术思维方式”（葛兆光，1987）。如《田园乐》中“采菱渡头风急，策杖林西日斜。杏树坛边渔父，桃花源里人家。”所体现的宁静祥和的田园之风。诗人在诗中表达了对清静无为的田园乐和田园生活的向往，清净无为既是诗人追求的人生情趣，也是一种空灵澄静的心境再现。寻“道”于“无”，即诗人要排除一切外在的、感官的、理性和逻辑的干扰，在虚空之境界中映照万物之本性本源，故而道家有“心斋”和“坐忘”的修行，即“以虚静推于天地，通于万物”。如《鸟鸣涧》中“人闲桂花落，夜静春山空。月出惊山鸟，时鸣春涧中。”王维以桂花之落的细微动作和山鸟之叫的声音反衬了夜晚的静谧以及由于静谧而格外显示出来的空寂，是诗人虚以待物的结果。王维诗歌的空灵之境不仅是其感化道家哲学的结果，也是他多年禅修的体悟在诗歌中的外化体现。

5.1.1.2 王维诗歌中的禅宗哲思

除了是一个在朝为官的士大夫，王维还是一个学佛的在家居士。但与僧侣在寺庙的学佛不同，王维的礼佛没有门户派别之见，“王维的一生奉行且实践的是折中路线，并未有宗教教派主义倾向”（Yang，2007）。禅宗，对于他来说，更多的是一种哲学化的日常修行和诗化的审美表达。王维修禅可以在寺庙或居室内，如《游感化寺》中的“誓陪清梵末，端坐学无生”；也可以在山林之深，如《积雨辋川庄作》中的“山中习静观朝槿，松下清斋折露葵”；也可以在行云流水处，如《终南别业》中“行至水穷处，坐看云起时”。王维同时代的著名禅师马祖道一云：“只如今行住坐卧、应机接物尽是道”将禅修从寺庙的神坛拉到了日常生活中，王维将这种“平常心是道”的禅修精神贯彻到其生活和诗歌创作中，以禅入诗，以诗修禅，形成了一种澄澹精致、空秀灵动，而又富含哲思理趣的诗学风格。

首先，禅宗对王维诗歌的影响体现在寂然空灵的意境建构上。“唐诗人从禅宗那里借来意境理论和观照方式，以变革六朝物质性、感官性的诗歌”（周裕锴，1992）。禅宗以心法相传，顿悟也以心的空寂为旨归。禅宗中常以“镜”喻“心”，意为拂去一切凡尘俗世的干扰，以直觉观照内心，直探生命的本原，即“明心见性，直指本心”。王维正是通过对大自然的直觉和静穆观照，以诗人的如镜之心于静动之中创造了灵动的禅宗境界，达到了梵我合一、思与境偕。如其晚年所作《辋川集》组诗，虽首首写景，却是诗人清净本性的映照，清代王士禛称“王、裴辋川绝句，字字入禅”。如《栾家濑》中“飒飒秋雨中，浅浅石溜泻。跳波自相溅，白鹭惊复下。”诗人在观照万物中，不动念，“秋雨”“小溪”“白鹭”均是诗人白描式的内心映照。“澄观一心而腾踔万象，是意境创造的始基，鸟鸣珠箔，群花自落，是意境表现的圆成”（宗白华，2005）。诗人领纳万物而不乱内心，以自身的明净观照周围，诗中的景物自然就成了内心清净的写照。诗人以禅心写禅境，诗歌自然禅味十足。

其次，禅宗是心法，讲求“禅悟”，即在禅定中领悟佛法大义和人生真谛。但禅悟作为生命体验和精神境界具有非理性、非逻辑和难以言传的性质。因此，禅师要破除执念，在变化中体悟真义。王维将禅悟运用在诗歌中，形成了言尽而意无穷的神韵淡远之风。王维以禅入诗，但却并非直抒胸臆，而是将禅理化于无形，化于对意象的直观呈现中，将欲说未说的禅意留给读者去体味和领会。如《送别》中：“下马饮君酒，问君何所之？君言不得意，归卧南山陲。但去莫复问，白云无尽时。”王维将“不得意”“莫复问”和“归去来”的复杂情绪融汇在无尽的白云中，暗示友人遁世入空门的决心，也表达了诗人自身对白云之外清净淡远之境界的向往。“云”是王维诗中常见的意象，在王维存世的 425 首诗歌中，“云”字出现了 141 次之多。禅宗常以白云之高，隐指超脱凡世之外的身心俱空的涅槃之境；以白云之清逸，喻指开悟见性之后的洒脱淡然和自由自在的返璞归真。因此，王维诗歌中禅意需要从诗歌所构建的空灵的意境和意象中去体悟，才能真正破解禅机，悟道至境。

5.1.2　深层生态主义

5.1.2.1　深层生态主义之“深”

随着工业革命和现代社会的纵深发展，人类对环境的作用愈发明显，环境问题也随之而来。尤其在美国，20 世纪 40 年代至 60 年代，由环境污染引发的世界八大公害事件[①]其中两起先后发生在美国，即 1948 年多诺拉小镇的大气污染事件，以及 40 年代至 60 年代的洛杉矶光化学烟雾事件。日益严重的环境恶化问题引发了一场持久而又广泛的绿色革命，时至今日仍方兴未艾。“环境保护运动是现在发生在全球各个角落，最有活力、最具多样性、最有力量的社会运动”（Doyle，2005）。深层生态主义就是生态学家对生态环保问题的反思中提出来的。1973 年，挪威哲学家阿恩·奈斯（Arne Naess）在其文章“浅层与深层、长远生态运动概述”（The Shallow and the Deep, Long-range Ecology Movement. A Summary）中首创“深层生态学”这一概念。文中，奈斯深刻总结了深层生态主义不同于浅层生态主义的 7 个特点：（1）联系的和总体的世界观；（2）生态平等主义；（3）多元和共生原则；（4）反对阶层差异；（5）治理环境污染和能源消耗；（6）重复合性，而非复杂性；（7）地方自治和去中心化。深层生态主义之“深”尤其体现在前三个特点上，即深层生态主义“不是单纯的生态论，而是一种生态哲学论”。（Naess，1973）奈斯从哲学的世界观和方法论出发，将生态环境保护提升到了哲学深度。1985 年，美国生态哲学家比尔·德韦尔（Bill Devall）和乔治·塞欣斯（George Sessions）合著《深层生态学》（*Deep Ecology*）一书，该书在当下绿色运动的背景下，对深层生态学的核心原则做了阐述，并结合美国本土的荒野保护运动，将深层生态哲学运用到生态实践中。该著作把奈斯的深层生态学完整地引入了生态哲学领域，使之成为一个正式的思想流派。

① 八大公害事件是指世界范围内由于环境污染造成的短期内人群大量发病和死亡的 8 起严重公害事件。分别是：比利时马斯河谷烟雾事件、美国多诺拉事件、洛杉矶光化学烟雾事件、伦敦烟雾事件、日本四日事件、日本米糠油事件、日本水俣病事件、日本骨痛病事件。

1990年，澳大利亚生态哲学家沃里克·福克斯（Warwick Fox）的著作《超越个人的生态学》（*Toward A Transpersonal Ecology*）中对20世纪80年代深层生态学的主要文献做了详细的综述，并在此基础上提出深层生态哲学不仅注重生物个体价值的实现，而且强调生物之间的联系性和依赖性，个体不是分开的个体，是超越个体而实现的总体价值。该本著作是对深层生态学的系统深入的阐释，标志着深层生态主义发展日臻成熟。“深层生态学在80年代末和90年代初，迅速发展并成为西方生态哲学领域和生态运动中一支不可忽视的重要力量。……现在无论是在学术领域还是在生态实践领域，不管人们是否情愿，都不能无视深层生态学的存在了”（雷毅，2012）。

深层生态学之“深”首先体现在生态整体主义的本体论认识上。深层生态主义否定人与自然二元对立基础上的人类中心主义，认为人类中心主义把自然视为人类主观能动性的客体，是为人类服务和利用的工具。以这种工具论为指导的浅层生态观虽然试图解决当下的环境污染等问题，但却不能从根本上解决人与自然和谐相处的问题。相反，深层生态观回归本源，认为宇宙是一个由各个要素组成的关系网，人与万物都是生物圈这张网上的结，即世界不是分为各自独立的个体，而是个体之间相互依存的整体。生态整体主义将人与万物从对立的位置转为互为联系的关系，人类的命运纠裹在“牵一发而动全身”的生态网中，即使是再微小的生物都会影响生态整体。

深层生态学之“深”还体现在直觉审美和生态平等主义的方法论上。直觉审美指以非功利性和审美的眼光看待自然。自然有着艺术所没有的一种自主性。要获得这种意义，我们必须遵循自然——不要干涉自然，让它按自己的方式去运行。我们走入自然中，去寻找和听取它以自然的形式表达自己。因此“不是要对自然采取什么行动，而是要对她进行沉思；是让自己纳入到自然的秩序中，而不是将自然纳入我们的秩序”（罗尔斯顿，2000）。生态平等主义是指包括人在内的所有生态个体都没有大小和贵贱之分，都有内在的个体和生态价值，拥有平等的权利。“生物圈中所有有机体和实体，作为相互联系的整体的一部分，拥有相等的内在价值”（Devall et al.，1985：67）。直觉审美和生态平等主义的方法论使我们不仅仅要带着一种敬畏，而也应该带着爱、尊重与赞美去看待生态系统，在精神上达到与自然的共鸣、共融的和谐状态，这才是深层生态主义倡导的生态保护的完美体现。

深层生态主义对生态问题进行深层拷问，重新对宇宙的本体进行了认识，采用精神生态方法论，以哲学考量生态环境保护问题，“实现了宗教和哲学范式的转变”（Berry，1995）。不仅如此，深层生态主义还吸收了道、禅等东方宗教和朴素哲学中的生态智慧，并与之产生了中西生态哲学上的共鸣。

5.1.2.2　深层生态主义中的东方哲学元素

深层生态主义虽然作为一种新生的生态哲学观，其架构是深层生态理论家广泛吸收各种文化、宗教和哲学传统的基础之上建立起来的。其中对中国道、禅哲学中的生态智慧的挖掘早在 20 世纪五六十年代逆文化运动中已渐露端倪①。“当代的深层生态主义学者从《道德经》等道家经典和 13 世纪日本佛教大师道元的著作中找到了灵感”（Devall et al.，1985：100）。

在对何为“宇宙”这一本体论认识上，道家提出了“天人合一”的宇宙观。《道德经》第二十五章曰：“有物混成，先天地生。寂兮寥兮，独立而不改，周行而不殆，可以为天地母。吾不知其名，强字之曰道，强为之名曰大。大曰逝，逝曰远，远曰反。故道大，天大，地大，人亦大。域中有四大，而人居其一焉。人法地，地法天，天法道，道法自然。”道先于天地人而生，是宇宙运行的法则。天、地指大千万物，天、地和人共同构成了宇宙这一整体。人不是宇宙的主宰，而是同山野河流、飞禽走兽一样，是构成宇宙的有机个体。“道法自然”指自然而然的宇宙运行法则，即天地间万事万物以其自身为原则，自由不受约束。道家“无为”的自然观由此衍生而来。既然宇宙运行是循道自然的过程，那么人作为该运行过程中的一部分，就要以“无为”的姿态参与宇宙的演进。“无为”不是指无所作为，而是指不过多干预，顺其自然而为。人类以“无为”的态度进入自然才能与自然和谐相处，进而达到天人合一的理想状态。此外，道家还蕴含了深刻的生态平等主义哲学观。《庄子・齐物论》中有云：“天地与我并生，而万物与我为一。既已为一矣，且得有言乎？”万物是相互依存、相互联系中浑然一体的存在，并且在不断向其对立面转化，因而一切事物归根到底都是相同的，没有什么差别，也没有是非、美丑、善恶、贵贱之分。以道观之，物无贵贱。无差别、无功利的齐物观是道家天人合一的宇宙整体论在生态平等主义上的实践。

佛教的根本大法是心法。佛教经义认为，三界本无一法建立，皆是真心起妄，生万种法。“三界”指欲界、色界和无色界，即人生之执念，在生灭变化中流转。这句话意思是说，宇宙是一个“空”的概念，世间万物本不存在，皆由心所引而生出千千万万的事物。心生则种种法生，心灭则种种法灭。既然宇宙万物皆由心生，那么人与物的二元对立也就没有了存在的基础。我即是佛，佛即是我；我即是物，物即是我。因而，佛教主张“空”和“定”的禅修。在禅修中，习禅者专注一境，外禅内定，从而突破幻象和心念，达到忘我的境界，进入虚空法界。以镜子般无欲无念的空寂之心观照万物，方能超越自我，进入无我之境，与宇宙成为浑然一体的整体。道家和佛教的宇宙整体观都要求人们走入自然，亲近自然，

① 详细分析见本书第 3 章。

在“以物观物”的观照中，以“无为”的姿态融入自然。这种宇宙观与深层生态哲学的核心，生态整体主义，形成了异质同构的跨时空认同，这种认同感基于对人与自然和谐统一的道德和生态追求上，因而，蕴含朴素生态美学的道、禅哲学成了当下深层生态主义构建过程中的东方给养。

“天人合一”的宇宙观培养了东方人对待大自然的审美的生态传统。庄子说“天地有大美而不言”，这种美是主客统一、情景交融的原初之美。美存在于“天地”所构成的荒野之中，故而，人要了解美，寻求美，就要回归自然，回归荒野。在中国古代山水田园诗歌，荒山野水不仅是诗人们描写和欣赏的审美对象，也是诗歌构筑的具有生态美学的审美世界。“中国古代山水诗中渗透和贯穿始终的是一种荒野精神。其意象世界是一个荒山野水的世界，其审美趣味、情感指向和回归主题都是指向荒野的”（王惠，2010）。深谙道、禅哲学的山水田园诗人王维，其诗歌以丰富的自然意象创造了空灵静寂的荒野意象，诗行字句间透露着深层生态主义追求的“天地之大美”的生态之美。因而，在当下世界的生态诉求下，西方的深层生态主义与中国传统道、禅哲学中的朴素生态论共同构成了当下对王维诗歌解读的双重文化语境。

5.2 生态价值的挖掘

5.2.1 荒野宇宙观之文化翻译

大卫·欣顿是美国当代著名翻译家。1981 年，欣顿毕业于康纳尔大学，并获艺术硕士学位（MFA）。在大学期间，欣顿偶然间接触了杜甫诗歌，从此便痴迷于中国古典诗歌而一发不可收拾。为了更深入地了解中国文化和诗歌，欣顿决定重返康奈尔大学系统地学习中文，并于 1984 年移居台湾。数年后，欣顿返回美国，定居在佛蒙特州一个名叫东加来（East Calais）的小镇上。该小镇位于绵延的饥饿山（Hunger Mountain）山脚下，人口不足两千人，是一个风景优美、宁静悠然的处所。追随着中国古代诗人性乐山水的山居田园生活方式，欣顿先后翻译了杜甫、陶渊明、孟郊、李白、谢灵运、王安石、王维等中国古典诗人译诗集，还编辑出版了《山居：中国古典山水诗歌》（*Mountain Home: The Wilderness Poetry of Ancient China*，2002）和《中国古典诗歌选集》（*Classical Chinese Poetry: An Anthology*，2008）两本中国古典诗词合集。不仅如此，欣顿从中国古典山水诗歌中溯源到了诗歌中荒野宇宙观的哲学根基，欣顿是唯一一名独自将中国古代五大哲学典籍《论语》《孟子》《庄子》《道德经》和《易经》悉数译为英文的译者。欣顿还将中国传统哲学智慧运用到自己的写作中，以当下的文学形式呼应和再现中国古代的朴素哲学，完成视觉艺术实验性叙事诗《化石天空》（*Fossil Sky*，2004）、诗歌集《诗歌：生活的香料》（*Poetry: The Spice of Life*，2012）以及《饥饿山：心灵和文学指南》（*Hunger Mountain: A Field Guide to Mind and Literature*，2012）。虽然欣顿偶有在美国哥伦比亚大学和柏林自由大学接受短暂教职，但大部分时间欣顿都在其隐居的小镇中，以石匠工作谋生，以诗词为酒，以中国传统哲学为花，身体力行过着简朴而富有诗意的生活，实现了在乐山趣水中寻道于自然的精神栖息。

欣顿从对当下生态的人文关怀出发，认为西方传统的宇宙观将人与自然对立而论，所秉承的是自然工具论，即自然是为了人类的福祉和发展而存在。二元对立的宇宙观指导下的人类实践活动对大自然进行了掠夺式的征用，造成了严重的环境恶化和生态失衡。而与之相反，中国传统哲学，如道家和禅宗，所体现的是一种物我交融、人与自然浑然如一的荒野宇宙观（Wilderness Cosmology）。“荒野宇宙观为中国古代所有的诗学思考提供了语境。它是中国文化的核心，构成了中国几千年来‘修身养性’的本质”（Hinton，2006：xiv）。中国山水诗歌以丰富的自然意象、简洁的句式和灵动的诗魂创造了一个个空静和谐的意境，是诗人们在诗歌中对荒野宇宙观的实践。“中国山水诗代表了世界上最久远的荒野文学传统”（Tonino et al.，2015：5）。当下盛行的深层生态学认为人要寓居并融入自然之中，成为宇宙万物中内在的一分子，将意识融入风景中，达到天人合一的精神共鸣。中国道、禅哲学和古典山水诗歌完美将人类的直接经验融入风景和意识之中，体现出了朴素的精神生态学观点，是深层生态学的东方源头。“荒野宇宙观诗歌极具当下性。在全球生态恶化和大规模的物种灭绝的当代，寓居荒野的重要性变得更加具有急迫感和普世性”（Hinton，2002）。而这种荒野宇宙观是当下西方诗歌中所没有的，因而，欣顿在翻译中国古典诗歌时，着力再现其中蕴含的哲学内涵和宇宙观，并自称其翻译为“文化翻译（Cultural Translation）”：“虽然我紧扣源诗的每一字和细节，但我是在重新作诗。也许最好称之为文化翻译。我觉得，我翻译的不仅仅是字词文本，而是中国文化。我想把它对人类在宇宙万物中的地位的理解带给西方。但是有一些汉语语言具备的独特性，我无法将其在英语中表现出来，因此我不得不舍。我试图用一个折中的方法处理。一方面，我力图使译诗保留其古典的韵味和高雅的措词，另一方面，我也尽量删繁去冗。翻译就是对译文进行不断的雕琢、雕琢、再雕琢。”（Tonino et al.，2015：12）

欣顿立足当下的深层生态学，回归中国的哲学传统，以双视的文化眼光审视西方传统的认知局限，其译诗既在形式上竭力保留了中国古典诗歌的形式和韵味，又以深层生态学反视和再现了以道、禅为主的中国传统哲学的文化内涵，为中国古典诗歌的当代英译创立了一个新的阐释传统。欣顿的中国古典诗歌译诗也因此获得了东道文化的认可，其译诗集曾多次获得美国各文学协会的基金赞助或翻译奖项。欣顿获得文学基金赞助包括：古根海姆人文基金（2003，2011）、威特·宾纳基金和英格拉姆·梅里尔基金等。1997 年其译诗集《北岛诗集：零以上风景》（*Landscape Over Zero by Bei Dao*，1996）、《孟郊晚期诗歌》（*The Late Poems of Meng Chiao*，1996）和《李白诗选》（*The Selected Poems of Li Po*，1996）获得了美国诗人学会（The Academy of American Poets）颁发的哈罗德·莫顿·兰登翻译奖（Harold Morton Landon Translation Award）。2007 年其译诗集《王维诗选》（*The Late Poems of Wang Wei*，2006）获得了美国笔会中心颁发的诗歌翻译奖（PEN Award for Poetry Translation）。欣顿本人还于 2014 年获得了美国艺术与人文学院颁发的索顿·怀尔德翻译终身成就奖。

当代著名汉学家和翻译家西顿（J. P. Seaton）对欣顿的译诗表示了充分的肯定："欣顿当之无愧是当下最杰出的中国古诗词翻译家。……他对源诗歌的解读非常细致，对诗歌的精妙之处有很强的敏感性"（Hinton，1996）。此外，欣顿从生态哲学角度阐释中国古典诗歌也得到了东道文化的认可。2007 年，英国作家尼尔·阿斯特利（Neil Astley）编辑《地动天惊：生态诗》（*Earth Shattering: Ecopoems*）中收录了包括王维、李白、陶渊明、贾岛、杜甫、寒山子和苏东坡在内的七位中国古典诗人共八首诗歌，其中除了杜甫的《春望》一诗采用华兹生译文之外，其余七首诗歌译文均为欣顿所译。欣顿的生态译诗呼应了现代社会对生态环境的人文关怀，赋予了中国古典诗歌以当下化的时代解读。"在他娴熟的译笔下，王维完全被当代化了"（Hinton，2006），"欣顿译诗使人耳目一新，这些古老的诗让人感觉是那么的新鲜而富有当代性。他开创了一个文学翻译传统，翻译焕然一新但又是原作的共振"（Hinton，2008）。欣顿所获翻译奖项和翻译基金，以及东道文化对其译诗的积极评价是中国古典诗歌在欣顿的译介中获得世界文学地位的表现。欣顿通过其发现的荒野宇宙观成功地将中国古典诗歌进行了当下化的阐释，延续了中国古典诗歌的世界文学生命。

5.2.2 重音对句体之形式之得

汉学家田晓菲将欣顿的中国古典诗歌译文归之以通俗性和可读性为目的的"文学性翻译"[①]。这在一定程度上是对欣顿译诗的接受性和流畅性的肯定。但

① "对中国古典文学的翻译一般来说可以分为'学者型翻译'和'文学性翻译'两种，前者可以拿康达维（David R. Knechtges）对《文选》的翻译作为代表，这样的译文伴随着详尽的笺注与考证，广泛参考和征引其他学者的研究成果，本身即是一种严肃的学术活动；后者则可以拿戴维·欣顿（David Hinton）对中国古典诗歌所作的通俗性翻译作为代表"（田晓菲，2010：606－607）。

细读欣顿译诗文本，我们不难发现，欣顿不仅以其精妙的艺术和诗学造诣使译诗如英语诗歌一般流畅可读，同时也在其对中国古典诗歌的汉学造诣基础上准确再现了中国古典诗歌的形式和韵味，兼顾了译诗的充分性和接受性。“欣顿对中国古典诗歌的所做的译文既读起来极具当下性，又再现了源诗的韵味和紧实感”（Jensen et al.，2016）。欣顿本人也曾在访谈中自述：

> “翻译诗歌的时候，我总是努力使自己成为诗人本身。我从诗人的措词开始着手，因为语言是思想和感知的外壳，我在一定程度上领悟到诗人的思想和感知。但是英汉语之间存在巨大的语言差异，所以我不能逐字而译。比如，古汉语中没有时态，少用人称指示代词，如‘我’。这就意味着我必须用自己的语言和话语重新发明诗歌”（Tonino et al.，2015：12）。

与 20 世纪初庞德“发明”的意象主义中国古典诗歌不同，经历过一个世纪的译介，欣顿对中国古典诗歌的重新发明是基于中国文化和诗学传统全面了解基础之上的，对中国古典诗歌进行深层的哲学解读。

欣顿对中国汉学和语言进行了训诂式的渊源探究。《饥饿山：心灵和文学指南》是欣顿于 2012 年出版的一本著作。该书记录了欣顿沿着中国道、禅哲学传统、踏着中国古典文人隐于山林的脚步在饥饿山中徒步进行的二十一次精神之旅，共由二十一篇散文构成，每篇散文以一个汉字或词语为题。欣顿在文章中对每个汉字都追溯至《说文解字》，从字的构成追溯其最原初的意义，探究其蕴含的原始、朴素的哲学思想。汉字是表意的，因而，“中国的文字一定程度上体现了语言与世间万物的直接关联性”（Tonino et al.，2015：5）。如“宇宙”一词，“宇”意为空间，“宙”意为时间，因而，“宇宙”是由时间和空间所构成的统一体，通常将其译为“universe”。但是，欣顿分别追溯了《说文解字》中“宇”和“宙”的表意结构，“宇”的“宀”意为“天檐之下”，“于”则象征万物在天之下的空间自由蔓延，因而“宇”可理解为“空间的居所”。“宙”的“宀”同样意为“天檐之下”，“由”则表示一粒种子破土而出，向上生长，表示时间，因而“宙”可理解为“时间的居所”。但是“空间的居所”并不等于“空间”，即“time”；“时间的居所”也不等同于“空间”，即“space”。在道家学说中，“气”是宇宙孕育万物的本质，在“气”的氤氲聚散中，万物自发和谐演绎着出生、发展并消亡的生命轮回。“气之始，曰太初。”万物之根本是“气”，故而，“宇”之意义可延伸为“气在天空之下自由扩散”（Hinton，2012：90）。这就不同于西方中的“space”概念，即物理实体存在并在其中产生互动的形而上的空间。而是指气所幻化的万物之家，即“breath-home”。“宙”也不是西方经验概念中如河水般流逝，一去不返的变化概念。在道家哲学中，“变”是万物运行之道，“时间”是万物的固有一部分，不能脱离万物独自存在，因而，“宙”意为“种子变化的场所”，即“seed-home”。欣顿基于以上道家哲学角度对“宇”和“宙”二字的文献语言学的考证，认为若将“宇宙”直接以英语中的“universe”替换，则造成了时间和空间的二元对立，不能体现中国传统哲学中“天人合一”的一维宇宙观，因而主张将其译为“breath-seed home”。

此外，欣顿还从对“禅”字的训诂式解读中找到了其荒野宇宙观和禅定的哲学语言依据。“禅”由“礻”和“单”组成。“单”即独处的一个人。“礻”在说文解字是“一”和“¦|¦”组成的上下结构，“一”代表天空，“¦|¦”代表日、月、星三种天体。“礻”“一”和“¦|¦”三部分组成“禅”，即独处在宇宙万物间即为禅。人是宇宙万物之其中一物，融于其中才是人类精神的最终去所，“独”既是作为物理实体的身体在山野中独自一人的独，也是精神上去除杂念，达到性空的禅定之独。基于他从道、禅哲学角度对“禅”所做的训诂式解读，欣顿在翻译王维诗歌中体现了对“禅”字的深度解读，不仅将“禅”直译为“ch'an”，还增译“stillness”，以再现修禅的静定之态（见表 5.1）。

表 5.1　　欣顿对“禅”的翻译分析

原文	译文
薄暮空潭曲， 安禅制毒龙。 ——《过香积寺》	On lakeshores, water empty, dusk spare, **Ch'an stillness** masters poison dragons. —Visiting Provision-Fragrance Monastery (Hinton, 2006)
龙钟一老翁， 徐步谒禅宫。 ——《夏日过青龙寺谒操禅师》	A lone old man bone-tired and dragon-slow, I reach this temple of **Ch'an stillness** asking —At Azure-Dragon Monastery, Visiting Ch'an Master Ts'ao (Hinton, 2006)
山中多法侣， 禅诵自为群。 ——《山中寄诸弟妹》	A sangha forms of life; chanting, sitting **ch'an stillness**. Looking out from distant. —In the Mountains, Sent to Ch'an Brothers and Sisters (Hinton, 2006)

除了在字词层面上对源诗进行训诂式的文献考证和哲学解读之外，欣顿在译诗形式上也对英语诗歌形式进行了创新，以“重音对句体”再现了中国古典诗歌的形式特征。由于英汉语之间的语言差异，中国古典诗歌，尤其是绝色和

律诗等近体诗，以诗行字数和平仄彰显形式特征；而英语诗歌则以重音的排列作显性标记。为了使译诗具有东道文化英语诗歌的可读性的同时，又最大可能地再现中国古典诗歌的形式特征，韦利首创了以重音对应源诗诗行字数的“重音体自由诗”①，汉学家余宝琳在翻译王维诗歌的时候同样沿袭了重音体自由诗的形式，以重音体自由诗翻译中国古典诗歌已形成了中国古典诗歌英译的小传统，为译者确立了期待规范和操作规范。欣顿遵循了重音体自由诗的译诗规范，以每行五重音和七重音对应中国古典诗歌中的五言诗和七言诗，但同时，在重音体自由诗的形式上又进行了开拓，以两行诗行为一个段落，体现了中国古典诗歌中“联”的诗学特色，此外译诗语言也再现了“对仗”的工整美，创造了“重音对句体”的新的译诗形式。以《新晴野望》译诗为例进行详细分析（见表 5.2）：

表 5.2　《新晴野望》之欣顿译本分析

新晴野望	Evening Landscape, Skies Blue Again (Hinton, 2006)
新晴原野旷， 极目无氛垢。	Skies open blue again across vast plains, no dust or haze to the very edge of sight.
郭门临渡头， 村树连溪口。	City gates lookout above a river-crossing. Village trees trail a creek up to its source,
白水明田外， 碧峰出山后。	and silver water shimmers beyond fields, emerald peaks towering behind ridgelines.
农月无闲人， 倾家事南亩。	It’s the farming season. No idleness now: families pour out to work southern fields.

《新晴野望》是一首五言律诗。诗人以平淡清新的笔墨描写了初夏时节、雨过天晴的乡村田园之景。诗歌语言凝练清新，色彩丰富，诗中虽描写了农家夏收的繁忙景象，整首诗歌所体现的意境却是诗人恬然自乐的淡泊心境，是王维田园诗歌的代表作之一。为了体现五言律诗中的字数要求，欣顿的译诗以五重音节奏对应源诗中的五言，句法简约，译诗形式为五重音自由体。不仅如此，律诗一般为八句，两句为一联，以先后顺序分为首联、颔联、颈联和尾联。律诗不仅讲求诗句字数整齐划一，每首诗歌中的颔联和颈联要求为对仗句。对仗是中国古典诗歌中常见的修辞之一，即把同类或对立概念的词语放在上下句中

① 见本书第 4 章。

相对应的位置，使文学作品产生整齐匀称的和谐艺术美，增加文字的表现力。王维诗法纯熟，其诗歌中的对仗工整和谐。如《辋川闲居》中“渡头余落日，墟里上孤烟”中以“日”对“烟”构成了天文对[①]；《送张判官赴河西》中“见逐张征虏，今思霍冠军”中以“张征虏”对“霍冠军”构成了人名对；《山居秋暝》中“竹喧归浣女，莲动下渔舟”中“竹”对“莲”、“喧”对“动”、“归”对“下”、“浣女”对“渔舟”，门类和词性字字对应，是一组完美的对仗句，至今仍为人传颂。“王维是一位对仗大师。他的对仗体现了形式上的几何平衡，以平实无华的小词描绘恢宏壮丽的大场景和无与伦比的清晰与简洁的艺术美，不断为后世所模仿”（Owen，1981：51）。该首诗歌中颔联和颈联同样体现了中国古典诗歌中对仗的对称之美。其中颔联中“郭门”对“村书”、“临”对“连”、“渡头”对“溪口”；颈联中“白水”对“碧峰”、“明”对“出”、“田外”对“山后”，体现了名词对名词、动词对动词的对仗，“白”与“碧”的颜色对比，还增加了诗歌画面的视觉冲击感。译诗中，欣顿以“city gates”对“village trees”、“above”对“up”、“silver water”对“emerald peaks”、“shimmers”对“towering”、“beyond”对“behind”、“fields”对“ridgelines”基本上再现了源诗中工整的对仗。这种以五重音对五言，以对仗译对仗译诗形式称之为“五重音对句体”（陈琳，2017：23）。

此外，在诗歌布局上，欣顿以两行为单位，且每两行中间空格一行，体现了中国古典诗歌中的“联”的概念，是欣顿“重音对句体”的另一个诗学形式特征。同时，欣顿不仅关注文字本身的表现力，而且还将道家“有无相生”的哲学观渗透到诗歌中，认为文字之外的空白同样是文本的表现形式。“表意文字周围的空白使文字本身鲜活了起来。我们阅读的时候，往往集中在文本上，忽略了文本周边的空白。但是对于中国古人来说，这些空白是文本从中诞生的‘无’”（Hinton & NEA，2011）。《道德经》中云：“天下万物生于有，有生于无。”习惯上，我们认为诗歌由可见的文字构成，但文字周边的空白同样是构成文本的一个要素，文字与空白相辅相成、互化互生，形成作为整体的诗歌呈现给读者。这种空白是中国传统艺术，如绘画、书法和诗词中常用到的美学表现手法之一，即在作品中有意留下空白，予人以想象的空间，造成无声胜有声，无物胜有物的审美意境。欣顿在译诗中运用了留白的表现技巧，以每两句之间的诗行空白，一则体现了中国古典诗歌中“联”的诗学特征，二来将中国传统的留白艺术运用在英语诗歌中创造了陌生化诗学效果。基于道家“有无相生”的哲学辩证思想，欣顿将文本留白称之为“话静默之声（Voicing Silence）”（Tonino et

① 关于对仗的种类详见：王力，2005. 汉语诗律学［M］. 上海：上海教育出版社：160－188.

al.，2015：9）。欣顿还将这种文本留白运用到对诗歌形式的创新中，2004 年欣顿出版了一本实验性诗集《化石天空》，该诗集将诗歌从传统意义上的页面布局中解放出来，其诗行以横竖不一、错落有致的格局散落在地图一样的纸张上。读者读诗，就如同漫步在一片没有道路的山中丛林一般，在诗行的空隙间穿梭，自由选择诗行的结合，自己制定路线。诗歌体验对于欣顿来说，与他在饥饿山中带着对中国哲学的解读进行徒步一样，是一场精神的修行，读者要消失在诗歌中，就像走进一片森林，诗行间的空白为读者提供了一条融入的路径，文本从中再生，读者也以“空心”在其中完成了精神的修行。

从对文字的训诂式解读到在重音体自由诗规范传统基础上的“重音对句体”译诗形式，欣顿对王维诗歌的翻译体现了其对中国道、禅哲学深厚的认知基础，其译诗既体现了对中国古典诗歌形式的回归，又在英语诗学的关照下重新发明了具有当下性和可读性的世界文学，是学者型译诗和文学性译诗结合的典范。

5.2.3　生态哲学再现

欣顿在荒野宇宙观中发现了道、禅哲学传统与深层生态学的共通点，并将通过文化翻译把中国古典诗歌中蕴含的生态哲学传递给西方读者为己任。他认为，诗歌要表达人的日常经验，直探人类意识的最深处。但当下诗歌缺少的也恰恰是风景和意识的结合以及哲学的真实性，“王维是中国诗歌最精华的浓缩，他从日常体验中提炼了最基本的三个元素：意识、风景和空”（Hinton，2006）。王维的诗，尤其是山水田园诗，描写的是质朴自然的山水风光和怡然自乐的田园日常，但是道、禅对他的浸淫又使其诗歌以虚空之心镜映照了人类在意识深处的无意识与大自然达成的物我如一的宇宙观。欣顿从王维诗歌中找到了弥补当下诗歌不足的生态和哲学元素，通过对诗歌中文化概念的深度解读和翻译，并在译诗中对其进行再现，欣顿使王维诗歌英译文融入了当下世界对人文和精神环境的生态关怀中，获得了时代性和当下性。

5.2.3.1　“气”的翻译

“气”是中国老庄哲学中的一个核心概念。《道德经》云：道生一，一生二，二生三，三生万物。万物负阴而抱阳，冲气以为和。“道”为天下母，是万事万物发生的本质。“道”含“阴”“阳”二气，世间万物背阴而向阳，并在阴阳二气相交相和中达成统一。由此可见，在道家学说中，“气”是宇宙孕育万物的本质，在“气”的氤氲聚散中，万物自发和谐演绎着出生、发展并消亡的生命轮回。对老庄哲学颇有体悟的王维在其诗歌中多次运用“气”这一概念，来表达万物的运动和变化。据统计，王维现存世诗歌 425 首，其中“气”字用了 23 处。王维用“气”，有指称人的气息和精气，如《洛阳女儿行》中表现女主人公夫婿意气风发的“狂夫富贵在青春，意气骄奢剧季伦”；《少年行》中表现游侠少年之间义气相投的“相逢意气为君饮，系马高楼垂柳边”。也有描写无形无状游离于宇宙间的万物之气，如《晦日游大理韦卿城南别业四声依次用各六韵》中“风日畅怀抱，山川多秀气”描写的天高地阔的大气冬景；《山居秋暝》中“空山新雨后，天气晚来秋”般秋高气爽的清爽之意。

欣顿所译《王维诗选》选录了三首带有“气”字的诗歌，分别是《东溪玩月》《山居秋暝》和《酬黎居士淅川作》。欣顿放弃前人译本中“air”[①]的译法，独辟蹊径，采用直译“ch’i”加注的办法进行翻译。注释中，欣顿追溯了“气”在道家学说中的内涵：“气，即宇宙之气息，之重要精气，也是万物衍生的法则”（Hinton，2006：111）。以《山居秋暝》首联为例，我们试比较罗宾逊译本（1973）与欣顿译本（2006）的异同（见表 5.3）。

表 5.3　　罗宾逊与欣顿对“气”的翻译之对比分析

原文	译文 1（Robinson, 1973）	译文 2（Hinton, 2006）
空山新雨后， 天<u>气</u>晚来秋。	In the empty hills just after rain The evening <u>**air**</u> is autumn now	In empty mountains after the new rains, it’s late. Sky-<u>**ch’i**</u> has brought autumn—

两首译诗都准确地翻译了源诗的意义，表现了秋天雨后山林中的清爽之意。不同的是，罗宾逊译本是对“秋意之气”的事实描述。而欣顿则认为：“天上三大发光天体太阳、月亮和星星是气的孕育母体，气同时化作实体和能量两种形式掌管着宇宙的脉动，并赋予大千万物于无穷之变化中的形式和生命”（Hinton，2012：62）。因而，“天气”是天之气，秋天不是自然而然的四季轮回的结果，而是由“天之气”衍生而来，即四季的转变和轮回，同宇宙万事万物的衍生法则一样，是“气变”的结果。“是故道德之用，莫大于气。道者，气之根也。气者，道之使也。必有其根，其气乃生。必有其始，变化乃成。……天之以动，地之以静。日之以光，月之以明。四时五行，鬼神人民……何非气然？”（王符，1985）欣顿将“天气”译为“Sky-ch’i”，凸显了中国传统哲学中的气之宇宙观，“brought”一词动意盎然，揭示了气变的因果关联关系和道法自然的宇宙运行法则。

其次，欣顿在译诗中不仅注重对“气”的哲学本质的传达，还注重王维诗歌中对“气息”描述的挖掘。如《竹里馆》中“独坐幽篁里，弹琴复长啸”，欣顿译诗为：Sitting alone in silent bamboo dark, // I play a ch’in, <u>**settle into breath**</u>

① 此外，黄思礼与张音南译本（1958）、叶维廉译本（1972）、余宝琳译本（1980）、瓦格纳译本（1981）和巴恩斯通父子与徐海新译本（1989）均将“气”译为“air”。威尔士与程曦译本（1974）则将“气”译为“breeze”。

chants. “啸”本意为由魏晋名士发展而来的歌吟方式，欣顿却将之译为“调息”，指明了诗人在幽深的森林中调换气息，悠然独坐，以达到心灵的净化和灵魂的超脱①。

5.2.3.2 “空”的翻译

《道德经》主张“涤除玄览”的认识论。“道”幻化于无形之中，正所谓，五色令人目盲，五音令人耳聋，五味令人口失。外部世界耳闻目见的感官经验只会干扰人们认识“道”的体验。“涤除玄览”就是超越一切感官体验和杂念，以不染外物的净空之心观照和认识万物，才能剥除一切物质和思维外壳，领悟“道”之本来面目，故道家以“心斋”和“坐忘”的虚空之境体察万物。佛家修行同样是一种追求“空”的审美艺术。《金刚经》结句云：一切有为法，如梦幻泡影，如露亦如电，应作如是观。道出了“一切皆空”的佛法大义。禅修就是身在大千万物中，却对于外物不粘不滞，以虚空寂静之心超脱俗世烦扰的修行。故而佛家有偈语曰：“身似菩提树，心如明镜台。时时勤拂去，勿使惹尘埃。”深受道、禅影响的王维将“空”的世界观和认识论融入诗歌的审美，创造了空灵的诗境。据笔者统计，在 425 首王维诗歌中，“空”字共计出现 94 次之多。王维诗中的“空”并不是空无万物的空，而常常以“空林”“空山”的词组形式出现。如《鹿柴》中“空山不见人，但闻人语响”，先点明空山，后以“人语”否定空山之空，造成语义上的矛盾，使读者在这一矛盾张力中找寻“空山”之“空”实为诗人之“心空”映象的真实含义。“空”是理解王维诗歌的诗眼，也是体现道、禅哲学宇宙观的关键字。欣顿充分肯定了王维诗歌的空灵艺术，“王维最大的魔力是他的诗歌可以激发直接而又深层的‘空’的体验”(Hinton，2006：xviii)。其译诗集《王维诗选》中所选一百首王维诗歌，带有“空”字的诗歌多达 34 首，“空”字共出现 37 次。

欣顿对“空”的翻译体现了他对中国道、禅哲学的思考，如《汉江临泛》中颈联“郡邑浮前浦，波澜动远空”描写了诗人泛舟汉江之上，风起浪涌之时，诗人所乘之舟随浪在水中上下摇荡，波动之大就好像岸边的城郭和天空都随之上下浮沉一样。在诗人晃动的视野中，现实与虚幻之间的界限消失了。这里的“空”既是诗人极目远望之处的天空，也是现实逐渐在诗人心中模糊，最终消于虚无的虚空。黄思礼与张音南（1958）将其译为“far skies”，叶维廉（1971）将其译为“sky and earth”，威尔士（1974）译为“earth and sky”，余宝琳（1980）将其译为“heaven and earth”，巴恩斯通父子与徐海新将其译为“beyond earth，

① 详细分析见：陈琳，曹培会. 2016b. 诗歌创译的世界文学性——以《竹里馆》英译为例［J］. 中国翻译（2）：85－90.

beyond the sky”，这些译本均采用天空之“空”的含义。只有瓦格纳（1981）将“空”译为“distant emptiness”，表达出了虚空之“空”的含义。而欣顿（2006）则在瓦格纳的译文之上更进一步，将其译为“rippled waves fluttering empty sky-distances”既译出了“空”之“天空”的表层意义，又以“empty”一词表达了“空”之“虚空”的深层意义。

欣顿在译诗中不仅对“空”的哲学内涵进行了再现，还从“空”字拓展延伸，在译诗中实践了其所主张的荒野宇宙观。以欣顿所译和巴恩斯通父子与徐海新合译的《和使君五郎西楼望远归思》对比分析（见表 5.4）：

表 5.4 《和使君五郎西楼望远归思》欣顿译本与巴恩斯通等译本之对比分析

和使君五郎西楼望远归思	High on West Tower with Wu Lang, Gazing into the Distance and Thinking of Return (Barnstone et al., 1989)	Looking into the Distance and Missing My Home at West Building with Official Wu Lang (Hinton, 2006)
高楼望所思，	From the tall building. I gaze at the horizon, thinking.	We gaze off this tower into our thoughts.
目极情未毕。	Eyes reach their limit. Feelings go beyond sight.	Feeling wide-open to the far end of sight.
枕上见千里，	My head on a pillow, I see a thousand miles,	
窗中窥万室。	Glimpsing innumerable houses through the window.	we look a thousand miles from a cushion,
悠悠长路人，	People walk slowly on long roads.	see from this window ten thousand homes
暧暧远郊日。	Dim sun in the remote countryside.	
惆怅极浦外，	My melancholy reaches far beyond the creeks.	and people taking a far road out and away
迢递孤烟出。	Smoke appears, far off and lonely.	through mist-and-haze distances of sun.
能赋属上才，	You are so talented at writing poems	
思归同下秩。	But I, like a lowly official, just think of going home.	Out beyond the river it goes all the way:
故乡不可见，	My village can't be seen.	grief and sorrow, a lone plume of smoke,
云外空如一。	Beyond the clouds is only **void**.	
		and you think of going back, of offering
		your lofty talent to those who need you.
		But nothing's left of ancestral villages now.
		Out beyond cloud. **it's all empty as origin**.

《和使君五郎西楼望远归思》是王维被贬为济州司仓参军时与使君济州刺史所作应和之诗，表达了思乡而又不得归的离愁。尾联中诗人直抒胸臆，道出了全诗的乡愁主题：即使诗人登上了高楼，故乡的影子依然不得见，只有淼淼白云飘浮眼前。“空”字点出了诗人不见故乡的愁绪和落寞。巴恩斯通父子与徐海新译本与源诗基本实现了字义对应，将“空”译为“void”再现了诗人浓浓的乡愁。但是，欣顿在译诗中则在荒野宇宙观的基础上对源诗进行了创译。“能赋属上才，思归同下秩”本意在表示使君五郎文采斐然，而自己心中所想尽是思乡之情。而欣顿在译诗中则改变了“乡愁”这一诗题，译为：“and you think of going back, of offering/your lofty talent to those who need you”。在欣顿的译诗中，我们看到的是一个希望以才华效忠君王、积极入世的使君五郎，而诗人“我”的思乡之情却被欣顿略去不译。诗人的声音直到尾联才出现，但此时诗人所发感慨不再是思乡愁绪，而是渗透了哲思的感悟：“But nothing’s left of ancestral villages now./Out beyond cloud. it’s all empty as origin.（故乡已几近成空，云之外，太初皆为空）”。与有入仕之心的使君五郎形成对比，诗人体会到了“天下万物生于有，有归于无”的宇宙发展规律。世间大千万物在有无之间不停转化，没有固定的形态，不变是相对的概念，变才是宇宙运行的不二法则。即使是作为物理实体的故乡，也会随着时间的流逝，而最终归于虚无，更不用说原本属于身外之物的功名利禄皆是过眼烟云，认识到这一点的诗人于是发出了“it’s all empty as origin”的感慨。但这又何尝不是欣顿借诗人王维之口，以译诗之名，通过创译对其荒野宇宙观的重新书写呢。

通过对贯穿王维诗歌中的主要概念，如“气”和“空”等的文化翻译，欣顿在译诗中充分挖掘了道、禅中朴素的生态哲学思想，再现了当下生态危机中缺失的荒野宇宙观。经过欣顿的创译，王维诗歌不仅形式上获得了“重音对句体”，以地道、流畅的英语诗歌再现了中国古典诗歌的形式特点和整齐和谐之美。而且欣顿在中国古典诗歌和道、禅传统中发现的荒野宇宙观与深层生态学形成共鸣，王维诗歌在二者的相互映照下，获得了生态性和哲学性的时代解读，体现了世界文学在时代变迁中经典性和当下性的结合

5.3　生态阅读与文化认同

世界文学的生命力在于作品在不断重写中与东道文化本土经验结合而产生的当下性。“一个传统要继续繁衍下去，一定要有新的解读，新的阐释，注入新的活力，否则这个传统就死了”（王寅，2007）。20 世纪 60 年代以来，人们日益高涨的环保意识掀起了一场全球性、旷日持久的绿色革命，“‘环境’和‘生态’成为日常用语”（罗德里克，2012：254）。诗人则在诗歌中以审美和哲学的向度重新思索人与自然的关系，以生态意识为导向的诗歌于 20 世纪末形成了“生态诗歌”的文学传统。生态诗歌衍生于自然诗歌，但又不同于自然诗歌。后者是浪漫主义的自然审美，生态诗歌则更多关注当下生态危机引发的人文思考，它是“以生态为中心，以谦逊的态度审视荒野，并对超理性和科技进行怀疑的诗歌”.（Bryson，2002）文学和生态的结合为王维诗歌的解读增加了新的维度，也为东道文化译者和读者提供了一个寻自然于诗歌的超然阅读语境。

5.3.1 生态译诗之译者超然阅读

在20世纪下半叶生态运动的文化背景和生态诗歌的诗学传统映照下，生态译诗成为东道文化中中国古典诗歌英译的期待规范。“生态译诗是以生态整体主义为思想基础，运用当代英语和当代英语诗学特征，从人与自然和谐一体的生态精神与道法自然的生态境界的角度，着力解读和阐释中国山水诗富于直觉生态智慧的诗歌艺术文化精神”（陈琳，2017：iii）。生态译诗以山水诗和禅意诗等为主要译介对象，关注的是其中所承载的朴素而又古老的生态智慧，具有生态意识的诗人以人文关怀为出发点，将中国古典诗歌创译为普世、当下的生态诗歌，使中国古典诗歌获得了流通于世界文学空间的文学审美和社会现实价值。欣顿译诗即为典型的生态译诗代表。除了欣顿以外，包括斯奈德、汉米尔、施家彰、西顿等在内的诗人译者共同组成了中国古典诗歌英译的生态译诗传统，为王维诗歌构建了一个基于生态阐释的超然阅读语境。

斯奈德立足于美国本土的荒野哲学，发展了深度生态主义。斯奈德的荒野哲学萌发于童年时期。他的童年在大山和森林中度过，对于他长大的家乡，他这样描述：“太平洋西北海岸生长着一望无际的参天大树，那是一片辽阔的生态林……我们在乡下的农庄离原始的野生世界非常近，近到我能直接领悟到来自沼泽、森林和高山的启示”（斯奈德，2014：13）。与荒野在物理距离上的亲近在年幼的斯奈德心里也滋生出了对荒野天然的归属感。年少的斯奈德经常游走于森林中，用心去体验和感受荒野的魅力。十七岁时，斯奈德便加入荒野协会（The Wilderness Society），后来还曾做过伐木工、守山人等需深入荒野的工作。对于斯奈德来说，“世界是自然的，归根结底，必然是野性的”（斯奈德，2014：3）。基于对荒野的生态审美意识，斯奈德1978年于《守护万物》（*Journal for the Protection of All Beings*）第四期发表了五首王维译诗，体现了鲜明的生态译诗思想[①]。斯奈德对中国古典诗歌的生态译诗还直接影响到了欣顿。在一次访谈中，欣顿曾公开表示：“斯奈德的译诗指引我找到了亚洲文化、环境思考和诗歌的共通之处。这种诗歌带有深层生态的思想，又充满了古老的中国艺术形式，既愉悦身心，又极具当下性和激进性，这是促使我对中国古文化产生兴趣的真正原因。”（Jensen et al.，2016）欣顿沿承了斯奈德的生态译诗传统，发掘了包括王维诗歌在内的中国古典诗歌中的荒野宇宙观。

施家彰（Arthur Sze）是美国当代著名诗人，2012年当选美国诗人学会会长。

---

① 译文分析详见：陈琳，曹培会. 2016a. 诗歌创译的世界文学性——以《竹里馆》英译为例［J］. 中国翻译（2）：85－90.

施家彰将中国道、禅基本哲学和美国土著印第安人的文化融入生态诗歌的创作中，其诗歌直接体现了万物错综复杂相互连接而又彼此影响的宇宙观，渗透了一种鲜明的生态诗学色彩。普利策诗歌奖获得者卡洛琳·凯泽（Carolyn Kizer）曾评价："施家彰是我终身希望效仿的那种风格的诗人：他具有唐朝伟大诗人的庄重，日本禅宗诗人的轻灵无常，而他的诗歌声音完全充满当代的气息。他是描写自然世界的高手，他描写的自然世界包括他多年生活在那里的美国西南部。他能以他典型的朴素笔调，真挚地描写他的许多旅行见闻和对包括美国印第安人文化在内的多种文化的吸收。"不仅如此，施家彰还将生态诗学运用于中国古典诗歌翻译中，其译诗构成了生态译诗的一部分。他早期诗集《柳风》第一部分收录他翻译的李白、王维等七个唐朝诗人的诗歌，《两只渡鸦》第一部分收录他翻译的陶渊明、马致远和李清照的闲适之作，而在这两本诗集的第二部分才收录他自己的诗作。2001 年，他还出版了中国古典诗歌译诗集《丝龙：中国诗歌英译》（*The Silk Dragon: Translations from the Chinese*）。"施家彰的诗歌是滋养思想的一剂良药。其诗歌以精致合理的诗行和节奏展现自然世界以及宏大的意识、时间，创造了和谐、到位的诗歌。施家彰还不断向亚洲诗人学习和借鉴，翻译了《丝龙》等译诗集，充实了世界诗歌的经典宝库。"①

翻译是阅读的其中一种方式。在生态译诗的传统下，欣顿等一批东道文化译者跳出了追求语言对等和深究文化典故的民族文学阅读窠臼，"我不会在意暗指的翻译，除非它影响到诗歌基本意义的表达。……深究每一个暗指，是细致的学术研究，与诗歌翻译无关"（Hinton，1988）。欣顿选择以一种更为广阔和普世的生态视角对王维诗歌进行了创造性的解读和翻译，使王维诗歌与东道文化中的生态诗歌产生主题共鸣，增加王维诗歌在世界文学空间流通的现实价值。

5.3.2　得趣于自然之读者超然阅读

王维诗歌世界文学地位的获得不仅来自诗人译者等专业人士在当下生态视域下的诗歌翻译，而且还得益于普通读者的超然阅读。东道文化读者阅读王维诗歌，体会自然的意境和理趣，从中获得愉悦的感受，并与之产生情思上的共鸣，体现了基于人类共情和普世价值的世界文学阅读方式。

美国自然学家和作家大卫·卡洛（David M. Carroll）在著作中常常引用王维的诗歌，以呼应其中所表现的自然主题和生态审美旨趣。如《顺水而行：一个水占师的笔记》（*Following the Water: A Hydromancer's Notebook*，2009）中便引

① https://www.poets.org/poetsorg/poet/arthur-sze.

用《终南别业》中“兴来每独往，胜事空自知。行到水穷处，坐看云起时”来表现作者自己顺水流探索奇木珍禽，在自然中享受野趣的怡然心境。此外，王维诗歌还以其诗歌的生态和美学价值被选作大学课堂的阅读教材。如多伦多大学“阅读荒野”课程便选择欣顿所译《王维诗选》作为课堂材料。王维诗歌入选非翻译课程的阅读材料体现了其作为独立文学作品的诗学价值，而非依附于原文的第二性译文，是东道文化对其超然阅读的体现。

英国三大综合日报之一《卫报》（*The Guardian*）于 2013 年 9 月 16 日的“每周一诗”的栏目中刊登了欣顿翻译的王维诗歌《山居秋暝》，并称该首诗歌描述了我们身边的山野景色，“在欣顿简洁的对句译诗体和整齐的现代英语语言中，当下读者获得了如家般的舒适和自在的感觉”。[①]《土地组织：人工+自然环境》（*Terrain.org: A Journal of the Built + Natural Environments*）是一家于 1998 年创办的网络在线杂志，其作品的选登宗旨是以我们周围的人工建造或自然的生态环境为主题，体现人与自然息息相关的优秀作品。2015 年 10 月 4 日，该杂志刊登了 11 首欣顿所译的王维诗歌：《答裴迪辋口遇雨忆终南山之作》《哭殷遥》《山中》《文杏馆》《斤竹岭》《鹿柴》《木兰柴》《南垞》《栾家濑》《白石滩》《辛夷坞》。《卫报》和《土地组织：人工+自然环境》均是受众为普通读者的大众传播媒体，其代表和传达的是主流文化价值观。它们对王维诗歌的选择和生态解读体现了东道主流文化对王维诗歌世界文学价值的肯定。

“所有的作品一经翻译，便不再是其原初文化的独特产物；它们都变成了仅仅始自母语的作品”（Damrosch，2003a：22）。把翻译作为新的语境下的独立文学作品阅读是世界文学阅读的应有之式。不管是专业译者的生态译诗，还是普通读者的生态解读，都发掘了王维诗歌的生态美学价值。在东道文化读者的阅读中，翻译的概念已不复存在，他们正视王维诗歌作为世界文学的独立价值，并以人类共通的生态人文关怀进行审视，使其顺利进入当下话语的世界文学流通空间。

在东道文化生态运动的文化背景下，欣顿发掘了王维诗歌中的荒野宇宙观，创译了“重音对句体”的译诗形式，体现了东道文化对源文化特征的再现。欣顿对王维诗歌的生态哲学的翻译也使得王维诗歌英译文获得了生态人文关怀的普世价值，体现了世界文学跨时代的持久性，以及跨文化、跨文学系统的共通性。欣顿译诗是东道文化生态译诗翻译传统的一部分，东道文化对王维诗歌的生态解读和审美体现了阅读世界文学的超然性，共同参与王维诗歌在世界文学空间的流通。

① https://www.theguardian.com/books/booksblog/2013/sep/16/poem-week-autumn-twilight-dwelling-mountains-wang-wei.

第 6 章

全面译介期：全译本的出现与王诗翻译的成熟

中国古典诗歌在英语世界历经一百多年的翻译和介绍，在 21 世纪迎来了译介的成熟期。首先，各大中国古典诗歌英译选集陆续出现。其中代表性选集包括：*An Introduction to Chinese Poetry from the Canon of Poetry to the Lyrics of the Song Dynasty*（Michael A. Fuller，2018），*Chinese Poetic Writing with An Anthology of Tang Poetry*（Francois Cheng，Donald Albert Riggs & Jerome Seaton，2016），*Chinese Poetry Through the Ages: An Enlarged Anthology*（William Dolby，2014），*Poems of the Masters: China's Classic Anthology of T'ang and Sung Dynasty Verse*（Red Pine，2012），*The White Pony: An Anthology of Chinese Poetry*（Robert Payne，2011），*Classical Chinese Poetry: an anthology*（David Hinton，2010），*The Columbia History of Chinese Literature*（Victor H. Mair，2010），*Evoking Tang: An Anthology of Classical Chinese Poetry*（Xiaolong Qiu & Beata Grant，2007），*The New Directions Anthology of Classical Chinese Poetry*（Eliot Weinberger，2007）。不论是从选集选目来看，还是从选集所涵盖诗人数量上来看，新时期选集都不再局限于经典诗作和诗人，而是兼顾经典与非经典，其译介广度不断扩大。其次，从译介深度而言，中国古典诗歌代表诗人的全译译诗集陆续出版，表明中国古典诗歌在英语世界经典化进程已取得阶段性成果。2016 年，美国著名学者和翻译家宇文所安所译杜甫全集 *The Poetry of Du Fu*（《杜甫诗》）问世。2020 年，由国内著名学者和翻译家赵彦春翻译的《李白诗歌全集英译》出版面世。同年，由美国学者、翻译家，同时也是宇文所安的学生保罗·鲁泽（Paul Rouzer）翻译的王维诗歌全集 *The Poetry and Prose of Wang Wei*（《王维诗文》）也出版问世。回顾王维诗歌百年英译历程，从翟理斯、庞德、洛威尔、韦利等人的零散译诗到如今的全译本出现，从诗人们中学西用的创造性翻译到汉学家们以中释中的

厚重严谨翻译，从田园诗和禅意诗的单维阅读到关注王维诗歌中入仕与出仕、宫廷诗的华丽与田园诗的清淡等矛盾，正如王维在诗中所言“宿世缪词客，前身应画诗”，他亦诗亦画的诗卷就如同一副长长的画卷，缓缓地在英语读者面前铺展开来，一点点引人入胜。在不断地翻译和阅读中，古老的诗学形式与当下的时代阐释碰撞，陌生诗情哲思与新奇的创译手段结合，王维诗歌的内容、形式和形象逐渐充盈丰满起来，并且作为独立的翻译文学，一步步融入英语世界的文学流通过程中，成为经典化的世界文学作品。本章将以保罗·鲁泽的王维诗歌全译本为例，聚焦该译本中对王维其人其诗的全新解读和译诗特征，分析鲁泽对王维及其诗歌的真实呈现。

6.1 保罗·鲁泽与《王维诗文》

保罗·鲁泽，1989 年毕业于哈佛大学，获东亚语言与文明专业博士学位，在其导师著名汉学家宇文所安的指导下，他完成了博士论文“温庭筠诗歌与晚唐审美的发展”。毕业后，鲁泽先后在哈佛大学和哥伦比亚大学任教，目前在明尼苏达大学亚洲语言与文学系任副教授一职。鲁泽是一名汉学家，对中国古典诗词有深入研究，著有 *Articulated Ladies: Gender and the Male Community in Early Chinese Texts*（《被言说的女性：早期中国文学中的性别与男性群体》，2001）、*A New Practical Primer of Literary Chinese*（《文学汉语新实用入门》，2007）、*On Cold Mountain: A Buddhist Reading of the Hanshan Poems*（《论寒山诗：寒山诗的佛教化阐释》，2015）等；同时，鲁泽也翻译了寒山子、王维、王娇鸾等中国古典诗人的诗词，译诗集包括 *The Poetry of Hanshan (Cold Mountain), Shide and Fenggan*（《寒山、拾得、丰干诗歌集》，2016）和 *The Prose and Poetry of Wang Wei*（《王维诗文》，2020），其中后者是第一本王维诗歌全译诗集。对于这本全译诗集的出版，美国诗人安东尼·马德里（Anthony Madrid）称在此之前，西方读者多囿于“辋川集”等禅意诗和山水田园诗，并据此想象王维是“一位漂浮的灵魂，其法身被包裹在涅槃的毯子下，只露出三根拿毛笔的手指”，并称全译本为“宝藏”（Madrid，2020）。

《王维诗文》的翻译以赵殿成笺注《王右丞集笺注》为底本，共翻译 490 首/篇，其中包括 135 首古诗，281 首近体诗，外编 47 首，赋表 8 篇，状文书记 4 篇，序 6 篇，文赞 6 篇，以及碑铭 3 篇。虽然鲁泽并没有全部翻译王维的“文篇”，如“选取了其中能够吸引现代读者篇章进行翻译，并且主要挑选了带有佛教思想的篇章，以更好地为我们整体理解王维与佛教的关系”（Rouzer，2020：xxxii）。但是所选诗文已经涵盖了所有的题材，基本实现了译者在“前言”

中提到的该全译译诗集的目的："应能扩展我们的视野，使我们了解真正的王维以及他的才能"（Rouzer，2020：xv）。该全译译诗集不仅范围广，题材全，其译本同时也体现了鲁泽作为一名汉学家的学者型译诗的特点。

首先，该译本呈现出笺注性厚重翻译特征。副文本"围绕在文本周围，是文本的延伸，目的是为了确保文本的形象展现、接受和消费"（Genette，1997），该译诗集除了译文文本，还有丰富的副文本。在排版布局上，该译诗集为中英对照。原文和译文同时在同一空间，二者相辅相成，形成互文文本阅读空间，能够更加完整地呈现译文文本的整体性，这是以文本为中心的汉学家翻译传统。在此之前，汉学家余宝琳英译王维诗集同样在附录中列出了所译诗歌的原文。此外，针对每篇译诗，鲁泽还做了详细的注释。虽然鲁泽认为王维之所以在西方世界大受欢迎，频繁被译介，尤其是受到诗人译者的青睐，原因是"王维诗歌经典中历史和文学典故、文化专有项以及修辞成分较少"（Rouzer，2020：xvii），但是鲁泽的注释依旧体现出了作为汉学家的职业惯习。鲁泽不仅在注释中对每首诗歌的创作背景（包括年代、事件）进行了交代，而且对诗歌中的典故等也进行了详细地笺注。不仅如此，鲁泽还在译诗集"导言"中对王维诗歌中频繁出现的文学典故和历史典故背景进行了归纳和说明。将王维诗歌放进大的历史和文学背景，有助于读者全面、客观地理解王维及其诗歌。

其次，该译本呈现出考证严谨的特点。目前现存的王维诗集，包括笺注集，有数十种。虽然鲁泽在翻译该译诗集时主要以赵殿成笺注集为底本，但是同时也参考了十几种其他版本的王维诗集以及相关文献典籍[①]，并对比勘读这些版本之间在文字、篇籍上的异同，力求接近和还原最真实的王维诗文。除了对底本的穷尽性比对，鲁泽还对诗篇的诗人归属做了严谨的考证和纠正。比如，《游悟真寺》一诗。鲁泽在经过版本比对之后，发现该首诗歌在《文苑英华》中的作者标注为王维，在《全唐诗》中作者标注为王维和王缙，其他一些版本均标注诗人为王缙。因此在考证之后，鲁泽倾向于该诗作者为王缙，但又有存疑。故鲁泽在翻译该首诗歌题目时，加上了"Wang Jin（？）"表明了该诗作者归属上的存疑，并加注解释了各个版本之间的不同。在对其他作者归属存在疑问的篇目上，鲁泽采用了同样的做法。而对于史学上已有定论的属于"张冠李戴"的

① 鲁泽参考的王维诗集版本以及中国古典诗集主要有：《唐王右丞诗集注说》（顾可久编）、《须溪先生校本唐王右丞记》（刘辰翁编）、《王摩诘诗集》（凌濛初编）、《全唐诗》《全唐文》《类笺唐王右丞集》（顾起经编）、《王右丞文集》（清钱氏述古堂影抄）、《王摩诘文集》（宋蜀本）、《王摩诘集》以及《王右丞集笺注》（赵殿成编）、《国秀集》（芮挺章编）、《唐诗纪事》（计有功编）、《河岳英灵集》（殷璠编）、《唐诗品汇》（高棅编）、《唐文粹》（姚铉编）、《万首唐人绝句》（洪迈编）、《文苑英华》《乐府诗集》（郭茂倩编）以及《瀛奎律髓》（方回编）。

诗歌，鲁泽虽然也进行了翻译，但是在题目上标明了诗歌的真正作者。比如，“Sun Ti: Sailing down to Jingkou Dike at night”（卷 15），诗歌题目前面表明了真正的作者“孙逖”。严谨的考证是鲁泽作为一个汉学家的学术训练的“惯习”，正如田晓菲（2010：606－607）所言，学者型翻译“伴随着详尽的笺注和考证，广泛参考和征引其他学者的研究成果，本身即是一种严肃的学术活动”。

最后，该译本保留了唱和诗，完整地还原了王维诗歌的创作背景。诗歌唱合是诗人群体之间交游应酬时常见的一种独特的文学形态，王维代表作《辋川集》就是王维同好友裴迪之间的唱和，包括王维和裴迪所作诗歌各 20 首，这 40 首诗歌一起，作为一个完整的文本群构成了《辋川集》。然而，依据诗歌作者身份将之割裂开来，只呈现王维所作诗歌是不合理的，也不能够完整再现历史上的诗歌创作背景。因而，鲁泽不仅在译诗集中涵盖了王维同裴迪之间的唱和诗，也包括了王维同王缙、崔兴宗、卢象、邱为、皇甫丹等人之间的唱和诗，因为“诗歌的创作背景可以增进我们对诗歌的理解”（Rouzer，2020：xxxii）。通过将译文和原文以及唱和诗放在同一空间形成文本间性和文本张力，鲁泽为读者构建了阅读语境，避免了对诗歌译文的去语境化孤立解读。

6.2 全新解读“真实”的王维

鲁泽对王维评价颇高，认为他是“为数不多的、享有国际声誉的中国诗人之一，他与李白、杜甫、陶潜一起向全世界读者定义了什么是真正的中国诗歌”。（Rouzer，2020：xv）。但是长期以来，读者和学界对王维及其诗歌形成了刻板印象，因此本着全面展现王维的译诗动机，鲁泽在译诗集中从多种维度向西方读者呈现出了不一样的王维及其诗歌。

第一，王维作为幽默风趣的同僚朋友。王维作为诗歌大家，其文坛地位不可企及，此外，其诗歌又多空灵富有禅意，缥渺游离于世俗之外的诗歌之境也如佛家之幻境不易抵达。但是，在鲁泽的译诗集中，王维却走入了人间烟火，融入人群之中，成为一位风趣幽默的诗人。以诗会友是诗人交游、应酬的常见方式之一，其中包括唱和诗、送别诗以及应制诗。王维也不例外，在鲁泽的全译本诗集中这三类诗歌占据了诗集的大半。要想全面了解王维及其诗歌，绕不开这些诗歌。

比如，在下面这首《赠吴官》中（见表 6.1），王维以戏谑、轻松的语言调侃了来自南方在京为官的同僚在饮食、气候等多方面的不适，是王维作为“人”的幽默、甚至调皮的一面的展现。而在此之间，该首诗歌一直为译者和学者所忽略。译文中，鲁泽不拘泥于原诗的形式所限，用灵活的自由体诗歌以及轻松易懂的语言对源诗进行了意义和文体上的再现。译诗中“you”的使用拉近了读者与诗歌的距离，也使得译诗更加具有对话性，仿佛诗人与“吴官”互动的情景再现，增加了译诗的趣味。第三句中“In vain you wave your white fan—this is the Truth of Suffering”破折号的运用，凸显了两句之间的语义落差，增加了诗歌中的戏谑之意。

表 6.1　　《赠吴官》之鲁泽译文分析

赠吴官	Present to an Official from Wu (Rouzer, 2020)
长安客舍热如煮， 无个茗糜难御暑。 空摇白团其谛苦， 欲向缥囊还归旅。 江乡鲭鲊不寄来， 秦人汤饼那堪许。 不如侬家任挑达， 草屩捞虾富春渚。	The Chang'an guest-house is boiling hot With no tea-infused congee to mitigate the heat. In vain you wave your white fan—this is the Truth of Suffering; You wish to take your blue book bag and head back home. The shipment of salted carp from your river home doesn't arrive; How could you tolerate the noodle soup of these Qin people? "I'd rather let myself wander free, Go shrimping in straw sandals on a Fuchun River islet."

不仅如此，有了丰富的语境和互文背景，对王维诗歌的解读也会有新的发现和不同的认识。下面以王维和裴迪唱和的《金屑泉》两首诗为例进行说明（见表 6.2）。

表 6.2　　《金屑泉》之鲁泽译文分析

金屑泉	Cold-Dust Creek (Rouzer, 2020)
日饮金屑泉， 少当千馀岁。 翠凤翊文螭。 羽节朝玉帝。 （王维）	Daily drink from Cold-dust Creek And at the least you'll live for over a thousand years. Then on emerald phoenix, with patterned wyverns hovering, With feathered standards you'll come to the Jade Emperor's court. （Wang Wei）
萦渟澹不流， 金碧如可拾。 迎晨含素华， 独往事朝汲。 （裴迪）	The eddy trembles and does not flow on, So that it seems like you could pluck the gold and jade-green. In the dawn, when it is filled with white blossoms, I go alone to the task of fetching our morning water. （Pei Di）

《金屑泉》出自《辋川集》。虽然《辋川集》被誉为是王维的代表作，是其山水田园诗派的集中体现。但是《金屑泉》因其内容并非围绕景物的“空灵静寂”展开，属于非典型性王维诗歌，因而在各类书籍文献中甚少被提及。但是，

鲁泽认为，如果注意到王维与裴迪之间的唱和，将两首诗歌放在一起阅读，读者才会发现王维在诗歌中运用文字游戏的趣味性。在王维所作《金屑泉》第一联中，饮了泉中之水就可幻化为长生不老的仙人。但在第二联却描述了仙人上朝的情景。两联之间制造了一个戏剧化的对比和落差：即使是仙人也免不了世俗的朝堂之扰。同时，这一文本冲突也体现了王维诗歌中反复出现的归隐与入仕之间的矛盾。再看裴迪所作《金屑泉》，与王维诗中描绘的仙人之境不同，裴迪在诗中刻画了世俗日常。第一联是对晶莹碧透的泉水的描写，第二联则是清晨去泉中取水这样的日常琐事。王维诗歌与裴迪诗歌虽都是对金屑泉的描写，但是一个是天上境，一个是人间世，两个文本之间形成张力，共同完成了对金屑泉的塑造。此外，王维所作《金屑泉》末句中的“朝”与裴迪所作《金屑泉》末句中的“朝”形成呼应，一个是“朝堂”的“朝”，一个是“朝夕”的“朝”，这两个“朝”是两位作者对庙堂与日常的戏谑，同时也是文人们之间的文字游戏。然而，如果只关注王维诗歌，忽略这些创作背景与诗人之间的唱和，就会导致去语境化的片面解读。但是，鲁泽注意到了《辋川集》中王维和裴迪之间的唱和，还原了《辋川集》的创作背景，即《辋川集》（序）中所言：余别业在辋川山谷，其游止有孟城坳、华子冈……椒园等，与裴迪闲暇，各赋绝句云尔。认为该诗集除了写景之外，还“集赏景游玩、文学游戏与地图绘制等功能为一身”（Rouzer，2020：xxiii）。文本群（原诗、译诗和唱和诗）的搭建向读者最大程度还原了真实的王维和王维诗歌。

第二，王维作为亦隐亦仕的朝堂大夫。由于王维的山水田园诗歌在英语世界重复译介，造成了王维一直以“佛禅隐士”的形象存在于译诗文学中，但却忽略了这样一个事实，即王维一生中虽有三次短暂的归隐（隐居淇上、隐居嵩山与隐居终南山）[①]，但是却未真正离开过朝堂。正如宋朝张戒在《岁寒堂诗话》中概括的一样：“摩诘心淡泊，本学佛而善画，出则陪岐、薛诸王记贵主游，归则餍饫辋川山水，故其诗于富贵山林，两得其趣。”王维虽然学佛，但却是以一个士大夫的身份学佛，这与僧侣的学佛坐禅是有本质不同的。因而，在解读王维诗歌时，如果一味地用佛禅思想去解读王维“归隐”的一面，不可避免地会造成片面误读。“王维有两个不同的桃源世界，一个属于结庐在人间的桃源，一个属于神仙眷属和佛门高僧所在白云深处的仙境。……这样他的桃源诗中便出现两个桃源世界：一个出世的，一个入世的”（王润华，2009：11）。因而，王维

① 根据陈铁民所著《王维新论》中“王维年谱”记载：开元十六年（公元 728 年），隐淇上疑在是年；开元二十二年（公元 734 年），仍闲居长安。秋，赴洛阳，献诗张九龄求汲引，旋隐于嵩山。开元二十九年（公元 741 年），隐居终南山（半官半隐）。

首先是一个高居庙堂的朝堂士大夫，而他的学佛之举、他的向隐之心均要从他的身份出发进行解读。鲁泽正是参考了众多王维诗歌研究专著，故而在译诗中还原了王维作为一个亦隐亦仕的朝堂大夫的“真实”形象。

首先，“对王维和佛教的一个文学误读是：将佛教视为一种心理和哲学现象，而不是将其视为一种宗教”（Rouzer，2020：xxvi）。因而，学者和译者多倾心于带有禅意的山水田园诗，反而往往忽略了直接说佛学佛的诗歌。基于此，鲁泽在译诗中多用梵语还原了王维诗歌中的“佛”语言。比如，《胡居士卧病遗米因赠》，这首诗歌是王维写给一位修佛的胡姓好友的，诗歌中运用了较多的佛学术语，属于典型的佛教诗歌，既是王维与学佛之人之间的交往之证，也是王维自身学佛的体现。但在此前，只有同为汉学家的余宝琳译诗集中对该首诗歌进行了翻译。现将该诗歌的鲁泽译诗与同为学者型译诗的余宝琳译诗比读说明（见表 6.3）。

表 6.3　《胡居士卧病遗米因赠》鲁泽译文与余宝琳译文之对比分析

胡居士卧病遗米因赠	Sent to Layman Hu with some rice as he lay sick (Rouzer, 2020)	Kulapati Hu Lay Ill in Bed，so I Sent Some Grain and Presented This Poem to Him (Yu, 1980)
了观四大因，	If one observes completely the **Four Great Elements**,	Once we clearly observe the four great causes,
根性何所有。	Then what does essential nature possess?	What can our original nature possess?
妄计苟不生，	If reckless conceptions do not arise,	If false calculations are not allowed to arise,
是身孰休咎。	Then what will this **Self** have of good fortune or bad?	This body will have neither good luck nor ill fortune.
色声何谓客，	How then can you call phenomena the objects of perception?	How can we call sound and appearance guests?
阴界复谁守。	Who then keeps the six **skandha** and eighteen **dhδ tru**?	Who preserves the **skandhas** and the **dhδtru**?
徒言莲花目，	If you should only speak of the **Buddha**'s lotus-flower eyes,	If we only speak of the **Buddha**'s lotus eye,
岂恶杨枝肘。	Then why dislike the tumor growing from your elbow?	How can we resent the tumor at our elbow?
既饱香积饭，	Already full of fragrant rice,	Once satiated with fragrant spiritual food,
不醉声闻酒。	You do not get drunk on **śrāvaka** wine.	We will not get tipsy from **śrāvaka** wine.
有无断常见，	**Being** and **Non-being** are views tied to interruption and constancy,	**Being** and **non-being**,we cease to see as before;
生灭幻梦受。	"**Arising**" and "**ending**": receiving an illusion or dream.	Life and death—we receive them all as a dream.
即病即实相，	Now that you are sick, you are close to real appearance,	Falling ill you approach your true form,
趋空定狂走。	Directed toward Emptiness, you bring wild flight to an end.	Following emptiness,and calm violent motion.
无有一法真，	Not a single **dharma** is real,	There is no single **dharma** that is real;
无有一法垢。	Not a single **dharma** is impure.	There is no single **dharma** that is impure.
居士素通达，	You sir, have long been perceptive;	You, **Kulapati**, have understood all things clearly:
随宜善抖擞。	Following what is suitable, you are good at the **dh $\bar{u}$ tas**.	At every chance you perfect your discipline.
床上无毡卧，	You have no carpet on your couch for you to lie on;	You sleep upon a bed without a rug;
镉中有粥否。	Does your pot have any gruel at all?	Is there any gruel within your pot?
斋时不乞食，	At fasting time you do not beg for food;	While fasting, you do not beg for food—
定应空漱口。	It must be useless for you to rinse your mouth!	I am certain that you merely rinse your mouth.
聊持数斗米，	For the time being, take these several pecks of rice	For now, take these several pecks of rice:
且救浮生取。	That will allow you to preserve your floating life for a while.	Accept them to save your floating life.

在两首译诗中，鲁泽和余宝琳都注意到了源诗中佛学术语的运用，将“阴”“界”“声闻”“法”等用梵语进行翻译，英语译诗中梵语的运用，英语和梵语在形式上的对比凸显了诗歌作为佛教诗歌的主题。但是，相较于余宝琳的译诗，

鲁泽在对源诗佛教文化的传达上更为深入、也更为直接。“随宜善抖擞”中“抖擞”同为佛教术语，意为苦修，鲁泽也采用梵语“dh$\bar{u}$ tas”进行翻译。此外，对于王维诗歌中经常出现的，已经汉化的术语，比如“四大因”“身”“有”“无”“空”等概念，鲁泽虽没有直接采用梵语，但是却采用了首字母大写的方式表明该词的术语身份。

其次，鲁泽在译诗中还原了王维其人其诗中的“仕隐”矛盾。《饭覆釜山僧》是一首描写诗人王维与诸多僧友一起生活、学佛的诗歌。王维用平淡白描的笔触写出了自己对佛修生活的向往和喜爱。在诗歌末尾两联，王维写出了与高僧们学佛之后的禅悟：真正的快乐在于寂灭和涅槃，而生命，包括现实的烦恼都不重要。既然如此，那么是退隐山林还是在朝为官就并无二致。王维在佛法中找到了“隐”与“仕”之间的统一。鲁泽意识到了这一点，因而在译诗中将“思归何必深，身世犹空虚”译为“A desire to retire—why must it be serious？//For both self and world are truly empty”（见表 6.4）。

表 6.4　《饭覆釜山僧》之鲁泽译文分析

饭覆釜山僧	Feeding the monks of Fufu Mountain (Rouzer, 2020)
晚知清净理，	In old age I understand principle of purity;
日与人群疏。	Daily I grow apart from the crowd.
将候远山僧，	I will wait for these monks from the distant hills,
先期扫敝庐。	Sweeping my shabby hut before their appointed coming.
果从云峰里，	As expected, they come from their cloudy peak
顾我蓬蒿居。	To visit me in my overgrown dwelling.
藉草饭松屑，	Siting on the grass, they dine on pine nuts;
焚香读道书。	Burning incense, they look through books on the Way.
燃灯昼欲尽，	The lamps are lit as day draws to an end;
鸣磬夜方初。	The temple chimes are struck at the beginning of the night.
一悟寂为乐，	Already awakened to the joy of Stillness,
此生闲有余。	I have more than enough leisure for this life.
思归何必深，	A desire to retire—why must it be serious?
身世犹空虚。	For both self and world are truly empty.

鲁泽对王维诗歌中“仕”与“隐”的对立统一矛盾不仅体现在译诗中，也体现在副文本中。《春夜竹亭赠钱少府归蓝田》是王维的一首送别诗，写给即将辞官归隐山林的好友钱起。首联写景“夜静群动息，时闻隔林犬”，静谧的春夜让诗人联想起自己归隐的场景“却忆山中时，人家涧西远”，末联诗人表达了对

钱起即将归隐山林的歆羡“羡君明发去，采蕨轻轩冕”。但是，在对末联的注释中，鲁泽在解释了伯夷和叔齐的“采蕨”历史典故后，注道：“该诗（写于王维逝世不久前）中诗人愉悦地回忆起了自己在蓝田的归隐生活，并暗示钱起，在蓝田他既可以做一名隐士，又可以在朝为官。”[①]鲁泽的注释为读者对诗歌的解读提供了导向。虽然王维学佛，诗歌中也蕴含了丰富的禅意和哲思，但是他始终是一名高居庙堂的士大夫，“仕”和“隐”在王维及其诗歌中不是对立存在的矛盾，而是一个合二为一的整体。

最后，王维作为善用对偶的格律大家。王维的山水田园诗歌多以五言绝句写成，因而有王维擅写绝句之说，但是王维的诗学成就并不止于绝句。清人朱庭珍在《筱园诗话》中评价道：唐人七古，高、岑、王、李诸公规格最正，笔最雅炼。散行中时作对偶警拔之句，以为上下关键，非惟于散漫中求整齐，平正中求警策，而一篇之骨，即树于此。其中“王”便指的是“王维”。鲁泽有同样的看法，他认为不管是王维的诗，还是王维的散文中都体现了巧妙精炼的对偶修辞的运用，而这种“诗学技巧是从南朝和唐朝初期的宫廷诗传统发展而来”（Rouzer，2020：xxi）。因此，要全面了解王维诗歌的诗学技巧，就需要对王维的诗歌有一个全面的阅读，包括其宫廷诗。同时，鲁泽不无遗憾地说，“现在很难欣赏到这种技巧（这种修辞之美通常都在翻译中丢失了）”。由于汉英之间的语言差异，要想在英语译诗中再现原诗中的对偶十分困难。但是，为了尽量体现王维诗歌的“规格最正，笔最雅炼”，鲁泽在译诗中运用了多种方法，体现对偶的工整和对仗。以《从岐王过杨氏别业应教》为例（见表 6.5）。

表 6.5　　《从岐王过杨氏别业应教》之鲁泽译文分析

从岐王过杨氏别业应教	Written at the prince's command: Accompanying the Prince of Qi on a visit to the country estate of the Yang clan (Rouzer, 2020)
杨子谈经所， 淮王载酒过。 **兴阑啼鸟换，** **坐久落花多。** **径转回银烛，** **林开散玉珂。** 严城时未启， 前路拥笙歌。	To the place where Master Yang discusses classics The prince of Huainan comes visiting, bearing ale. **By the time our enthusiasm is satisfied, the singing birds have changed** **As we sit there long, falling blossoms grow many.** **The path swerves, makes our silver candles turn back;** **The forest opens, dispering our jade bridle pendants.** By curfew law the city gates have yet to open; On the road in front our musicians and singers throng.

① "This poem (written shortly before Wang Wei's death) shows him fondly recalling his life of reclusion at Lantian, and he suggests to Qian that the district will allow him to be a recluse while still serving in office." (Rouzer，2020：53)

《从岐王过杨氏别业应教》是一首宫廷应制诗，体裁为五言律诗，其中颔联和颈联不着一言景，却字字在写景，且对仗工整，体现了王维高超的对偶技巧。清朝王士禛在《带经堂诗话》中评价道：“晚唐人诗：‘风暖鸟声碎，日高花影重’‘晓来山鸟闹，雨过杏花稀’；元人诗‘布谷叫残雨，杏花开半村’，皆佳句也。然总不如右丞‘兴阑啼鸟换，坐久落花多’，自然入妙。盛唐高不可及如此。”为了体现原文对偶，鲁泽在对应四句译诗中分别用了逗号，用句中显性停顿的方式再现了源诗的节奏韵律。此外，除了采用逗号，鲁泽还使用破折号来再现王维诗歌对偶诗学。比如，在五言律诗《投道一师兰若宿》中对“鸟来还语法，客去更安禅。”这一联的翻译，鲁泽则使用了破折号，将其译为“Birds come—you still speak of the Dharma; Guests depart—you continue peaceful meditation.”。

在全译本译诗集中，译者鲁泽打破了英语世界对王维及其诗歌的刻板印象，还原了不同维度的“真实”王维。读者既可以感受到静谧空灵的王维诗歌，也可以体会到王维诗歌幽默戏谑的一面；既可以读到饱渗禅思哲理的王维诗歌，也可看到王维“仕”的一面；除了他的山水田园诗，他的宫廷诗、送别诗、唱和诗等都是王维及其诗歌作为一个整体所不容忽视的一部分。

6.3 语境化阅读和文本回归

王维诗歌在英语世界持续了一百多年的翻译和传播，经历了从美学层面、文化层面、研究层面和生态等层面的阐释和阅读，王维诗歌的内涵不断得到丰富和充实。鲁泽的全译本译诗集的出现标志着西方世界王维诗歌研究的集大成，既继承了 20 世纪 80 年代的汉学研究型阅读，回归源诗文本和语境，呈现厚译厚读的特征；同时也一定程度上体现了文学阅读的超然性，译文本身“直白、朴素、平实”（Madrid，2020），呈现“轻译轻读”的特征。

首先，鲁泽译诗集副文本丰富。除了译诗，源诗、唱和诗、注释、导言等共同组建文本群，搭建了文本的语境化阅读。不仅如此，鲁泽还不断参考并指向其他学者的研究成果，对文本的信息和阐释进行严谨的考证。这是学者型译诗和研究型阅读的厚译厚读的传统的延续。源诗和译诗一同出现在译诗集中，在两种语言形成的张力之间，“异”得到了体现，这是对原文本的回归，也是对翻译文学异质性的尊重。唱和诗的加入打破了以作者为界限的译诗集的框定，扩大并充实了阅读的语境。注释和导言独立于文本之外，既不影响读者的阅读流畅性，又可丰富读者的语境信息，帮助读者理解诗歌。“译作从来就不会将原文文本再现出来，它所展现出来的只不过是原文文本的间接表达，或者说重现，这种对原文文本的间接表达包含了译文接受文化的标准和价值观念”（韦努蒂，2013）。

文本群的搭建是译者力求最大限度地接近原文，还原真实语境所做的努力。

其次，与丰富厚重的文本群相比，在译文文本层面，译文同时又呈现出轻译轻读的特征。鲁泽的译文为自由散文诗，不讲求重音，不追求形式的再现和补偿，用简单的词语和散文化的结构再现了源诗的内容。以《过香积寺》鲁泽译诗与欣顿译诗为例（见表 6.6）。

表 6.6　《过香积寺》鲁泽译文与欣顿译文之对比分析

过香积寺	Visiting the Temple of Incense Amassed (Rouzer, 2020)	Visiting Provision-Fragrance Monastery (Hinton, 2006)
不知香积寺，	Not knowing of the Temple of Incense Amassed,	Provision-Fragrance beyond knowing,
数里入云峰。	I went several miles into cloudy peaks.	I travel miles into cloud-hidden peaks,
古木无人径，	Old trees—paths empty of people.	Follow deserted trails past ancient trees.
深山何处钟。	Deep mountains—somewhere the sound of a bell.	A bell sounds, lost in mountain depths.
泉声咽危石，	The sound of the stream chokes on sharp rocks,	Cragged rock swallows a creek's murmur,
日色冷青松。	And the color of sunlight chills in green pines.	Sunlight's color cold among pines. Here
薄暮空潭曲，	At dusk, by the curve of an empty pool,	On lakeshores, water empty, dusk spare,
安禅制毒龙。	Peaceful meditation will control dragons.	ch'an stillness masters poison dragons.

欣顿译诗诗行整齐，再现了中国古典诗歌的工整之美，跨行断句等语言技巧的使用，使得每句诗行保持五个重音，弥补了五言诗在翻译中的丢失。相比之下，鲁泽的译诗在形式上更接近散文诗，忽略诗行的隔断，整个译诗读起来直白流畅，但又不失诗的韵味。

随着中国古典诗歌英译小传统的成熟，王维诗歌也迎来了成熟的译介阶段。鲁泽的全译本的出现最大程度还原了真实的王维及其诗歌样貌，体现了对文本的回归，但这回归并不是简单的重复。正如唐代青原行思大师所描绘的三重修禅境界，第一阶段见山是山，见水是水；第二阶段见山不是山，见水不是水；第三阶段见山是山，见水是水。从第一重境界到第三重境界是回归，但却是参悟了之后对事物本质的回归。全译本对文本的回归同样是经历了诗学征用、中西互释，甚至是片面解读之后的回归。这次的回归还原了王维诗歌的文本语境，打破了王维及其诗歌的刻板形象，是世界文学发展至成熟的标志，也是王维诗歌经典建构的完成。

第 7 章

世界文学经典重构及现实观照

达姆罗什从生产、翻译和流通三个维度定义了世界文学的动态生成。本书第 3 章至第 6 章分别论述了不同时期东道文化、文学传统影响下王维诗歌译文的生产、翻译，以及东道文化读者对译文的超然阅读方式。但是，“翻译作品的生产、流通和接受不仅只是跨越民族国界的行为，更是将文本植入全球网络中。这个全球网络受民族文学传统影响发生折射，同时又体现了世界文学建构下的民族性”（Venuti，2013：191）。世界文学作为各个民族文学传统在此交汇、融合和再生的场所，其所反映出的文学间关系是双向的环形影响，即世界文学一方面既是东道文化需求和价值观取向折射下的产物，又作为新的文学生产重新汇入东道文化的文学流通中，与东道文化的本土文学产生深刻而又紧密的联系。世界文学的文学相互关系体现在文本上即是“互文性”。“任何文本的建构都是引言的镶嵌组合；任何文本都是对其他文本的吸收与转化”（克里斯蒂娃，2015）。因而，从互文性的层面上讲，文本是在糅合了多种其他文学传统和文本的基础上，进行自我加工的再生产活动。这种文本再生产反映了文本的流通和文学生命在其他文本中的延续。互文性不仅限于某文学传统内部文本间的借鉴和融合，而且，通过翻译的助力作用，来自不同文学传统的文本之间也会相互影响，产生实质性的跨文化互文关系。

从翻译史和文学史两种历史视角交叉来看，中美诗歌间相辅相成、互文性的发展贯穿了整个 20 世纪，且一直延续至今。19 世纪末，以庞德、洛威尔等为代表的现代主义诗人从中国古典诗歌这一宝库中寻找到了改革维多利亚旧诗学的动力。他们通过翻译、创译、仿作等一系列手段激活了中国古典诗歌现代性的生命力，并将其纳入美国诗歌的文学发展史，使其成为美国本土诗歌的一个组成部分。几乎在同时，中国诗学领域也掀起了革命性的新诗运动，有趣的是，以胡适、徐志摩等为代表的诗人却是从庞德等人的诗歌中找到了诗学改革所需的现代性。美国现代主义诗歌运动与中国新诗运动中中美诗歌的相互借鉴和影响形成了一个完整的环形流通圈。20 世纪五六十年代，美国掀起了“逆文化”运动，“垮掉派”“黑山派”等反学院诗歌流派重新点燃了中国古典诗歌翻译高潮，诗人们自觉接受中国古典诗歌的诗学和道禅思想影响，体现了翻译和创作之间的互文性。中国诗在当代美国诗坛所处的局面，与英美现代主义诗歌运动时期十分相似，同样为美国本土诗歌的发展提供了创新的动力。“不同的是这一次，中国诗的影响延续的时间长得多，至五十年代后期以来已经有四十多年，而且至今还在继续发展”（赵毅衡，2003：279）。中国古典诗歌源源不断地为美国诗人提供诗学养料，成为美国诗歌的互文本。

王维以简单丰富的自然意象创造了空灵、自然的意境，其诗歌明白晓畅又不失哲学思想内涵，成了美国诗人翻译和模仿的宠儿。王维不仅是“被翻译和出版得最多的中国诗人”（朱徽，2004），而且还成为美国诗人的文化偶像和诗学楷模。庞德曾盛赞“王维是中国诗歌的典范”（Pound，1979：27），并且把王维称作是“八世纪的于勒·拉弗格[①]”（Pound，1979：144），加拿大著名超现实主义诗人布洛克也对王维情有独钟，称其为“最喜爱的诗人”（Bullock，2005）。美国诗人或翻译、或化用、或借鉴其山林田园的隐士风格和诗情，在自己的诗集或诗歌中表达对这位中古时期古典诗人的敬意。要完整地展现王维诗歌世界文学的动态生成轨迹，从翻译的视角转到考察美国本土诗歌对王维诗歌英译文的互文，剖析翻译文学与译入语文学互动的文学关系是译介研究的应有之面。本章将焦点转到美国本土诗歌，分析翻译之后时代，美国诗人如何通过拼贴和戏仿等后现代主义创作手法将王维诗歌吸收并内化自己的创作中，以互文的方式巩固和持续王维诗歌的世界文学生命。

7.1　王维诗歌与美国诗歌的互文关系探察

7.1.1　拼贴

“拼贴”是后现代主义文学中常用的一种创作手法，指不同作家、不同作品中的词语、段落等文本拼凑在一起，各文本之间或相似或相异的文本张力形成一个新的文本。“拼贴”直接套用前人文本，是互文性的直接体现。美国诗人对王维诗歌英译文的拼贴主要通过两种方法。

一种是诗人将自己翻译的王维译诗编入其原创诗集，以实现翻译文学与创作文学的对话。以罗伯特·勃莱（Robert Bly）为例进行说明。勃莱是美国当代

① 于勒·拉弗格（Jules Laforgue）（1860—1887），法国象征主义诗人，其诗学风格对庞德影响颇深。

著名诗人和作家，他的诗歌以其朴素的意象主义风格引领了美国后现代诗歌阵营中最重要的流派之一——深层意象派。1968 年，勃莱以诗集《身体周围的光》（*The Light Around the Body*）获美国国家图书奖。2008 年，勃莱还被任命为明尼苏达州第一位桂冠诗人。此外，勃莱还是一位多产的翻译家。他先后翻译了中国、挪威、智利、西班牙、英国、法国、德国等多国的诗歌，始终坚持以世界文学的眼光建构真正的美国诗歌。其中，中国古典诗歌是勃莱诗歌创作的重要源泉之一，“当时（即 1955 年）我已经发现了中国诗歌”（Bly，2005）。虽然不懂汉语，但是通过阅读中国古典诗歌译本，他找到了诗学共鸣，并自己尝试翻译中国古典诗歌。在其诗集《跳出床外》（*Jumping out of Bed*，1987）中，勃莱收录了他翻译的王维与裴迪唱和的《漆园》《华子冈》《栾家濑》和《木兰柴》等八首诗歌，其中王维诗歌四首，裴迪诗歌四首。这八首诗歌均出自《辋川集》。以《漆园》为例（见表 7.1）：

表 7.1　　《漆园》之勃莱译文分析

漆园	The Walnut Tree Orchard (Bly, 1987)
古人非傲吏，	In the old days the serious man was not an “important person”.
自阙经世务。	He thought making decisions was too complicated for him.
偶寄一微官，	He took whatever small job came along.
婆娑数株树。	Essentially he did nothing, like these walnut trees.

诗中王维借庄子曾任漆园吏这一典故，以庄子自喻，表达了自己并非因傲世，而实属因才华有限，不足以委以大任，因此只适合当个小吏，与几棵树相伴终老的归隐之心。而在翻译时，勃莱却将第一人称改为第二人称，全诗以讲故事的口吻向读者娓娓道来。王维以“自阙经世务”表达了自认为没有经世济国的大才，为后两句表明自己归隐之心做铺垫。勃莱译为“He thought making decisions was too complicated for him.”王维的归隐之心在勃莱的翻译中成了勃莱向往简单纯朴的生活的愿望和对人际关系错综复杂的厌倦。最后一句“婆娑数株树”的译文更加凸显了勃莱对简单无为的向往，译为“Essentially he did nothing, like these walnut trees”。勃莱将人比作植物，在《菊花》这首诗里也曾出现过这种情况：“无为，漫无目的地穿越夜间的田野多么重要，躯体活着，像一株植物！”（勃莱，2012）传达出了勃莱对“无为”的精神的追求。在该本诗集扉页，勃莱引用《道德经》中“众人皆有以，而我独顽且鄙。我独异于人，而贵食母（all around me men are working; but I am stubborn, and take no part. the difference is this: I prize the breasts of the Mother）”，点明了诗集的主旨和诗人的精神追求。事实上，

勃莱不仅在诗学上进行互文，同时也在身体力行实践着王维等中国隐士诗人的生活态度和方式。从哈佛大学毕业后，勃莱离开了物质丰富的现代城市，回到了自己的家乡，位于明尼苏达州的西北部农场，过着一种清静无为的生活。

将中国古典诗歌译作和英语诗歌创作拼贴在同一本诗集中，勃莱并非个例。斯奈德于 1969 年就将自己的诗作与其翻译的寒山诗作编入《砌石与寒山诗》（*Riprap and Cold Mountain Poems*）出版。被誉为美国寒山的斯奈德与中国唐代诗人寒山子在诗集中完成了对话，在文本中达到了精神上的共鸣。美国当代诗人施家彰同样在其诗集中收录中国古典诗歌译诗。他早期诗集《柳风》第一部分收录他翻译的李白、王维等七个唐朝诗人的诗歌，《两只渡鸦》第一部分收录他翻译的陶渊明、马致远和李清照的闲适之作，而在这两本诗集的第二部分才收录他自己的诗作。美国诗人通过将自己的创作与中国古典诗歌译作并置在一起，构建了一个中西诗学和诗人之间的对话空间，在这个空间内，中国古典诗歌在文本的相互阐释中获得了新的、当下的诗学解读。

美国诗人对王维诗歌英译文的拼贴还体现在：在同一文本中直接引用王维诗句，以引语的方式将王维诗歌毫无痕迹地化入自己的诗歌创作中。基思•拉茨拉夫（Keith Ratzlaff）是美国当代诗人，其诗歌“*Portrait of Her Mother as the 19th Century*”曾获美国最负盛名的小推车奖（The Pushcart Prize），并被选入《小推车作品选系列 XXXI》（*The Pushcart Prize XXXI*，2007）；此外，其作品“Turn”还被评为美国最佳诗歌，被收录进《2009 年度最佳美国诗歌选集》（*The Best American Poetry*，2009）。《以王维诗收尾》（*Almost Ending with A Line from Wang Wei*）选自其诗集《而后，一千只乌鸦》（*Then, A Thousand Crows*，2009）中，在该首诗歌中拉茨拉夫先后两处引用王维诗句：

…
A girl has walked into my front yard
and touched all the trees—
the spindly, twisted ash; the linden;
the maple just beginning its turn—
as if she were Wang Wei
exiled in the southern hills,
alone in the pleasure of trees.
Friend, what news is there from home?
Have the winter plums burst into blossom?

Think of her, brushing her fingertips

over the Braille-like bark—
as if touch were a search for the truth,
and confusion doesn't last.
How could we have thought so?
Or think of the care and precision
it takes to knock a kid off a bicycle
from a moving car with a baseball bat.

Autumn and grief sound alike
in Chinese, my gloss says.
But it doesn't take the Buddha
to tell us the world is full
of terrible equalities—
when the pictogram for truth
looks like two bodies clinging,
and the pictogram for touch
is a man beset by complexities,
and the pictogram for autumn—
which I know is harvest
and grain drying—is a girl
pursued by trees or pursued
by a duck or maybe pursued
by grief-the-dog, wagging
his snarly, autumnal tails.

Wang Wei would end this
by closing his bamboo gate,
by raising the moon
with a rickety winch, cutting
a magpie loose from a maple.
Or by getting drunk and remembering
this life abides. that's all.

——节选自《以王维诗收尾》

在诗的开始，诗人描写了窗外街头上孩童们玩耍嬉闹，但热闹是他们的，诗人自己静静地躲在房里，悠闲地躺在床上读着中国古诗。突然，一个小姑娘从诗人的前院里走了进来，小姑娘怡然自得地穿梭在菩提和楞木丛中。眼前的这种景象使诗人想起了归隐南山、性乐山林的中国诗人王维。于是，诗人不自觉吟出了如下两句诗："Friend, what news is there from home? Have the winter plums burst into blossom?"这两句出自王维《杂诗》："君自故乡来，应知故乡事。来日倚窗前，寒梅著花未？"王维这首诗歌本是一个在外漂泊的异乡人忽然遇到旧日乡友，以借问老家的梅花为由表达浓烈的思乡之情。而拉茨拉夫却改变了这两句诗的解读语境，意在表现小姑娘与王维在幽静的树林中体验到的闲适与自在。接着，诗人的眼光又从窗外小姑娘的身上转回到他正在阅读的中国古诗上。伤春悲秋是古今中外诗人们的共同主题，中国古诗如此，拉茨拉夫也不例外。但诗人笔锋一转，如果换作是王维，王维会怎么做呢？王维不会因此而悲伤，他大概会关上柴门，乘着摇摇晃晃的升降机把月亮升起，然后对月独酌，并吟唱着"一悟寂为乐，此生闲有余"吧。"this life abides"出自汉米尔（Sam Hamill）所译王维诗歌《饭覆釜山僧》（*A Meal for the Monks*）中"In every solitude, deep joy. /This life abides."（Hamill，2000）《饭覆釜山僧》："晚知清净理，日与人群疏。将候远山僧，先期扫敝庐。果从云峰里，顾我蓬蒿居。藉草饭松屑，焚香看道书。燃灯昼欲尽，鸣磬夜方初。一悟寂为乐，此生闲有余。思归何必深，身世犹空虚。"王维在这首诗中记叙了他在隐居地款待老友覆釜山僧，并与老友一起参禅悟道的画面。"一悟寂为乐，此生闲有余"描绘了诗人悟得禅理后，得到解脱的极乐感觉，表现了参禅的顿悟境界。拉茨拉夫在这里引用王维这句诗，虽意在表达王维不为外物所扰的淡泊心境，可是这又何尝不是诗人自己内心所追求和向往的精神境界呢？拉茨拉夫通过在其诗歌中化用王维诗句，与其产生了精神上的契合，王维诗歌融入其中于无形，成为美国本土诗歌的一部分。

勃莱和拉茨拉夫等人在诗中运用后现代主义表现手法，通过将王维诗歌英译文拼贴至创作中，表达了美国当代诗人与王维这位中国古典诗人之间情思的共鸣。王维诗歌被置于当下不同的语境得到了重新解读，其世界文学生命被不断更新，标志着王维诗歌逐步扎根并成为东道文化文学空间的一部分。

7.1.2 戏仿

戏仿是对被仿作品在不同语境下的模仿性写作。"通过改变或重塑先前文本，它展示了戏仿与被仿文本间的差异但却相互依存的关系"（Hutcheon，2000）。美国诗人对中国古典诗歌的戏仿与翻译是一支并蒂双生花。意象派同时开启了美国诗人对中国古典诗歌翻译和戏仿的传统。美国诗人在现代化语境中追随着中国古典诗歌传统，对其进行语境化和差异性的解读，以戏仿的方式向古老的中古诗学传统致敬。王维以其淡泊的隐士风格和自然清新的诗风，影响了一批当代美国诗人。他们在创作中或借鉴王维诗中的意象，或有意模仿王维淡远的诗风，通过戏仿的文学形式向这位一千多年前的唐朝诗人致敬。

“Pain not Bread”是由儒·博森（Roo Borson）、基姆·莫尔特曼（Kim Maltman）和安迪·巴顿（Andy Patton）三位诗人组成的诗歌团体，1999 年其诗歌《眠》（*Sleep*）曾获加拿大艾尔·伯尼奖（Earle Birney Prize）[①]。2000 年，他们以“Pain not Bread”的名义出版了《王维介绍之再介绍》（*Introduction to the Introduction to Wang Wei*）。该书是三位对中国古典诗歌有着浓厚兴趣的诗人在阅读了中国古典诗歌译文之后，以戏仿的方式对王维、李白和杜甫这三位唐朝诗人的致敬。“它既不是学术研究，也并非翻译，而是一本诗集。……但是与一般诗歌相比，这些诗歌又有很大的不同，它们更像是合金，而其中有些金属并不是我们原创”（Pain not Bread，2000）。三位诗人从王维诗歌出发，以其在诗歌中感受到的情感共鸣创作出新的诗歌，通过模仿王维诗歌的意象、情思等创作出了一首首属于 21 世纪的美国诗歌。以“*Spring*”对《送别》的戏仿为例进行说明（见表 7.2）：

表 7.2　　《送别》与“Spring”之对比分析

送别	Spring (Pain not Bread, 2000)
下马饮君酒， ***问君何所之？*** ***君言不得意，*** 归卧南山陲。 但去莫复问， 白云无尽时。	Now it is spring, and a boat will come from the ***south***, plowing upstream. Birds will float behind the mast, and misty reeds make clouds in water. ***I'll ask you where you're going,*** ***and you'll say you are a failure going off to hibernate*** ***among the mountains.*** The cities will become invisible. Fields will darken. Herds will graze in drizzle. I'll see your bright coat vanishing, and among seasonal plants, insects will clamor and spiders sing from beams. Feelings are eternally sprouting from the world. I'll lie in this corner of heaven and watch the mountains hiding remotely in that endless blur.

《送别》是王维送友人归隐的送别诗。诗中以一问一答的对话，简洁明了地描述了一个因不得志而对现实失望，进而意欲归隐山林的友人形象，同时王维

① 艾尔·伯尼奖为纪念加拿大著名诗人艾尔·伯尼而设立，是加拿大最重要的文学奖项之一。

也流露出对友人能退居而隐的艳羡。而在“*Spring*”中，诗人描述了同样的归隐主题，也同样运用一问一答的形式道明了友人归隐的原因：“I’ll ask you where you’re going,/and you’ll say you are a failure going off to hibernate/among the mountains.”同样的主题，同样的结构表明了两首诗歌之间的模仿与被模仿的戏仿关系。当然，戏仿并非是纯粹意义上的模仿，而是在被模仿作品基础之上的二次建构。春天本来是“回”，春回大地，候鸟回迁，可是诗人的友人却要在春天离开。“*Spring*”以季节反照了友人归隐的独特性。当友人隐居山野之中，远离了现代化喧嚣的城市，诗人仿佛看到了身着鲜亮衣服的友人消失在丛林中。可是既然衣服颜色是鲜亮的，应不易隐藏在山林中，作者在这里再次运用矛盾的表达手法，暗示友人与大自然合二为一，完成了精神上的归隐，只听到远处传来声声小昆虫和蜘蛛等的鸣叫。“insects will clamor and spiders sing from beams.”又不免使人联想起王维在《秋夜独坐》中的两句诗：雨中山果落，灯下草虫鸣。这两句诗以虫鸣之声响反衬诗人参禅时的心境之静。在诗的结尾，诗人与王维一般，表达了对即将离去的友人的深切关怀。“你尽管去吧，我将在这边的天际，注视着你归隐的山林。”“the mountains hiding remotely in that endless blur.”中“hiding”一词呼应了诗歌的归隐主题，且“endless blur”与《送别》中的尾句中“无尽的白云”再次产生共鸣，发生了文本层面的戏仿。

诗人以《送别》为底稿，将送友人归隐的场景从一千多年前的唐朝长安切换至当下，以戏仿的方式创作了一首现代美国诗歌，表达了生活在当下社会的现代人想要逃离城市生活的喧嚣和疏离，回归大自然的渴望。同时，同一主题在《送别》与“*Spring*”两首诗歌中的可置换性也表明：回归自然是古今中外的永恒主题，诗歌正是对这一人之共性的诗学表达。王维的诗虽然写于距离当下非常遥远的时空，但是其表述的人类共通的情感是其历经千年仍能在陌生的文化和文学语境散发诗学色彩，而成为世界文学的重要原因。

同样以戏仿的方式向王维致意的还有美国当代女诗人伊莱恩·艾凯（Elaine Equi）。艾凯著作颇丰，现已出版诗集十余部，其诗歌曾先后六次[①]被收录进《最佳美国诗歌选集》系列[②]。“多年来，我的作品受到超现实主义、具象诗和中国古典诗歌等多种风格的影响，所以它并非简易明了——只是我一心要走极简主义

① 1989 年以诗歌“*A Date with Robbe-Grillet*”入选。1995 年以诗歌“*Sometimes I Get Distracted*”入选。2005 年以诗歌“*Pre-Raphaelite Pinups*”入选。2007 年以诗歌“*Etudes*”入选。2010 年以诗歌“*What Is It about Hands*”入选。2012 年以诗歌“*A Story Begins*”入选。

② 《最佳美国诗歌选集》（*The Best American Poetry*）是自 1988 年开始出版的诗集。该诗集每年由不同知名的诗人任主编，选取当年度最受欢迎、最有价值的 75 首诗歌汇编成诗集出版。《最佳美国诗歌选集》可以说是美国诗坛的年度缩影。

的道路。”[1]艾凯的诗歌受中国古典诗歌影响，意象鲜明；且其诗歌还受到具象诗影响，以新奇而有创意的诗歌布局和诗行排列表达诗歌意境。《王维的月亮》（*Wang Wei's Moon*）是艾凯于 2007 年出版的诗集《涟漪效应：新诗选》（*Ripple Effect: New and Selected Poems*）中收录的一首诗歌：

Wang Wei's Moon

Leisurely
it comes out—

new moon
like the eyebrow
of a moth,

full moon
that burns
the pines,

or suddenly
                sad

remote above a gate,

or glaring
                clarity

like a lamp
that quiets windows.

Cold
it tumbles into
random shadows

① https://www.poets.org/poetsorg/poet/elaine-equi.

alarming birds,
                    far far
stone cliffs
shine

as someone
washes silk
in moonlight.

Unsteady images
tied to whiteness.

Stars
float up
toward dawn.

“月”是王维诗歌中经常出现的意象，在其 425 首诗歌中，“月”字共出现 59 次，平均大约每 7 首诗歌中便会出现一个“月”字。王维或以“月亮”寄托相思，如《失题》中“清风明月苦相思，荡子从戎十载余。”或以“月亮”表达闲适悠然的心境，如《桃源行》中“月明松下房栊静，日出云中鸡犬喧。”艾凯效仿王维写月。该首诗歌以月亮为主题，围绕“新月”“满月”等意象，描写了“光洁”“清峻”等不同样态下的月亮，为读者展现了一个祥和安然的诗歌意境。艾凯不仅在意境营造上效仿了王维诗歌借月表达悠闲散淡的诗风，而且在表达上也有意对王维诗歌进行了仿拟。“new moon/like the eyebrow/of a moth”是《赠远》中的“惟见新月吐蛾眉”；“full moon/that burns/the pines”是《山居秋暝》中的“明月松间照”；“Cold/it tumbles into/random shadows”是《沈十四拾遗新竹生读经处同诸公之作》中的“疏影月光寒”；“alarming birds, /far far”是《鸟鸣涧》中的“月出惊山鸟”；“stone cliffs/shine//as someone/washes silk/ in moonlight”既是《蓝田山石门精舍》中的“山月映石壁”，又是《白石滩》中“浣纱明月下”的情景写照。艾凯将王维笔下多种样态的月亮融合到一起，并在其诗学书写下构建了王维的精神世界，用自己的方式向王维这位诗歌前辈表达了敬意。此外，受到具象诗影响，艾凯的这首诗歌每行寥寥两三个单词，且诗行排列长短不一，像是一弯弯当空而挂的细月一般，引人遐思。艾凯从王维的月亮写起，又不拘泥其中，以具象诗的现代诗学形式进行重新创作，是从原文出发的新的开始。

"任何一首诗歌都是与其他诗歌互文的……诗歌不是创作，而是再创作，就算是强势诗是一个新的开端，亦只是再次开始"（Bloom，1976）。美国当代诗人在王维诗歌中找到了精神和诗学上的共通，他们在创作中通过戏仿与王维诗歌形成了跨文化的互文关系。模仿是打造和认可经典的开始，也是向经典致敬的最好方式之一。作为被模仿的对象，王维诗歌在新的生存语境下被注入了新鲜血液和新的可能性，并在不断地阅读和阐释中被塑造成经典的世界文学形象。

7.1.3　对话

王维诗歌经过一个多世纪的译介，已根植于东道文化文学传统之中。除了拼贴和戏仿两种显性互文手法之外，王维还成为美国诗人笔下的书写对象。诗人们借助诗歌这个文学空间，与王维上演了一场跨越时空的对话，以表达诗人对当下社会的关怀和哲思。

大卫·巴德比尔（David Budbill）是美国当代著名诗人和剧作家，一生著作颇丰，除了创作十余部小说和戏剧之外，他还出版诗集近十部。曾于1981年获古本海姆诗歌基金；1991年获（美国）全国艺术基金会基金；2002年获佛蒙特州艺术协会沃特·塞夫奖（Walter Cerf Award）之终身成就奖。巴德比尔非常喜爱中国古典诗歌，尤其欣赏王维、陶渊明和寒山子等诗人的隐士风格。1969年，不满三十岁的他便与妻子从宾夕法尼亚迁居佛蒙特北部山区一个名为"朱迪怀恩山（Judevine Mountain）"的山脚下，过起了中国古代隐士生活。他甚至还模仿寒山子，在诗中自称"朱迪怀恩山"，他自己也被称为"中国古风诗人"(Budbill，1999)。自称"山人（Mountain Recluse）"的巴德比尔闲暇时间在斯托中学（The Stowe School）兼职讲课，但大部分时间他都行走在山林中。比起完全归隐的寒山子，巴德比尔更像是半仕半隐的现代美国版的王维。他甚至还在《李白与王维》（*Li Po and Wang Wei*，1999）这首诗中表达自己意欲在隐和仕之间求得两全的心态。

Li Po and Wang Wei
On the one hand,
Li Po in the city—
drunk and loving women all night long
then falling into the river and drowning himself
because he wants to embrace the moon.

On thc othcr,
Wang Wei in the country—

ascetic and vegetarian,
severe and withdrawn, at his hermitage
sitting cross-legged and calm.

And then there's me,
The Fool—
loving and trying to be
them both.

李白是夜夜笙歌有酒醉和入水拥月的浪漫洒脱，王维则是夜夜坐禅思清修和陋居简食的安静闲适，而美国现代诗人巴德比尔则想兼顾两种生活方式，诗人自己也确实穷其一生践行着一半仕一半隐的现代王维的生活方式。此外，与王维一样，巴德比尔非常向往恬静悠闲的田园生活，同时对以牺牲环境为代价而崛起的现代化城市中对自然的疏离表达了惋惜和遗憾。在《献给王维》（*For Wang Wei*，1999）这首诗中，巴德比尔将现代城市与王维笔下的《渭川田家》进行了比对，表达了诗人当下的社会人文关怀（见表 7.3）。

表 7.3　　《渭川田家》与“For Wang Wei”之对比分析

渭川田家	For Wang Wei (Budbill, 1999)
斜阳照墟落，	At a farmhouse on the Wei River you see cattle wandering home
穷巷牛羊归。	alone the lane in the afternoon sun.
野老念牧童，	You see the rugged old man leaning in the doorway of his thatched hut
倚杖候荆扉。	watching his son, the herdboy,
雉雊麦苗秀，	as he ambles behind the cattle, a stick in his hand. You see farmers
蚕眠桑叶稀。	returning home, hoes on their shoulders,
田夫荷锄至，	They hail each other familiarly. You long for that simple life. You sigh
相见语依依。	And sing the old Confucian song “Oh! to Go Back Again.”
即此羡闲逸，	
怅然吟式微。	From time to time, I sing the song too. But now for me, as then for you,
	there is no going back. The farmhouse is deserted.
	The cattle are gone. The old men are dying in nursing homes in the city.
	The sons and daughters are gone. The farmers gone.
	No one hails another. Everything has changed.
	Fourteen hundred years of love and grief between us,
	yet everything is the same. The old ways are dying still.
	Nothing has changed.

《渭川田家》是王维的代表性田园诗之一，该首诗歌描写了乡村傍晚夕阳西下的惬意景象。全诗以“归”为诗眼，刻画了牛羊回圈，牧童归来，农夫自田间返家等一系列宁静和谐的景色。尾联诗人直抒胸臆，表达了对乡村平静闲适生活的艳羡，并以“式微，式微，胡不归？”这一典故首尾呼应，点明了“归隐”的诗歌主旨。巴德比尔将这首诗歌点化进《献给王维》中，并将原诗的第一人称变为第二人称“You”，似是在与王维进行一场面对面的对话。诗歌第二段，巴德比尔叹息道：我也时时吟唱“式微”，可是现在的我就跟那时的你一样啊，都回不去了。不同的是，王维是由于现实的羁绊，不能从朝堂上全身而退，而巴德比尔回不去的原因则是由于现代城市的发展对田园式生活的侵吞。农场被荒废了，牛羊也消失了，就连儿女们也消失了，奄奄一息的老人们在养老院中孤独地等待死神的降临。在现代化的城市里，农民也不复存在了，王维笔下“相见语依依”的温馨美好的场景也不见了，人与人之间变得疏离而冷漠。于是巴德比尔发出了一声长叹：Everything has changed（一切都变了）。但是在惋惜田园生活消失的同时，巴德比尔转而又写道：yet everything is the same. The old ways are dying still. Nothing has changed.（然而，事事依然如故，传统的生活方式在慢慢消失，一切又都未曾改变。）巴德比尔的感叹充满了哲思的意味，世间一切事物都随着宇宙的运行而无时无刻不在发生变化，变是常理，但不变才是真理。王维笔下的田园生活也存在比其更为古老的生活方式消失的情况，这与现代城市生活中田园生活的隐去又有何不同？以这种辩证主义观点来看，虽然诗人与王维之间隔了一千四百年的时光距离，但“旧传统消失，新生活建立”这一大自然的“变”之运行规律又未曾改变过。

巴德比尔在诗歌这个虚拟的文学空间以和王维对话的形式，表达了对田园生活消逝的遗憾，但是诗人并没有深陷于对传统生活的缅怀中，而是通过对其进一步的思考，以变与不变的辩证统一观看待这一现象，体现了诗人的人文关怀和对宇宙观的哲学思考。“当代美国诗人大卫·巴德比尔通过一个现代美国观察者的角度再现了中国古代诗人隐士的精神面貌，反之亦然。……巴德比尔结合了美国诗歌和中国诗歌，创造了一种融合了古代视角和现代情感的混合体。”[①]巴德比尔的现代隐士风格与其对当下社会的哲思在其诗歌中无缝结合，体现了美国当代诗人对中国古典诗歌传统的继承和现代式的发展。

同样，在诗歌中探索了王维精神世界的还有美国当代诗人丹·戈伯（Dan Gerber）。《闲时王维》（*Wang Wei in His Leisure Hours*）是戈伯最新出版的诗集《走过仙后座》（*Sailing through Cassiopeia*，2012）中收录的一首诗。在该首诗歌中，

① http://www.hermitary.com/literature/budbill.html.

戈伯讨论了人在宇宙中如何自处这一充满哲思的问题。

Wang Wei in His Leisure Hours

He somehow cobbled together his career as a renowned
hermit in whatever free time
his office job allowed.
David Hinton

This tiny gentian,
so faithful to the earth in its teardrop
of honey-colored amber, bloomed
and became immortal
thirty-five million years before
anyone thought of God.

And today I read that we exist
because of a cosmic imbalance.
For a reason no one understands, the universe
contains just a little more
matter than antimatter.

Wang sought an image of a world
that fled like darkness from his lamp.
He found himself in the trees,
the grass and leaves, the river,
the fawn come to drink in
the landscape of midsummer.

Verlaine called the universe a flaw
in the purity of nonexistence;
Keats, "the vale of soul-making."
Rilke said,
"I have such pure mornings,"

and Cavafy lamented
that "Night returns to draw us back
with its same fatal pleasure."

Wang wondered why the spring breeze
blew its scattered blossoms to his door.
Above the mountain, the day's
first cloud turns from
gray, to mauve, to gold.

He found that springtime
in a pot of wine, which
often brought with it a poem,
often carried it away
before he could write it down.

该首诗歌中，戈伯从对一颗小小的龙胆草进而思考"宇宙是什么？"。这是一个具有终极哲学意味的认识论问题，也是诗人们在诗歌中探索的永恒主题。法国诗人保罗·魏尔伦（Paul Verlaine）认为宇宙是纯粹虚无中的一块瑕疵；英国诗人约翰·济慈（John Keats）认为宇宙是塑造灵魂的溪谷；奥地利诗人赖内·里尔克（Rainer Rilke）认为宇宙就是纯净美好的早晨；希腊诗人康斯坦丁·卡瓦菲（Constantine Cavafy）则感叹道，夜晚的降临是以其鬼魅致命的乐趣使我们停止脚步。而只有中国诗人王维，他不追寻宇宙为何的答案，也不去思考晨来夕去对人的意义。对于王维来说，最重要的就是活在其中，活在树里、草丛中、落叶里、小鹿跑来喝水的小溪中，王维在观照大自然中活出了"天人合一"的哲学宇宙观，找到了真我。因而，诗歌开头，戈伯引用美国翻译家欣顿对王维的介绍，表达了该诗的主题。戈伯非常欣赏王维"性乐自然"的隐逸生活方式，所以他在诗歌结尾写道：王维在春风吹落花瓣，白云的千变万化，春天的酒和酒里的诗中发现了宇宙的真谛。这不是理性思考的结果，而是人的直觉融入大自然任运自如的过程的结果。道家认为，"无为"是世间万物本身的存在方式，这种以超功利的审美眼光，以诗意的观照态度，融入自然，是道家无为观的直接体现。

巴德比尔和戈伯等美国现代诗人通过阅读王维探索了王维及其诗歌中的精神和哲学世界，他们或身体力行效仿之，或在诗歌中进行中西诗人的对话，表达自己的思考。通过精神上的交流和对话，王维及其诗歌内化进美国现代诗人的生活和创作中，成为不断流通中的、经典的世界文学。

民族文学在各民族文学间的相互交流和影响中逐步成为世界文学，这个方向是双向的、相互的。民族文学受东道文学的过滤，符合当下价值观的民族文学成为世界文学，又在东道文化中向东道文学发挥作为世界文学的文学影响力，这是超越民族文学视野的世界文学发展规律。季羡林曾将民族文化的发展分为三个步骤："第一，以本民族的共同的心理素质为基础，根据逐步形成的文化特点独立发展。第二，接受外来的影响，在一个大的文化体系内进行文化交流。第三，形成一个以本民族的文化为基础，外来文化为补充的文化混合体或者汇合体"（季羡林，1987）。其中第二和第三阶段就是翻译文学进入东道文学，内化并被吸收为东道文学一个内在组成部分的过程。美国当下诗人对王维诗歌英译文的内化表现在拼贴、戏仿、对话等文学间的互文性上，美国诗歌对王维诗歌的跨文化互文点化，是后者作为世界文学发挥其影响力的体现，展现了王维诗歌从译到介再到合的文学交流和发展过程。

7.2 王诗世界文学经典重构及其路径

诗言情，这"情"是不分种族、不分国界、不分时空的人们共有的普世感情。经久不衰的诗歌必然是能够跨越时空而仍能引起共鸣的诗歌。王维诗歌经过一百多年的翻译，其诗歌中对山水田园的描写、对道禅哲学的体悟在东道文化获得了自然、哲学、生态等普世性世界文学价值。

首先，王维诗歌在英语世界的世界文学进程经历了从"中学西用"的诗学征用期、"译禅译道"的形象建构期、"研译并举"的汉学阐释期到"生态大同"的文化认同期，再到首个全译本出现的全面译介期，其发展经历了发轫、发展、高潮、进阶和成熟五个时期。这五个时期在时间上不断递进，在逻辑上也是一个逐步发展和不可分割的整体。"英美现代主义诗歌运动与王诗翻译的发轫"是王维诗歌英译的第一个阶段。该阶段以庞德、洛威尔等英美现代主义诗人对王维诗歌的翻译以及黄思礼与张音南合译王维诗集为主要考察对象，以王维诗歌的意象性和英美现代主义诗歌运动为这一时期世界文学空间的两个文化焦点，通过提取东道文化中的"创译"期待规范，从王维诗歌英译文的现代性、接受性和流传性三个方面分析了其在翻译中的获益。并在此基础上进一步从仿中国诗潮流的角度分析了东道文化读者对王维诗歌的超然阅读方式。这一时期属于世界文学的发轫期，东道文化对王维诗歌的接受多出于对其意象等诗歌形式上的借用。"逆文化运动与王诗翻译的发展"是王维诗歌英译的第二个阶段，以叶维廉译诗集和罗宾逊译诗集为主要考察对象，分析了这一时期王维诗歌翻译的两个文化折射焦点：王维诗歌中的道、禅思想和美国逆文化运动对东方思想的推崇。在此背景下，从预备规范、操作规范以及初始规范等角度以文本分析为基础解读了王维诗歌英译文之翻译所得。最后，通过分析威尔士和雷克斯罗斯等美国诗人对王维诗歌的仿拟或点化，解读东道文化读者的借道/禅而居的阅读和创作方式。这一时期属于世界文学的发展期，东道文化对王维的吸收开始由形式层面转为诗歌的思想层面，王维诗歌开始渗入英美诗学。“美国汉学研究与王诗翻译的高潮”是王维诗歌英译的第三个阶段，该阶段以余宝琳、瓦格纳和巴恩斯通三个汉学家译诗集为主要考察对象，在王维诗歌多元化和美国汉学繁荣的双重背景下，从交际规范、预备规范、操作规范等角度分析了王维诗歌英译文在翻译中获得的中西诗学比较、全面性、充分性和经典性等维度，论证了这一时期东道文化读者文本细读与超然阅读二者相结合的世界文学阅读方式。这一时期属于世界文学的高潮期，王维诗歌进入专业汉学领域，成为学者的研究对象，其译文也无限趋向并接近源诗面貌。“深层生态哲学与王诗翻译的进阶”是王维诗歌英译的第四个阶段。本阶段以欣顿译诗集为考察对象，分析了其译诗的双重语境：道、禅思想中体现的朴素生态哲学与深层生态主义运动。以此为契合点，分析了欣顿译诗的文化翻译观，及其译诗的重音对句体的形式之得，以及译诗所呈现的生态哲学思想，进而重回王维诗歌的接受语境，即寻自然于诗的超然阅读方式。这一时期属于世界文学的进阶期，东道文化对王维诗歌的译介无论从形式还是思想内容层面均较前三个阶段有了质的深入，充分的形式和思想的再现得以结合，体现了经典化世界文学的应有之态。“全译本的出现与王诗翻译的成熟”是王维诗歌英译的第五个阶段，本阶段所译介篇幅和体裁范围达到最大化，全译本译诗集充实了王维诗歌英译文，同时从多个维度还原了最真实的王维及其诗歌形象，这不仅体现在译介广度上，同时体现在译介深度上。语境化的文本群搭建延续了厚译厚读的学者型译诗和研究型阅读传统，同时，直白朴素的译诗风格体现了世界文学阅读“轻译轻读”的超然性。全译本是王维诗歌百年译介历史的集大成，是世界文学发展至成熟的标志。

随着源文化和东道文化之间跨文化交流的不断加深，双文化焦点之间的距离也会愈来愈近，所形成的椭圆形空间也会越来越接近圆形。也就是说，受双文化折射的世界文学文本，随着双文化之间的理解和交流加深，会愈发呈现出它原本的模样。从发展的历时角度来看，虽然各个阶段根据源文化焦点和东道文化焦点的变化，译文所折射出的形态也各不相同，但是从第一阶段东道文化译者对王维诗歌意象化的简单解读，到第二阶段对王维诗歌中道禅思想的突出体现，再到第三阶段汉学家对王维多重身份的挖掘和对其诗歌的厚重翻译，最后到第四阶段美国翻译家欣顿对王维诗歌中宇宙观和生态哲学内涵的挖掘，体现了东道文化向源文化的逐步靠拢，随着双方文化焦点的距离愈来愈短，东道文化译者和读者对王维诗歌的解读和认知也愈来愈接近其本质和内核，所折射的椭圆形也愈来愈接近圆形，即译文愈来愈呈现出源诗本来的面貌。但这种还原和相似并不拘泥于诗歌形式上的接近，而是基于东道文化和译者对源文化和源文本的认知逐步加深基础上的再现，比如结构形式、或意境情思的再现。

其次，王维诗歌中所蕴含的世界文学普世价值经过东道文化需求的折射得以凸显，从而使得王维诗歌得以被阅读和流通成为经典的世界文学。这种世界文学特征是基于源文化焦点和东道文化焦点共同折射而来的。也就是说，王维诗歌英译文是中国古典诗歌和英语当代诗歌、中国文化与英语文化会通的结果，即源诗与译诗文化所构成的椭圆形“双焦点”折射的结果。该双焦点文化折射的椭圆形空间（即译文形态）主要受源文化焦点和东道文化焦点的变化而呈现出不同的折射形态。东道文化焦点的变化又受东道文化价值取向的影响，具体体现是文学和翻译规范。源文化焦点的侧重则根据东道文化价值取向的变化而变化。王维诗歌英译的第一阶段（19 世纪末至 20 世纪 50 年代），英语文学领域发生了一场诗学革新——英美现代主义诗歌运动。受这一诗学革新的影响，王维诗歌所在的文化系统中的意象传统成为西方译者关注的重点，二者共同构成了这一时期王维诗歌英译的两个文学焦点。王维诗歌英译文也在这一时期表现为被意象化了的现代主义英美诗歌。王维诗歌英译的第二个阶段（20 世纪 60 年代至 70 年代），王维诗歌中的道、禅思想在美国逆文化运动对东方思想的推崇潮流下得以关注，因而这一时期王维诗歌英译文的折射形态体现为宗教化了的禅意诗。王维诗歌英译的第三个阶段（20 世纪 70 年代至 80 年代），在王维诗歌多元化特征和美国汉学繁荣的双重背景下，王维诗歌英译文体现为全面、充分的汉学家译诗文本。王维诗歌英译的第四个阶段（20 世纪 90 年代至今），道、禅思想中体现的朴素生态哲学与东道文化中的深层生态主义运动发生契合，王维诗歌中的朴素生态思想构成了源文化焦点，并在深层生态主义哲学框架下被翻译为生态哲学译诗。经过四个阶段近百年的译介，王维诗歌在 21 世纪 20 年代迎来了全译本，标志着世界文学的成熟和经典地位的确立。

经双文化焦点折射而成的王维诗歌译诗是从翻译中获益的书写结果。王维诗歌的普世文学特征和东道文化的需求使其在东道文化获得了阅读和流通。经过双文化焦点折射的王维诗歌具有杂合化特征，既保留有源文化和源诗的某些特征，又经过了东道文化和诗学的过滤而发生了创造性叛逆，获得了新的血液和基因，成了双文化共同孕育下的“混血儿”。这种杂合中的源文化因素成就了译诗文本的陌生化文学性，而东道文化因素则保证了目标读者的接受性。例如，王维诗歌英译第一阶段中，中文句法和诗学意象的独特性满足了西方译者和读者的猎奇心理，构成了译文的陌生化特征，而英美现代主义诗歌的诗学要求则成就了王维诗歌英译文的现代性、接受性和流传性。同时，不同时代的复译使王维诗歌在内容上不断获得新的时代性阐释维度和诗学价值，如王维诗歌英译第二阶段中，叶维廉译诗与罗宾逊译诗分别从道家美学和佛禅思想进行翻译，为其增加了思想维度；王维诗歌英译第三阶段中，王维诗歌英译文从汉学家译诗中获得的对话性、全面性、充分性和经典性等诗学研究价值，以及王维诗歌英译第四阶段中，欣顿在深层生态主义运动的时代要求下对王维诗歌所作的生态译诗，使其具有了重音对句体的形式之得，并在原有的道、禅思想上，为王维诗歌注入了与时俱进的生态价值。这些获益使一千多年前的王维诗歌具有了当下性，不断为其诗学生命添柴加薪，增加了王维诗歌作为世界文学的活力。

王维诗歌通过翻译获得的世界文学特征也是东道文化读者的文本细读与超然阅读两种阅读方式的合力结果。文学的阅读分为有背景阅读和无背景阅读。有背景阅读是一种研究型阅读方式，文本产生的文化诗学背景、作者的详细信息以及文本字里行间的隐含意义等都是读者在阅读时重新建构文本的重要基础和依据。汉学家译者对王维诗歌的阅读是有背景阅读，他们以深厚的专业汉学功底，对王维诗歌的文化背景、诗学传统以及诗歌用典等进行了训诂式的溯源和挖掘，这种阅读方式确保了王维诗歌在东道文化语境中正确和充分的阅读，是王维诗歌在东道文化被经典化，进而进入以学术研究为代表的主流文学空间的专业保证。无背景阅读是超然阅读方式的体现。超然阅读体现在东道文化读者，尤其是诗人，将其当作独立的文学作品去品评和鉴赏，甚至在此基础上去模仿，而不是将其当作附属于源诗的译诗去比较和挑错；如宾纳、雷克斯罗斯等人所写的仿中国诗和仿王维诗歌，这些仿诗是诗人对异域经典的致敬，也是诗人们对王维诗歌的艺术价值进行鉴赏的结果。“一个作品成为世界文学，需要经过两个步骤：首先是被当作文学来阅读，其次是超越原有的语言和文化进入更广阔的世界之中”（Damrosch，2003a：6）。世界文学首先是文学，如果东道文化读者仅囿于对译文进行批评纠错式的阅读，那么译文将永远是“二等的”文学，不可能具有独立的艺术价值，更遑论其成为世界文学。世界文学的超然阅读还体现在东道文化读者欣然接受王维译诗是译者个人经验和语境架构下的产物，他们不再苦苦追问源诗本来的意义，而是或以禅意诗歌，或以山水诗歌，或以生态诗歌去理解王维及其诗歌的内涵，欣赏其当下的诗学和艺术价值。世界文学是语境架构下阅读的产物，不同的阅读方式造就不同的世界文学样态，因而世界文学不是固定的作品集，而是变化和流动的。这也在一定程度上解释了不同时期不同语境下王维诗歌一再被复译的合理性和必要性。

最后，世界文学不仅是一种翻译的折射形态和阅读方式，也是一种文学关系的呈现。民族文学成为世界文学的过程中，该文学作品的读者、接受语境，甚至是文学的物质外衣——语言都发生了变化。在与东道文化中这些既新又异的因素进行磨合和互融的过程中，民族文学与东道文学之间发生了文学联系，世界文学就是在这种文学关系网的互动中逐渐确立的。王维诗歌英译文频频被各大世界文学选集收录，其翻译也被知名基金会和出版社赞助，这些均是王维诗歌作为世界文学的影响力表现。但是其世界文学地位最核心，也是最本质的体现则在于王维诗歌与英语文学之间是否产生了实质性的文学事实联系。英美当代诗人罗伯特·勃莱、加里·斯奈德、基思·拉茨拉夫、伊莱恩·艾凯、大卫·巴德比尔等人在创作中或引用王维的诗句，或模仿王维诗歌的意境和创作手法，或在文学空间内与王维进行跨时空的交流，他们不仅欣赏王维的人格和品性，也与王维诗歌之间的互文对比分析，本研究从拼贴、戏仿、对话等角度分析了王维诗歌英译文对英美诗人创作的回流影响，论述了从创作到翻译，再由翻译到创作之间的文学循环关系，进一步论证了王维诗歌作为已被经典化的世界文学所产生的文学影响力。

王维诗歌的英译历史是世界文学动态生成的一个案例，演绎了一种民族文学通过翻译和阅读逐步成为东道文化中世界文学的一部分，同时也向我们展现了各种形形色色的翻译形态存在的客观性，回答了“何为翻译”这一本体论问题。一方面，从翻译的生成来讲，翻译是一种语境架构和译者阐释共同作用的结果，其中必然受到各种外在的语境因素和译者主观阐释的影响，因而同一首诗歌产生的译文也各不相同。规范翻译研究范式下以忠实和对等为至高标准的唯一正确的翻译概念已被消解，成为描述翻译研究范式下合理存在的创译译文群体。但原文意义并没有被摈弃，而是在不同译文间所形成的张力场和语义场中自足地存在和生长着。每一次民族文学被翻译，其意义或形式都必然有所失，但也会有所得，有所补偿，世界文学就是在这种得失较量间盘旋上升和发展。折射是翻译的本质属性。从这个角度看，在当下中国文学“走出去”的大背景下，译者和批评家们不应只着眼于翻译之失而患得患失，而应积极地以动态的世界文学眼光看待“走出去”的道路，正确看待和利用翻译之得，使其助力于民族文学走出国门，成为世界文学。另一方面，从翻译的过程来看，翻译是包括生产、流通、阅读和接受等从译到介的全部过程。传统意义上的翻译研究更多地注重翻译前的准备以及翻译过程中的生产，而忽略了翻译产生后的流通和传播。达姆罗什（2003a）认为翻译是一种流通和阅读方式的结果，谢天振（2013）也将接受环境的创造性叛逆纳入译介学的考察范围之内。经过语境和阐释过滤的翻译译文是翻译实体得以存在的物质基础，而译文进入到接受语境中流通，并被阅读和接受才是翻译的生命力和灵魂所在。因此，翻译研究不仅要关注译文的生产，也应当考察译文的流通和接受，以及翻译引起的互文文学关系。二者相结合才能全面地考察翻译的过程全貌，追踪世界文学的发展轨迹，并更好地从中总结历史规律，指导当下翻译活动。翻译研究是一门跨学科的研究，从学科意义上来说，这也是翻译研究与比较文学相连接的契合之处。

参考文献

APPIAH A K，1993. Thick Translation［J］. Callaloo，16（4）：817.

BARNSTONE T，BARNSTONE W，XU H X，1991. Laughing Lost in Mountains：Poems of Wang Wei［M］. Hanover：University Press of New England：back cover.

BARNSTONE T，2005. The Poem behind the Poem：Literary Translation as English-Language Poetry［C］. // The Anchor Book of Chinese Poetry：from ancient to contemporary，the full 3000 – year tradition. BARNSTONE T，CHOU P，eds. New York：Random House Inc.

BASSNETT S，LEFEVERE A，2001a. Constructing Cultures：Essays on Literary Translation［M］. Shanghai：Shanghai Foreign Language Education Press.

BASSNETT S，2001b. Transplanting the Seed：Poetry and Translation［C］. // Constructing Cultures：Essays on Literary Translation. S BASSNETT，A LEFEVERE eds. Shanghai：Shanghai Foreign Language Education Press：74.

BENEDIKTER M，1959. Book Review of Poems by Wang Wei［J］. The Journal of the Asian Studies，（3）：389.

BERRY T，1995. The Viable Human［C］. Deep Ecology for the 21st Century. SESSIONS G，ed. Boston：Shambhala：18.

BLOOM H，1976. Poetry and Repression：Revisionism from Blake to Stevens［M］. New Haven：Yale University Press：3.

BLY R，2005. The Urge to Travel Long Distance［M］. Washington：Eastern Washington University：xi.

BRYSON S，2002. Ecopoetry：A Critical Introduction［M］. Salt Lake City：The University of Utah Press：7.

BUDBILL D，1999. Moment to Moment：Poems of A Moment Recluse［M］. Washington：Copper Canyon Press：back cover.

BULLOCK M. To My Chinese Readers［EB/OL］.（2005 – 1 – 21）［2016 – 11 – 1］. http://www.limitpoem.com/limitpoem1/article.asp？id=524.

BYNNER W，1922. Translating Wang Wei［J］. Poetry，19（5）：272.

CASANOVA P，2004. The World Republic of Letters[M]. M B DEBEVOISE，trans. Cambridge：Harvard University Press.

CHESTERMAN A，2016. Memes of Translation：The Spread of Ideas in Translation Theory（revised edition）[M]. Amsterdam/Philadelphia：John Benjamins Publishing Company.

CHILDS P，2000. Modernism [M]. New York and London：Routledge Press：13.

DAMROSCH D，2003a. What is World Literature？[M]. Princeton：Princeton University Press.

DAMROSCH D，2003b. World Literature，National Contexts [J]. Modern Philosophy，(4)：519.

DAMROSCH D，2006. World Literature in a Postcanonical，Hypercanonical Age[C]. Comparative Literature in an Age of Globalization. SAUSSY H，ed. Baltimore：Johns Hopkins University Press：46.

DEVALL B，SESSIONS G，1985. Deep Ecology：Living as if Nature Mattered[M]. Salt Lake City：Peregrine Smith Books.

DOYLE T，2005. Environmental Movements in Minority and Majority Worlds：A Global Perspective [M]. New Jersey：Rutgers University Press：2.

ELIOT T S，1928. Introduction to Ezra Pound：Selected Poems[M]. London：Faber and Faber：23.

ELIOT T S，1965. American Literature and the American Language [C] .// To Criticize the Critic and Other Writings by T. S. Eliot. ELIOT V，ed. Lincoln and London：University of Nebraska Press：43.

EVEN-ZOHAR I，1990. Polysystem Studies[M]. Durham：Duke University Press：47.

FIELD S，1992. The Cassia Tree：A Chinese Macropoem [J]. William Carlos Williams Review，18（1）：34.

FLETCHER J G，1915. Miss Lowell's Discovery：Polyphonic Prose [J]. Poetry，6（1）：35.

FLINT F S，1913. Imagisme [J]. Poetry，(6)：199.

FRANKEL H H，1957. The 'I' in Chinese Lyric Poetry [J]. Oriens，(1)：128.

FRANKEL H H，1960. Book Review of Poems by Wang Wei [J]. Journal of the American Oriental Society，(2)：174.

FRODSHAM D J，1967. Landscape Poetry in China and Europe [J]. Comparative Literature，19（3）：197.

GENETTE G，1997. Paratexts：Thresholds of Interpretation［M］. LEWIN J，trans. Cambridge：Cambridge University Press：1.

GRAHAM A C，1974. Review on Wang Wei：Poems［J］. Bulletin of School of Oriental and African Studies，37（3）：711.

HAMILL S，1993. Wang Wei and Saigyo：Two Buddhist Mountain Poets［J］. The American Poetry Review，22（2）：49.

HAMILL S，2000. Crossing the Yellow River：Three Hundred Poems from the Chinese［M］. Rochester：Tiger Bark Press：115.

HARGETT M J，1982. Review of The Poetry of Wang Wei：New Translations and Commentary［J］. World Literature Today，56（1）：179.

HENDERSON A C，1918. Imagism：Secular and Esoteric［J］. Poetry，11（6）：340.

HERMANS T，1982. The Structure of Modernist Poetry［M］. London and Canberra：Croom Helm：223.

HERMANS T，1991. Translational Norms and Correct Translations［C］.// Translation Studies：The State of the Art，Proceedings of the First James S Holmes Symposium on Translation Studies. K M. LEUVEN-ZWART，T NAAIJKENS，eds. Amsterdam：Rodopi：167.

HERMANS T，1999. Translation in Systems：Descriptive and Systemic Approaches Explained［M］. Manchester：St. Jerome Publishing：85－86.

HIGHTOWER R J，1961. Book Review of Poems by Wang Wei［J］. Ars Orientalis，4（2）：446.

HINTON D，1988. The Selected Poems of Tu Fu［M］. New York：New Directions Book：viii.

HINTON D，1996. The Late Poems of Meng Chiao［M］. Princeton：Princeton University Press：back cover.

HINTON D，2012. Tao Te Ching［M］. New York：Counterpoint/Perseus Books Group.

HINTON D，2006. The Selected Poems of Wang Wei［M］. New York：New Directions Publishing Corporation.

HINTON D，2008. Classical Chinese Poetry［M］. New York：Farrar，Straus and Giroux：back cover.

HINTON D，NEA. Art Talk with David Hinton［EB/OL］.（2011－7－21）［2016－7－5］. https：//www.arts.gov/art-works/2011/art-talk-david-hinton.

HOWARD L，1930. Walt Whitman and the American Language［J］. American Speech，5（6）：449.

HULME T E，1924. Romanticism and Classicism［C］. // Speculations：Essays on Humanism and The Philosophy of Art. READ H，ed. London：Routledge and Kegan Paul Ltd.：133.

HUTCHEON L，2000. A Theory of Parody：The Teachings of Twentieth-century Art Forms［M］. Urbana：University of Illinois Press：xiv.

ISAACS J，1952. The Background of Modern Poetry［M］. New York：E. P. Dutton & Co.：48.

JENSEN B，HINTON D，2016. Bill Jensen and David Hinton［J/OL］. The Brooklyn Rail，2016（May）. https://brooklynrail.org/2016/05/art/billnbspjensen-andnbspdavidnbsphinton

JOHNS F，1968. A Bibliography of Arthur Waley［M］. New Jersey：Rutgers University Press：49.

KENNER H，1971. The Pound Era［M］. Berkeley and Los Angeles：University of California Press：202.

KENNER H，1984. The Making of the Modernist Canon［J］. Chicago Review，34（2）：50.

KERN R，1996. Orientalism，Modernism，and the American Poems［M］. Cambridge：Cambridge University Press.

LARSEN J，1982. Book Review of The Poetry of Wang Wei：New Translations and Commentary［M］. The Journal of Asian Studies，41（2）：349.

LEFEVERE A，1982. Mother Courage's Cucumbers：Text，System and Refraction in a Theory of Literature［J］. Modern Language Studies，（4）：4.

LEFEVERE A，2010.Translation，Rewriting and the Manipulation of Literary Fame［M］. Shanghai：Shanghai Foreign Language Education Press：vii.

LIAO C H，2011. Wang Wei in the West：reception and representation of an oriental literary image［J］. Acta Universitatis Carolinae Philologica，2（2）：237－248.

LOWELL A，1915. Some Imagist Poets：An Anthology［C］. Boston and New York：Houghton Mifflin Company：vi-vii.

MADRID A，2020. Review［J/OL］. Rhino.（2020－11－20）［2021－10－10］. https：//rhinopoetry.org/reviews/the-poetry-and-prose-of-wang-wei-edited-by-paul-rouzer-reviewed-by-anthony-madrid？rq=Rouzer

MONROE H，1912. The Motive of the Magazine［J］. Poetry，1（1）：28.

MORETTI F，2000. Conjectures on World Literature［J］. New Left Review，（1）：54－68.

NAESS A. 1973. The Shallow and the Deep，Long-range ecology movement. A Summary［J］. Inquiry，16（1）：99.

NELSON B，B MAHER，2013. Perspectives on literature and translation：creation，circulation，reception［M］. New York：Routledge：6.

NORD，C，1991. Scopos，Loyalty and Translational Conventions［J］. Target，（1）：100.

OWEN S，1981. The Great Age of Chinese Poetry：The High T'ang［M］. New Haven and London：Yale University Press.

PAIN NOT BREAD，2000. Introduction to the Introduction to Wang Wei［M］. London：Brick Books：122－123.

POUND E，1913. A Few Don'ts by an Imagiste［J］. Poetry，（3）：200.

POUND E，1951. The Letters of Ezra Pound：1907－1941［M］. London：Faber and Faber：78.

POUND E，1979. Literary Essays of Ezra Pound［M］. Westport：Greenwood Press Inc.

QIAN Z M，1995. Orientalism and Modernism：The Legacy of China in Pound and Williams［M］. Durham：Duke University Press.

REXROTH K，1959. Bird in the Bush：Obvious Essays［M］. New York：New Directions：189.

REXROTH K，1961. Assays［M］. New York：New Directions Books.

REXROTH K，1973. American Poetry in the Twentieth Century［M］. New York：Seabury Press：35.

ROBINSON W G，2015. Wang Wei：Poems［M］. London：Penguin Random House.

ROSEN D，2006. Power，Plain English，and the Rise of Modern Poetry［M］. New Haven and London：Yale University Press：3.

ROUZER P，2020. The Poetry and Prose of Wang Wei［M］. Boston/Berlin：Walter de Gruyter Inc..

SCHNEIDAU N H，1968. Vorticism and the Career of Ezra Pound［J］. Modern Philology，65（3）：226.

TACHTIRIS C E，2012. Branding World Literature：the global circulation of authors in translation［M］. Diss. Michigan University：21.

TIETJENS E，1922. On Translating Chinese Poetry II［J］. Poetry，20（6）：330.
TONINO L，HINTON D，2015. The Egret Lifting from the River：David Hinton on the Wisdom of Ancient Chinese Poets［J］. The Sun，（469）：4－13.
TOURY G，2001. Descriptive Translation Studies and Beyond［M］. Shanghai：Shanghai Foreign Language Education Press.
VENUTI L，1995. The Translator's Invisibility：A History of Translation［M］. London and New York：Routledge.
VENUTI L，2013. Translation Changes Everything［M］. London and New York：Routledge.
WAGNER L M，1981. Wang Wei［M］. Woodbridge：Twayne Publishers：3.
WALMSLEY C L，CHANG Y N，1958. Poems by Wang Wei［M］. Rutland and Tokyi：Charles E. Tuttle Company.
WEINBERGER，E，OCTAVIA P，2016. Nineteen Ways of Looking at Wang Wei（With More Ways）［M］. New York：New Directions Publishing Corporation.
WELLS W H，CHENG H，1974. An Album of Wang Wei［M］. Hong Kong：Ling-chao-hsuan：9.
WHITMAN W，2002. Leaves of Grass and Other Writings［M］. MOON M，ed. New York：W.W. Norton & Company Inc.：635.
WILLIAMS W C，1957. Two New Books by Kenneth Rexroth［J］. Poetry，90（3）：180.
XIE M，1999. Ezra Pound and the Appropriation of Chinese Poetry：Cathay，Translation，and Imagism［M］. New York：Garland.
YIP W L，1969. Ezra Pound's "Cathay"［M］. Princeton：Princeton University Press.
YIP W L，1972. Hiding the Universe：Poems by Wang Wei［M］. New York：Grossman Publishers Inc.
YU，P，1979. Wang Wei：Recent Studies and Translations［J］. Chinese Literature：Essays，Articles，Reviews，（1－2）：219－240.
YU，P，1980. The Poetry of Wang Wei：New Translations and Commentary［M］. Bloomington：Indiana University Press.
YANG J J，2007. The Chan Interpretations of Wang Wei's Poetry：A Critical Review［M］. Hong Kong：The Chinese University Press：126.
爱克曼，1982. 歌德谈话录［M］. 朱光潜，译. 北京：人民文学出版社，.
鲍晓英，2013. 中国文学“走出去”之译介模式探索：中国外文局副局长兼总编辑黄友义访谈录［J］. 中国翻译，（5）：63.

遍照金刚，1975. 文境秘府论［M］. 北京：人民文学出版社.
勃莱，2012. 勃莱诗选［M］. 董继平，译. 银川：宁夏人民出版社.
曾朴，1998. 曾朴答书［C］. // 欧阳哲生，编. 胡适文集（第四卷）. 北京：北京大学出版社.
查明建，2013. 比较文学视野中的世界文学：问题与启迪［J］. 中国比较文学，(4)：2-3.
陈琳，2010. 陌生化翻译［J］. 中国翻译，(1)：17.
陈琳，2017. 山水诗的世界文学性翻译诗学研究：论欣顿的生态译诗［M］. 北京：北京大学出版社.
陈琳，曹培会，2016b. 论创译的名与实［J］. 外语与外语教学，(6)：123-130.
陈琳，曹培会，2016a. 诗歌创译的世界文学性：以《竹里馆》英译为例［J］. 中国翻译，(2)：85-90.
陈琳，曹培会，2017. 王维诗歌的世界文学性的动态生成［J］. 外语教学理论与实践，(4)：83-89.
陈铁民，2006. 王维论稿［M］. 北京：人民文学出版社.
达姆罗什，2012. 世界文学是跨文化理解之桥［J］. 李庆本，译. 山东社会科学，(3)：35.
丁福保，1983. 历代诗话续编（上）［M］. 北京：中华书局.
傅璇琮，2014.《初唐诗》三联版序言［A］. 初唐诗. 宇文所安，著. 贾晋华，译. 北京：生活·读书·新知三联书店.
高文，曾广开，1995. 禅诗鉴赏辞典［M］. 郑州：河南人民出版社.
葛立方，1984. 韵语秋阳［M］. 上海：上海古籍出版社.
葛晓音，1997. 山水田园诗派研究［M］. 沈阳：辽宁大学出版社.
葛兆光，1986. 禅宗与中国文化［M］. 上海：上海人民出版社.
葛兆光，1987. 道教与中国文化［M］. 上海：上海人民出版社.
耿纪永，2015. 当代美国生态诗人的东方转向［N］. 中国社会科学报：1.
郭沫若，1959. 雄鸡集［M］. 北京：北京出版社.
何寅，许光华，2000. 国外汉学史［M］. 上海：上海外语教育出版社.
季羡林，1987. 简明东方文学史［M］. 北京：北京大学出版社.
江岚，2009. 唐诗西传史论：以唐诗在英美的传播为中心［M］. 北京：学苑出版社.
蒋洪新，2014. 庞德研究［M］. 上海：上海外语教育出版社.
克里斯蒂娃，2015. 符号学：符义分析探索集［M］. 史忠义 等，译. 上海：复旦大学出版社.

雷毅，2012. 深层生态学：阐释与整合［M］. 上海：上海交通大学出版社.
李庆本，2015. 禅宗、身体美学与王维的诗及其翻译［J］. 中国文学研究，（3）：20－28.
廖七一，2009. 翻译规范及其研究途径［J］. 外语教学，（1）：95－98＋103.
刘华文，2014.玄言、禅趣和佛理：汉诗英译中的表意焦虑［J］. 外语研究，（6）：73－78.
刘孔伏，潘良炽，2011. 王维生年辨析［C］. 王维研究（第5辑）. 梁瑜霞，师长泰，编. 镇江：江苏大学出版社.
刘象愚，杨恒达，曾艳兵，2002. 从现代主义到后现代主义［M］. 北京：高等教育出版社.
刘昫，2000. 旧唐书［M］. 北京：中华书局.
罗德里克，2012. 荒野与美国思想［M］. 侯文惠，侯钧，译. 北京：中国环境科学出版社.
罗尔斯顿，2000. 哲学走向荒野［M］. 刘耳 等，译. 长春：吉林人民出版社.
马克思，恩格斯，1997. 共产党宣言［M］. 中共中央马克思、恩格斯、列宁、斯大林著作编译局，译. 北京：人民出版社.
马祖毅，任荣珍，1997. 汉籍外译史［M］. 武汉：湖北教育出版社.
彭予，1995. 二十世纪美国诗歌：从庞德到罗伯特·勃莱［M］. 开封：河南大学出版社.
沈德潜，1979. 唐诗别裁集（卷十三）［M］. 上海：上海古籍出版社.
史凯，吕竞男，2013. 文学出版走向世界：谁来译？：谈中国文学图书翻译的译者主体［J］. 中国出版，（16）：59.
斯奈德，2014. 禅定荒野［M］. 陈登，谭琼林，译. 桂林：广西师范大学出版社.
斯奈德，1994. 加里·斯奈德给区鉷的信［J］. 外国文学评论，（1）：34.
宋柏年，1994. 中国古典文学在国外［M］. 北京：北京语言学院出版社.
孙康宜，2007. 谈谈美国汉学的新方向［J］. 书屋，（12）：36.
田晓菲，2010. 关于北美中国中古文学研究之现状的总结与反思［C］. // 北美中国学：研究概述与文献资源. 张海惠，编. 北京：中华书局.
王符，1985. 潜夫论［M］. 北京：中华书局.
王国维，2013. 人间词话［M］. 北京：中华书局.
王惠，2010. 荒野哲学与山水诗［M］. 上海：上海世纪出版股份有限公司学林出版社.
王建开，2016. 从本土古典到域外经典：英译中国诗歌融入英语（世界）文学之历程［J］. 翻译界，（2）：6.

王力，2005. 汉语诗律学［M］. 上海：上海教育出版社.
王丽娜，2011. 国外学界近年对王维的研究［C］. 梁瑜霞，师长泰，编. 王维研究（第5辑）. 镇江：江苏大学出版社.
王宁，2010. “世界文学”：从乌托邦想象到审美现实［J］. 探索与争鸣，（7）：5.
王润华，2009. 王维诗学［M］. 香港：香港大学出版社.
王维，1961. 王右丞集笺注［M］. 赵殿成，笺注. 上海：上海古籍出版社.
王小妹，2013. 从接受美学的角度分析诗歌翻译多种英译文的可能性：以王维《九月九日忆山东兄弟》为例［J］. 世界文学评论，（3）：215－218.
王寅，2007. 如果美国人懂一点唐诗［N］. 南方周末，2007－04－05.
韦努蒂，2013. 翻译研究与世界文学［C］. // 世界文学理论读本. 刘洪涛，尹星，编. 北京：北京大学出版社.
韦斯坦因，1987. 比较文学与文学理论［M］. 刘象愚，译. 沈阳：辽宁人民出版社.
魏家海，2014. 译画入诗、译禅入诗和译典入诗：宇文所安的英译王维诗的翻译诗学［J］. 理论月刊，（9）：66－79.
闻一多，2012. 说唐诗［C］. //郑临川. 笳吹弦角传薪录：闻一多、罗庸论中国古典文学. 上海：上海古籍出版社.
吴永安，刘洪涛，2015. 如何成为世界文学？：“椭圆折射”理论与中国古诗海外传播［J］. 北京师范大学学报，（6）：133.
伍小君，2007. 诗歌翻译的接受美学观：兼评王维诗《送元二使安西》的四种英译文［J］. 外语与外语教学，（10）：56－58.
谢天振，2013. 译介学［M］. 南京：译林出版社.
谢天振，2014a. 隐身与现身：从传统译论到现代译论［M］. 北京：北京大学出版社.
谢天振，2014b. 中国文学走出去：问题与实质［J］. 中国比较文学，（1）：1－10.
杨柳，黄劲，2010. 历史视界与翻译阐释：以王维《鹿柴》为例［J］. 中国翻译，（6）：54－57.
叶维廉，2002a. 叶维廉文集（第壹卷）［M］. 合肥：安徽教育出版社.
叶维廉，2002b. 叶维廉文集（第叁卷）［M］. 合肥：安徽教育出版社.
袁晓薇，2012. 王维诗歌接受史［M］. 合肥：安徽大学出版社.
张进，侯雅文，董就雄，2014. 王维资料汇编［M］. 北京：中华书局.
张俊杰，2013. 试论中庸诗歌翻译观的构建：以王维诗歌英译为例［M］. 上海：上海外语教育出版社.

张万民，2008. 见山是山？见水是水？：海外学者比较诗学研究的三种形态［J］. 文艺理论研究，（1）：21－26.
章艳，2016. 翻译之后：美国现代诗人对中国古典诗歌的点化［J］. 中国比较文学，（2）：197.
章艳，2006. 清末民初小说翻译规范及译者的应对［D］. 上海：上海外国语大学.
赵毅衡，1990. 儒佛道社会主义者：史耐德［J］. 当代，（53）：27.
赵毅衡，2003. 诗神远游：中国如何改变了美国的现代诗［M］. 上海：上海译文出版社.
证严上人，2011. 心灵十境：菩萨十地［M］. 上海：复旦大学出版社.
郑振铎，1998. 郑振铎全集（第十五卷）［M］. 石家庄：花山文艺出版社.
中国社会科学研究院情报所，1981. 美国中国学手册［M］. 北京：中国社会科学出版社.
钟玲，2003b. 美国诗人史耐德与亚洲文化：西方吸纳东方传统的范例［M］. 台北：联经出版社：279.
钟玲，2003a. 美国诗与中国梦：美国现代诗里的中国文化模式［M］. 桂林：广西师范大学出版社.
钟玲，2009. 中国禅与美国文学［M］. 北京：首都师范大学出版社.
周发祥，洪庭木，1984. 王维研究在国外［C］. 唐代文学研究年鉴. 陕西师范大学中文系，编. 西安：陕西人民出版社：376－384.
周裕锴，1992. 中国禅宗与诗歌［M］. 上海：上海人民出版社.
朱徽，2004. 唐诗在美国的翻译与接受［J］. 四川大学学报，（4）：85.
朱徽，2007. 英译汉诗经典化［J］. 中国比较文学，（4）：22.
朱徽，2009. 中国诗歌在英语世界：英美译家汉诗翻译研究［M］. 上海：上海外语教育出版社.
宗白华，2005. 美学散步［M］. 上海：上海人民出版社.

附录 A

国内外王维译诗集汇总

序号	诗集	译者	出版时间	出版单位
1	*Poems by Wang Wei* 《王维诗歌》	Lewis C. Walmsley（黄思礼） Chang Yin-nan（张音南）	1958	Rutland & Tokyo：Charles E. Tuttle Company
2	*Hiding the Universe: Poems by Wang Wei* 《藏天下：王维诗歌》	Wai-lim Yip（叶维廉）	1972	New York：Grossman Publishers Inc.
3	*Wang Wei: Poems* 《王维：诗歌》	G. W. Robinson（罗宾逊）	1973	London & New York：Penguin Random House
4	*An Album of Wang Wei* 《王维诗画意》	H.W. Wells（威尔士） Cheng Hsi（程曦）	1974	Hong Kong：Ling-ch'ao-hsüan
5	*The Poetry of Wang Wei: New Translation and Commentary* 《王维诗歌：新译及评论》	Pauline Yu（余宝琳）	1980	Bloomington：Indiana University Press
6	*Walking to Where the River Ends* 《行至水穷处》	Wang Fangyu（王方宇） Suzanne Graham Storer（苏珊娜·葛瑞汉·斯托勒） Mary de G. White（玛丽·德·G. 怀特）	1980	Hamden：The Shoe String Press, Inc.
7	*Wang Wei* 《王维》	Marsha L. Wagner（玛莎·L. 瓦格纳）	1981	Boston：Twayne Publishers
8	*The Brushwood Gate: Poems of Wang Wei* 《王维柴扉》	Joseph Lisowski（约瑟夫·利索夫斯基）	1984	Arlington：Black Buzzard Press
9	*Laughing Lost in the Mountains: Selected Poems of Wang Wei* 《笑遗山间：王维诗选》	Tony Barnstone（托尼·巴恩斯通） Willis Barnstone（威利斯·巴恩斯通） Xu Haixin（徐海新）	1989	Beijing：Chinese Literature Press
10	*Selected Poems by Wang Wei* 《王维诗选》	杨宪益、戴乃迭	1999	北京：中国文学出版社

续表

序号	诗集	译者	出版时间	出版单位
11	*Wang Wei-Poems-* 《王维诗歌》	不详	2004	（网络出版）PoemHunter.com The World's Poetry Archive
12	*100 Wang Wei's Poems in English Verse* 《王维诗百首》	王宝童	2005	北京：世界图书出版公司
13	*The Selected Poems of Wang Wei* 《王维诗选》	David Hinton（大卫·欣顿）	2006	New York: New Directions Publishing Corp.
14	*Selected Poems of Wang Wei* 《许渊冲英译王维诗选》	许渊冲	2014	北京：中国对外翻译出版有限公司

附录 B

Poetry（《诗刊》）刊登中国古典诗歌译诗目录（1912—1930）

刊次	译诗题目	原作者	译者
1915（3）	Exile's Letter	Li Po	Ezra Pound
1918（1）	Shang Ya	Anonymous	Arthur Waley
	On Finding a Hairpin in a Disused Well	T'ang Seng-ch'i	
	What Should a Man Want?	Wang Chi	
	In Jade Cup	Chen Tzu-ang	
	On the Birth of A Son	Su T'ung Po	
	The Pedlar of Spells	Lu Yu	
	On Seeing Swallows in His Prison-cell	Wang Tzu-tuan	
1918（2）	The Orphan	Anonymous	Arthur Waley
	Fighting at Lung-tou	Hsu-ling	
	On Barbarous Modern Instruments	Po Chu-i	
1919（2）	An Evening Meeting	Li Hai-Ku	Florence Ayscough & Amy Lowell
	The Emperor's Return from a Journey to the South	Wen Cheng-wing	
	On Seeing the Portrait of a Beautiful Concubine	Chen Hung-shou	
	Calligraphy	Liang T'ung-shu	
	The Palace Blossoms	T'ai Ta-mien	
	One Goes A Journey	Liu Shih-an	
	From the Straw Hut Among the Seven Peaks	Lu Kun	

续表

刊次	译诗题目	原作者	译者
1919（2）	On the Classics of the Hills and Sea	Tao Ch'ien	Florence Ayscough & Amy Lowell
	A Recluse	Wang Chang-ling	
	After How Many Years (Spring, Summer, Autumn, Winter)	Li Hai-ku	
	The Inn at the Western Lake	Wang Ching-seng	
1921（6）	Good Fellow Ship	Li Po	Moon Kwan
	Lonely	Wang Wei	
1922（2）	Answering Vice-Prefect Chang	Wang Wei	Witter Bynner
	Bound Home to Mount Sung		
	A Message to P'ai Ti		
	On the Way to the Temple		
	Mount Chung-nan		
	A View of the Han River		
	In My Lodge at Wang-ch'uan after a Long Rain		
	My Retreat at Chung-nan		
	In a Retreat among Bamboos		
	Lines		
	A Parting		
	A Song at Wei-ch'eng		
	The Beautiful His-shih		
	A Song of Young Girls from Lo-Yang		
	Harmonizing a Poem by Palace-Attendant Kuo		
	A Green Stream		
1922（8）	An Old Man's Song of Spring	Seng Dji-Nan	Louise S. Hammond
	Seeking the Hermit in Vain	Gia Dao	
	On Being Denied Admittance to a Friend's Garden	Yeh Shih	
	The Sudden Coming of Spring	Cheng Hao	
	Night-time in Spring	Wang An-shih	

续表

刊次	译诗题目	原作者	译者
1926（8）	The Long War	Li Po	Cheng Yu Sun
	The Green Water		
	Sorrow Untold		
1930（2）	News from Home	Wang Wei	Henry H. Har

当代外国语言文学学术文库

1. 言语幽默的语言学思考
——着重考察公众演说幽默　　黄　豪 著
2. 基于学习任务的二语习得实证研究　　周卫京 著
3. 语域变异与语境关系的多纬度分析　　武姜生 著
4. 灾难性地震与方言变化
——唐山个案研究　　谷小娟 著
5. 中国语境中的英语报章变革动词研究　　高　超 著
6. 对话中的道德建构
——十八世纪英国小说中的对话性　　胡振明 著
7. 重建策略下的小说创作：
爱丽斯·默多克小说的伦理学研究　　马惠琴 著
8. 商务英语的理论与实践研究　　张佐成 著
9. 跨文化商务交流中的关系管理
——中方商务代表团访英案例分析　　邢建玉 著
10. 跨文化成功交际研究　　朱晓姝 著
11. 跨文化语言社会化进程中跨文化交际能力的培养　　史兴松 著
12. 多元化文化与市场信息交流行为　　曹德春 著
13. 空算子移位结构的最简方案研究
——英汉比较视野　　张智鹏 著
14. 国际商务管理沟通的跨文化研究　　姚孝军 著
15. 基于虚拟环境的英语口语教学研究：
理论与实践　　张海森 著
16. 帝国意识与吉卜林的文学写作　　李秀清 著
17. 驻外商务人士跨文化适应研究　　史兴松 著
18. 内聚力发展与跨文化协同：（中德）跨文化团队研究　　于景涛 著

19. 语篇与口语水平

——语篇标记在二语口语产生中的角色　　魏　明 著)

20. 工商管理教材汉译策略研究　　项　东 著

21. 隐喻与话语　　孙　亚 著

22. 认知心理视域下的英语课堂反馈研究　　杨颖莉 著

23. 厄德里克小说中的千面人物研究　　李　靓 著

24. 制衡·融合·阻抗——学衡派翻译研究　　王雪明 著

25. 广告话语与中国社会的变迁　　冯捷蕴 著

26. 中国平面广告的批评隐喻研究　　江　春 著

27. 大学英语教师课堂角色探析

——课堂话语研究的视角　　王　艳 著

28. 大众莎士比亚在中国（1993—2008）　　李　军 著

29. 出航

—— 玛丽·麦卡锡的女性成长小说研究　　李贺青 著

30. 英语学习与自我认同

——大学英语“不成功学习者”个案研究　　李玉霞 著

31. 本地化项目管理　　崔启亮 著

32. 研究生英语论文开篇章节写作对比体裁分析研究　　靳光洒 著

33. 中国网络教育环境下的语音聊天室和课程论坛的社会临场感研究　吴立高 著

34. 《国富论》在中国的重译　　肖海燕 著

35. 商务翻译多维研究　　徐　珺 等著

36. 商务英语跨学科研究　　徐　珺 等著

37. 话语与企业危机传播：一种文化视角　　赵丹彤 著

38. 基于语料库的法律翻译可见性研究　　宫明玉 著

39. 隐喻广告效果研究　　禹　杭 著

40. 年龄效应和语言学能与中国英语学习者语法成效的关系研究　　赵海永 著

41. 世界文学经典重构

——王维诗歌在英语世界的译介研究　　曹培会 著